7
LE SECRET DE
L'ÉPOUVANTEUR

À *Marie*

Ouvrage publié originellement par The Bodley Head,
un département de Random House Children's Books
sous le titre *The Spook's Secret*

3, rue Bayard, 75008 Paris
ISBN 13 : 978-2-7470-1723-7
Dépôt légal : mars 2007
Deuxième édition

Loi 49-956 du 16 juillet 1949 sur les publications destinées à la jeunesse

Traduit de l'anglais par Marie-Hélène Delval

BAYARD JEUNESSE

Le point le plus élevé du Comté
est marqué par un mystère.
On dit qu'un homme a trouvé la mort à cet endroit,
au cours d'une violente tempête,
alors qu'il tentait d'entraver une créature maléfique
menaçant la Terre entière.
Vint alors un nouvel âge de glace.
Quand il s'acheva, tout avait changé,
même la forme des collines
et le nom des villes dans les vallées.
À présent, sur ce plus haut sommet des collines,
il ne reste aucune trace de ce qui y fut accompli,
il y a si longtemps.
Mais on en garde la mémoire.
On l'appelle *la pierre des Ward.*

1
Un visiteur inattendu

La nuit de novembre était froide et venteuse. Je me tenais dans la cuisine, près de la cheminée, en compagnie d'Alice et de l'Épouvanteur. Le temps se détériorait, et je savais que, d'un jour à l'autre, mon maître déciderait de rejoindre sa « maison d'hiver », sur la morne lande d'Anglezarke.

Je n'avais aucune envie d'aller là-bas. Je n'étais l'apprenti de John Gregory que depuis le printemps, et je ne connaissais pas la maison d'Anglezarke ; mais je n'étais pas dévoré de curiosité, c'est le moins que l'on puisse dire. J'appréciais le confort de la demeure de Chipenden, et c'est là que j'aurais souhaité passer la mauvaise saison.

Je levai les yeux du manuel de verbes latins que je tentais d'apprendre, et le regard d'Alice accrocha le mien. Elle était assise sur un tabouret bas, tout près du foyer, le visage baigné par le chaud rougeoiement du feu. Elle me sourit, et je lui rendis son sourire. C'était en partie à cause d'Alice si je ne désirais pas quitter Chipenden. Elle était ma seule amie, et elle m'avait sauvé la vie à plusieurs reprises ces derniers mois. Sa présence rendait supportable la solitude de la vie d'épouvanteur. Hélas, mon maître m'avait prévenu que nous serions bientôt séparés. Il refusait de lui accorder sa confiance, sous prétexte qu'elle venait d'une famille de sorcières. Il craignait qu'elle ne finisse par distraire mon attention, m'empêchant de me consacrer à mes leçons. Lorsque l'Épouvanteur et moi partirions pour Anglezarke, elle ne serait donc pas du voyage. La pauvre Alice l'ignorait, et je n'avais pas le cran de le lui dire. Pour le moment, je savourais l'une de nos ultimes soirées ensemble.

Or, il s'avéra que ce serait la dernière de l'année. Tandis qu'Alice et moi étions là, lisant à la lueur du feu, et que mon maître s'assoupissait dans son fauteuil, le tintement de la cloche d'appel brisa notre quiétude. À ce bruit importun, mon cœur manqua un battement, car je savais ce que cela signifiait : du travail pour l'Épouvanteur.

Personne ne montait jamais jusqu'à nous. L'intrus aurait été mis en pièces par le gobelin, gardien de la maison et du jardin. Aussi, en dépit de l'obscurité froide et venteuse, c'était à moi de descendre jusqu'au cercle de saules, où était accrochée la cloche, afin de découvrir qui requérait nos services.

Je me sentais si bien, au chaud, après notre souper ! L'Épouvanteur dut percevoir ma réticence, car il hocha la tête d'un air réprobateur, une lueur inflexible au fond de ses yeux verts.

– Va voir de quoi il s'agit, petit ! grommela-t-il. C'est une sale nuit, et, qui que ce soit, il ne faut pas le faire poireauter.

Alors que je me levai pour prendre mon manteau, Alice m'adressa un petit signe compatissant. C'était gentil de sa part, mais je devinais combien elle était contente de pouvoir rester là, devant la cheminée, tandis que j'affronterais la morsure du vent.

Je refermai soigneusement la porte derrière moi et, une lanterne dans la main gauche, je traversai le jardin ouest. Je gagnai le sentier qui descendait la colline, les rafales s'évertuant à m'arracher mon manteau. J'atteignis enfin le cercle de saules, au carrefour de deux chemins. Dans la lueur de ma lanterne, les formes dansantes des branches devenaient des bras, des griffes et des visages monstrueux.

Le vent secouait la cime dénudée des arbres, gémissant telle une horde de banshees, ces esprits femelles annonciateurs de mort.

En vérité, cela ne me troublait guère. J'étais déjà venu ici, seul dans le noir, et lors de mes voyages en compagnie de l'Épouvanteur j'avais affronté des créatures à vous faire dresser les cheveux sur la tête. Ce n'étaient pas quelques ombres qui allaient m'effrayer ; celui qui m'attendait là devait être bien plus nerveux que moi. C'était probablement un fils de fermier, dont la famille, harcelée par quelque fantôme pernicieux, avait besoin d'aide ; un gamin terrifié à l'idée d'approcher à moins d'un demi-mile de la maison de l'Épouvanteur.

Or, ce n'était pas un gamin, et je me figeai, stupéfait : debout sous la cloche se tenait une haute silhouette vêtue d'un manteau noir, le capuchon rabattu sur la tête, un bâton dans sa main gauche. Un autre épouvanteur !

L'homme ne bougeant pas, je m'avançai et m'arrêtai à deux pas de lui. Il était large d'épaules et légèrement plus grand que mon maître. Je distinguais à peine ses traits, le capuchon maintenant son visage dans l'ombre. Il prit la parole avant que j'aie eu le temps de me présenter.

– Bien sûr, il se chauffe près du feu et t'expédie dehors, dans le froid ! fit-il d'une voix pleine de sarcasme. Il n'a pas changé !

– Je suis Tom Ward, l'apprenti de M. Gregory. Êtes-vous M. Arkwright ?

Mon maître était le seul épouvanteur que je connusse, mais je savais qu'il en existait ailleurs. Bill Arkwright, par exemple, opérait au-delà de Caster, couvrant la région nord du Comté. Il y avait de fortes chances que ce fût lui. Qu'est-ce qui l'amenait ici ?

L'étranger repoussa son capuchon, révélant une barbe noire parsemée de poils gris, et une tignasse tout aussi noire, qui s'argentait aux tempes. Sa bouche me sourit, tandis que son regard restait dur et hostile.

– Ça ne te regarde pas, petit. Ton maître sait qui je suis.

Il tira de son manteau une enveloppe, qu'il me tendit. Je l'examinai rapidement. Elle était fermée par un sceau de cire et portait ces mots : *Pour John Gregory*.

– Eh bien, va ! Donne-lui cette lettre et préviens-le que nous nous rencontrerons bientôt. Je l'attendrai à Anglezarke.

J'obéis, fourrant l'enveloppe dans ma poche, soulagé de tourner les talons : la présence de cet individu me mettait mal à l'aise. À peine parti, la curiosité me poussa à jeter un regard en arrière. Il n'y avait plus trace du visiteur ; il avait déjà disparu entre les arbres.

Perplexe, je marchai à grands pas, pressé de retrouver la chaleur de la maison et d'échapper au vent glacial. Je m'interrogeais sur le contenu de la lettre. J'avais deviné une menace dans la voix de l'étranger, et je doutais que sa prochaine rencontre avec mon maître pût avoir quoi que ce fût d'amical.

Roulant ces pensées dans ma tête, je dépassai le banc où l'Épouvanteur me donnait ses leçons lorsque le temps était clément, et atteignis les premiers arbres du jardin ouest. Ce que j'entendis alors me glaça d'effroi.

Un rugissement de colère monta dans la nuit, un cri à vous percer les tympans, si féroce que je me figeai, si puissant qu'il devait porter à des miles de là. C'était le gobelin domestique de l'Épouvanteur qui défendait l'accès au jardin. Contre qui ? Avais-je été suivi ?

Je pivotai et, levant ma lanterne, scrutai anxieusement l'obscurité. L'étranger était peut-être derrière moi ? Je ne vis rien. Je tendis l'oreille, attentif au moindre son. Je ne perçus que le soupir du vent entre les branches et l'aboiement lointain d'un chien. M'étant assuré que personne ne me filait, je voulus continuer.

À peine avais-je fait mine d'avancer que l'avertissement rageur s'éleva de nouveau, beaucoup plus proche, cette fois. Mes cheveux se hérissèrent sur ma nuque lorsque je compris que la fureur du gobelin était bel et bien dirigée contre moi. Qu'est-ce qui me valait un tel accueil ? Je n'avais rien à me reprocher !

Je me tins parfaitement immobile, n'osant plus esquisser le moindre geste, de peur que cela ne provoque une attaque. Malgré le froid de la nuit, la sueur me baignait le front. Je me sentais en grand danger.

Finalement, je lançai en direction des arbres :

– Ce n'est que moi : Tom ! Tu n'as rien à craindre. Je rapporte une lettre à mon maître...

Le grondement qui me parvint en réponse fut moins fort, plus éloigné. Aussi fis-je quelques pas hésitants avant de m'élancer vers la maison.

L'Épouvanteur m'attendait dans l'encadrement de la porte, le bâton en main. Il avait entendu le tapage et était sorti voir ce qui se passait.

– Tu vas bien, petit ? me lança-t-il.

– Oui, le rassurai-je. Le gobelin s'est fâché, je ne sais pas pourquoi. Il s'est calmé, maintenant.

Avec un hochement de tête, mon maître rentra dans la maison et posa son bâton derrière la porte.

Lorsque je le rejoignis dans la cuisine, il se tenait dos au feu, se chauffant les jambes. Je tirai l'enveloppe de ma poche :

– Il y avait un étranger, là-bas, vêtu en épouvanteur. Il n'a pas voulu dire son nom ; il m'a demandé de vous remettre ceci...

Mon maître s'avança et m'arracha la lettre des mains. Au même instant, sur la table, la flamme de la bougie vacilla ; le feu mourut à demi dans l'âtre, et un froid glacial envahit la cuisine : le gobelin manifestait son mécontentement. Alice sursauta, effrayée, manquant de tomber de son tabouret. Les sourcils froncés, l'Épouvanteur déchira l'enveloppe et se mit à lire.

Quand il eut fini, son front était barré d'une ride soucieuse. Il marmonna dans sa barbe et jeta la lettre au feu. Elle s'enflamma aussitôt, se recroquevillant et noircissant avant de tomber en cendres au fond de l'âtre. Je regardai mon maître, interloqué : son visage était crispé de fureur, et il tremblait de tous ses membres.

– Nous partirons pour Anglezarke demain à l'aube, avant que le temps ne se gâte tout à fait, déclara-t-il d'un ton sec.

Fixant Alice, il ajouta :

– Toi, jeune fille, tu ne feras qu'une partie du chemin. Je te laisserai près d'Adlington.

– Adlington ? intervins-je. C'est là que vit votre frère Andrew, n'est-ce pas ?

– Oui, petit. Mais elle ne restera pas là. Dans les faubourgs habitent un fermier et sa femme, qui sont en dette avec moi. Ils ont eu plusieurs fils ; malheureusement, un seul a survécu. Pour ajouter à leur affliction, leur fille s'est noyée. Le garçon travaille loin, à présent, la santé de la mère est défaillante, et elle a grand besoin d'aide.

S'adressant à Alice, il décréta :

– Ce sera ton nouveau foyer.

Elle écarquilla les yeux :

– Mon nouveau foyer ? Ce n'est pas juste ! Pourquoi ne me gardez-vous pas ? N'ai-je pas fait tout ce que vous me demandiez ?

Depuis l'automne, quand l'Épouvanteur l'avait autorisée à vivre avec nous, sa conduite avait été irréprochable. Elle avait réalisé de multiples copies des livres de la bibliothèque et m'avait transmis nombre de savoirs que sa tante, la sorcière Lizzie l'Osseuse, lui avait enseignés, de sorte que je puisse les mettre par écrit et étendre ma connaissance des pratiques de sorcellerie.

– C'est vrai, jeune fille, reconnut l'Épouvanteur. Tu t'es montrée docile, je n'ai pas à me plaindre de toi. Le problème n'est pas là. Tom doit poursuivre son apprentissage. C'est une rude tâche, et une fille dans ton genre est source de distraction. Une femme n'a rien à faire dans la vie d'un épouvanteur. C'est la seule chose que nous ayons en commun avec les prêtres.

– Pourquoi cette décision ? J'ai aidé Tom, je ne l'ai pas distrait ! protesta Alice. Et je n'aurais pas pu travailler plus dur.

Désignant l'âtre, où s'était consumée la lettre, elle demanda avec colère :

– Vous aurait-on écrit pour prétendre le contraire ?

– Hein ? fit l'Épouvanteur en levant un sourcil étonné.

Puis il comprit ce qu'elle voulait dire :

– Non, bien sûr que non. Mais ma correspondance privée ne te regarde pas.

La toisant avec sévérité, il conclut :

– Quoi qu'il en soit, ma résolution est irrévocable, nous ne débattrons donc pas davantage. Tu vas prendre un nouveau départ. Ce sera pour toi une chance de trouver ta vraie place en ce monde, jeune fille. Ta dernière chance.

Sans un mot, sans un regard pour moi, Alice sortit de la cuisine. Je l'entendis gravir l'escalier. Je bondis dans l'intention de la rattraper et de la réconforter. L'Épouvanteur m'en empêcha :

– Toi, petit, tu restes ici ! Nous avons à discuter avant que tu montes te coucher. Assieds-toi !

J'obéis, et me réinstallai près du feu.

– Je n'écouterai aucune objection, me prévint mon maître. Tiens-le-toi pour dit, cela nous facilitera la vie à tous deux.

– Soit ! fis-je. Vous auriez tout de même pu lui annoncer les choses un peu plus gentiment.

– J'ai trop de soucis en tête pour me préoccuper des états d'âme de cette fille, répliqua-t-il.

On ne pouvait pas argumenter avec lui quand il adoptait ce ton, aussi ne gaspillai-je pas ma salive. Je savais que mon maître avait pris sa décision depuis plusieurs semaines ; il était trop tard pour le faire changer d'avis. Si je n'étais pas content, tant pis pour moi ! Toutefois, je ne comprenais pas ce qui l'obligeait à partir à Anglezarke. Et pourquoi de façon si soudaine ? La venue de l'étranger et le contenu de la lettre y étaient-ils pour quelque chose ? Quant au gobelin, il avait eu une étrange réaction. Était-ce parce que je rapportais cette enveloppe ?

– Le visiteur a dit qu'il vous verrait bientôt à Anglezarke, lâchai-je. Il ne m'a pas paru très amical. Qui est-ce ?

L'Épouvanteur me lança un regard furieux, et je crus qu'il ne me répondrait pas. Puis il secoua la tête et grommela des mots indistincts. Enfin, il consentit à parler :

– Il s'appelle Morgan, et il a été un de mes apprentis. Il a échoué, je dois le préciser, bien qu'il ait étudié sous ma direction pendant presque trois ans. Garde tes distances ; ce type ne te causerait que des ennuis. À présent, va te coucher, petit ! Nous nous lèverons tôt, demain matin.

2
Adieu à Chipenden

Alice m'attendait à l'étage, assise sur une marche. Une bougie posée près d'elle faisait danser son ombre sur la porte de ma chambre.

– Je ne veux pas partir, Tom, souffla-t-elle en se levant. J'ai été heureuse ici. Ce qui pourrait m'arriver de mieux serait d'habiter avec vous dans la maison d'hiver. Le vieux Gregory n'est pas correct avec moi.

– Je suis désolé, Alice. Que veux-tu, sa décision est prise ! Je ne peux rien y faire.

Je voyais bien qu'elle avait pleuré, mais je ne savais que dire d'autre. D'un geste vif, elle saisit ma main gauche et la serra avec force :

– Pourquoi est-il toujours comme ça ? Pourquoi déteste-t-il à ce point les filles et les femmes ?

– Je crois qu'il a souffert, autrefois, murmurai-je.

J'avais appris ces derniers temps certaines choses concernant mon maître, que j'avais gardées pour moi.

– Écoute, Alice ! repris-je. Je vais te confier un secret, si tu me jures de ne jamais le répéter à quiconque. L'Épouvanteur ne doit pas savoir que je te l'ai dit !

– Je le jure ! fit-elle, les yeux brillants.

– Bon. Tu te souviens du jour où il voulait t'emprisonner au fond d'une fosse, à notre retour de Priestown ?

Elle acquiesça. Mon maître se débarrassait des sorcières en les enfermant vivantes dans un puits. Alice avait bien failli subir un sort identique, même si elle ne l'avait pas mérité.

– Tu te souviens de ce que je lui ai crié, alors ?

– Je n'ai pas très bien entendu. Je me débattais, j'étais terrifiée. En tout cas, tes paroles ont été efficaces, car il a aussitôt changé d'avis. Je t'en suis à jamais reconnaissante.

– Je lui ai seulement rappelé qu'il n'avait pas enfermé Meg dans un puits ; il ne pouvait donc t'y mettre, toi.

– Meg ? Qui est-ce ? Je n'ai jamais entendu ce nom...

– Meg est une sorcière. J'ai découvert son existence en lisant le journal de l'Épouvanteur. Jeune, il est tombé amoureux d'elle. Je crois qu'elle lui a brisé le cœur. Qui plus est, elle habite quelque part du côté d'Anglezarke.

– Meg comment ?

– Meg Skelton.

– Non ! C'est impossible ! Meg Skelton venait d'un pays étranger ; elle y est retournée il y a des années, tout le monde le sait. C'était une sorcière lamia, et elle voulait rejoindre les gens de son espèce.

J'avais beaucoup appris sur les lamias grâce à un des livres de la bibliothèque. La plupart d'entre elles étaient originaires de Grèce, où ma mère avait vécu. À l'état sauvage, ces créatures se nourrissaient de sang humain.

– Tu as raison, Alice, elle n'est pas née dans le Comté ; mais j'ai cru comprendre qu'elle était toujours ici, et que l'Épouvanteur comptait la voir cet hiver. Autant que je sache, elle est dans sa maison, et...

– Ne sois pas idiot, Tom. C'est une blague ? Quelle femme saine d'esprit voudrait vivre avec *lui* ?

– Il n'est pas si désagréable, Alice ! protestai-je. Voilà des semaines que nous partageons son quotidien, et nous avons été heureux.

– Si Meg est bien là-bas, fit Alice avec un sourire malicieux, qui te dit qu'elle n'est pas au fond d'un puits ?

Je lui rendis son sourire :

– Nous vérifierons cela quand nous y serons.

– Non, Tom. *Tu* vérifieras. Moi, je vivrai ailleurs, ne l'oublie pas ! Heureusement, Adlington n'est pas loin d'Anglezarke. Tu n'auras pas trop à marcher pour venir me voir. Tu viendras, Tom ? Tu feras ça pour moi ? Ainsi, je me sentirai moins abandonnée...

Je n'étais pas certain que mon maître m'en donnerait l'autorisation. Je désirais pourtant la réconforter. Je me souvins alors d'Andrew.

– Et Andrew ? dis-je. C'est le frère de l'Épouvanteur, le seul qui lui reste. Il est installé à Adlington, maintenant. Je pense que mon maître lui rendra visite de temps à autre, puisqu'ils seront presque voisins. Il m'emmènera probablement avec lui, et nous aurons des tas d'occasions de nous rencontrer.

À cette perspective, le visage d'Alice s'illumina. Elle lâcha ma main :

– Je te guetterai, Tom. Ne me laisse pas tomber ! Et merci pour ces confidences. Le vieux Gregory amoureux d'une sorcière ! Qui l'eût cru ?

Sur ces mots, elle ramassa son chandelier et monta dans sa chambre, au dernier étage.

Elle me manquerait, et trouver une bonne raison d'aller la voir serait sans doute plus difficile que ce que je lui avais laissé entendre. L'Épouvanteur n'approuverait sûrement pas ; il m'avait si souvent mis en garde contre les filles ! J'en avais assez dit à

Alice à son sujet ; trop, peut-être... Et puis, il n'y avait pas que Meg dans le passé de mon maître. Il avait eu une relation avec une autre femme, une certaine Emily Burns, la fiancée d'un de ses frères. Celui-ci était mort, à présent, mais le scandale avait profondément divisé la famille. Emily, à ce qu'on racontait, demeurait encore près d'Anglezarke. Une histoire étant toujours à double face, je ne me serais pas permis de juger l'Épouvanteur sans en savoir davantage. Ce qui était sûr, c'est que cet homme avait beaucoup vécu !

J'entrai dans ma chambre et posai ma bougie sur la table, à côté du lit. Sur le mur, on pouvait lire les signatures des précédents apprentis. Certains avaient achevé leur apprentissage avec succès, comme Bill Arkwright, dont l'autographe se trouvait en haut à gauche. Bon nombre d'entre eux avaient échoué et n'étaient pas allés au bout de leur formation. D'autres étaient morts, comme Billy Bradley. C'était lui qui m'avait précédé. Malheureusement, il avait commis une erreur, et un gobelin lui avait mangé les doigts. Billy avait succombé à l'hémorragie.

J'examinai le mur avec soin, ce soir-là. D'après ce que je savais, tous ceux qui avaient logé dans cette chambre y avaient gravé leur nom. Le mien était écrit en tout petits caractères, car il ne restait guère de place. Pourtant, il en manquait un. J'eus beau chercher avec la plus grande attention, je ne trouvai pas Morgan. L'Épouvanteur avait déclaré qu'il avait été son apprenti ; en ce cas, pourquoi n'avait-il pas ajouté son nom ?

Qu'est-ce que cela signifiait ? Qu'est-ce qui s'était passé avec ce Morgan ?

Le lendemain matin, après le petit déjeuner, nous fîmes nos paquets. Juste avant le départ, je retournai rapidement à la cuisine pour dire au revoir au gobelin domestique.

– Merci pour tous ces bons repas que tu nous as préparés, lançai-je dans le vide.

Je me demandai si l'Épouvanteur aurait approuvé mon initiative : il évitait de se montrer trop familier avec ce serviteur d'un genre... particulier.

Je compris vite que le gobelin avait apprécié le compliment : à peine avais-je fini de parler qu'un profond ronronnement s'éleva sous la table de la cuisine, si fort que les casseroles se mirent à tinter. Le gobelin restait le plus souvent invisible ; à l'occasion, il prenait l'apparence d'un gros chat roux.

Après un instant d'hésitation, je rassemblai mon courage – car je n'étais pas sûr de la réaction de la créature – et poursuivis :

– Je suis désolé de t'avoir fâché, hier soir. Je remplissais simplement ma tâche. Est-ce cette lettre qui t'a troublé ?

Le gobelin ne pouvait pas parler, aussi n'attendais-je pas une réponse articulée. Seule une intuition m'avait poussé à poser la question ; il m'avait semblé que c'était la bonne chose à faire.

Soudain, un fort courant d'air souffla par le conduit de la cheminée, répandant une légère odeur de suie ; un fragment de papier s'envola de l'âtre et vint se poser sur le tapis. Je le ramassai. Les bords brûlés s'émiettèrent entre mes doigts ; c'était tout ce qui restait de la missive que j'avais rapportée.

Quelques mots étaient encore lisibles. Je dus les fixer un moment avant d'en saisir la signification :

Rends-moi ce qui m'appartient, ou je te ferai regretter d'être né. Commence par...

Pas de doute, il s'agissait d'une lettre de menaces. À propos de quoi ? L'Épouvanteur avait-il pris quelque chose à Morgan ? Un objet qui lui appartenait en propre ? Je ne pouvais imaginer mon maître voler quoi que ce soit, ce n'était pas son genre. Ça n'avait aucun sens...

Un appel venant du seuil de la maison interrompit mes réflexions :

– Qu'est-ce que tu fabriques, petit ? Dépêche-toi, on n'a pas toute la journée !

L'Épouvanteur s'impatientait.

Je chiffonnai le papier, le jetai dans l'âtre. Puis je ramassai mon bâton et courus vers la porte. Alice était déjà dehors ; mon maître, debout dans l'entrée, me dévisagea d'un œil soupçonneux. Deux sacs étaient posés à ses pieds. Comme d'habitude, j'allais devoir les porter. Je disposais à présent d'un sac personnel, bien que je n'eusse pas grand-chose à mettre dedans. Il ne contenait qu'un briquet à amadou, reçu en cadeau de mon père le jour de mon départ en apprentissage ; la chaîne d'argent offerte par ma mère ; mon cahier de notes et quelques vêtements, dont mes chaussettes, si souvent reprisées qu'il ne restait presque rien du tricot original. L'Épouvanteur m'avait acheté un gilet en peau de mouton, très chaud, que j'avais mis sous mon manteau. J'avais également mon propre bâton, que mon maître avait taillé lui-même dans une branche de sorbier, un bois efficace contre la plupart des sorcières.

En dépit de sa défiance envers Alice, l'Épouvanteur s'était montré généreux : elle aussi avait eu droit à un manteau d'hiver, en laine noire, muni d'un capuchon, qui lui descendait aux chevilles.

M. Gregory, lui, paraissait insensible au froid. Il portait le même manteau été comme hiver. Si sa santé n'avait pas été brillante, ces derniers mois, il semblait parfaitement remis, et plus solide que jamais.

Il tourna la clé dans la serrure et, plissant les yeux dans la lumière du soleil hivernal, partit à vive allure. Je ramassai les deux bagages et m'élançai derrière lui, Alice sur mes talons.

– Au fait, petit ! me lança l'Épouvanteur par-dessus son épaule. En descendant vers le sud, nous passerons par la ferme de ton père. Il me doit encore dix guinées pour solde de ton apprentissage.

J'étais triste de quitter Chipenden. Je m'étais attaché à cette maison et à ces jardins, et l'idée d'être bientôt séparé d'Alice me navrait. Au moins, j'aurais la chance de voir papa et maman. À cette perspective, mon cœur bondit de joie, et j'allongeai le pas avec une énergie renouvelée.

3
À la maison

Tandis que nous marchions vers le sud, je jetais de temps à autre un regard en arrière, vers les collines. Je les avais si souvent escaladées, montant vers les nuages, que leurs sommets étaient pour moi comme de vieux amis, en particulier le pic de Parlick, le plus proche de la maison d'été de l'Épouvanteur. Cependant, dès la fin du deuxième jour, leur masse familière n'était plus qu'une ligne pourpre à l'horizon.

J'étais bien content de porter un manteau neuf. Nous avions passé une première nuit pénible à grelotter dans une grange dépourvue de toit, et, quoi que le vent fût tombé et qu'un pâle soleil brillât, le froid se faisait plus vif d'heure en heure.

Nous approchions enfin de ma maison, et mon désir de retrouver ma famille grandissait à chaque pas. J'avais une telle hâte de voir mon père ! À ma dernière visite, il se remettait tout juste d'une grave infection pulmonaire, et il y avait peu d'espoir qu'il recouvre pleinement la santé. De toute façon, il avait l'intention de laisser l'exploitation à Jack, l'aîné de mes frères, au début de l'hiver. Sa maladie n'avait fait qu'accélérer les choses. L'Épouvanteur avait désigné la ferme comme étant celle de mon père ; or, ce n'était plus le cas.

Soudain, au-dessous de nous, j'aperçus la grange et la maison, avec son filet de fumée s'échappant de la cheminée, au milieu d'un morne paysage hivernal de champs et d'arbres dénudés. J'étais impatient de me réchauffer les mains devant l'âtre de la cuisine.

Mon maître fit halte au bout du sentier :

– Eh bien, petit, je ne pense pas que ton frère et ta belle-sœur soient très désireux de me rencontrer. Le statut d'épouvanteur met la plupart des gens mal à l'aise, mieux vaut ne pas les troubler. Va, et rapporte-moi mon argent ; la fille et moi, nous t'attendrons ici. Je suppose que tu seras heureux de revoir ta famille, mais ne t'attarde pas plus d'une heure. Pendant que tu te tiendras près du feu, nous nous gèlerons ici.

C'était vrai : le travail d'épouvanteur répugnait à mon frère et à sa femme, qui m'avaient recommandé de ne jamais les mêler à mes affaires. Laissant donc Alice et mon maître, je m'élançai vers la ferme. Lorsque j'ouvris la grille, les chiens aboyèrent, et Jack sortit de la grange. Nos relations n'étaient pas très cordiales depuis que j'étais devenu l'apprenti de l'Épouvanteur. Cette fois, cependant, il parut heureux de ma venue : son visage s'éclaira d'un large sourire.

– Content de te voir, Tom ! lança-t-il en m'entourant les épaules de son bras.

– Moi aussi, Jack !

Tout de suite, je demandai :

– Comment va papa ?

Le sourire de mon frère s'effaça :

– La vérité, Tom, c'est qu'il n'est pas mieux que lors de ta dernière visite. Il y a des hauts et des bas. Au réveil, il tousse et crache tellement qu'il en perd la respiration. C'est terrible d'entendre ça. Hélas, nous ne pouvons rien faire pour le soulager !

Je secouai la tête avec tristesse :

– Pauvre papa ! Je me rends vers le sud pour l'hiver, et je suis venu chercher la somme qu'il doit encore à M. Gregory. J'aurais voulu rester, mais c'est impossible. Mon maître m'attend au bout du chemin. Nous repartons dans une heure.

Je ne fis pas mention d'Alice. Jack savait qu'elle était la nièce d'une sorcière et n'avait aucune sympathie pour elle. Je jugeai inutile de le perturber en signalant sa présence.

Mon frère jeta un vague regard en direction du chemin avant de m'examiner de la tête aux pieds :

– Tu portes le costume du rôle, à présent !

Il avait raison. Avec mon long manteau noir et mon bâton, j'étais un double de mon maître, en plus petit.

– Et que penses-tu de mon gilet ? fis-je en ouvrant mon manteau.

– Il a l'air chaud.

– C'est M. Gregory qui me l'a acheté ; il a dit que j'en aurais besoin. Il a une maison sur la lande d'Anglezarke, pas très loin d'Adlington, où nous passerons l'hiver. Le froid est vif, là-bas.

– Ça oui, c'est ce qu'on dit ! Je n'aimerais pas être à ta place ! Bon, il faut que je me remette au travail. Ne fais pas attendre maman. Elle a été d'une humeur radieuse toute la matinée ; elle devait savoir que tu venais.

Sur ces mots, Jack traversa la cour, puis s'arrêta à l'angle de la grange pour m'adresser un signe de la main. Je lui répondis et me dirigeai vers la porte de la cuisine. Maman avait pressenti mon arrivée ; j'en étais sûr ! Elle avait un don pour ce genre de choses. En tant que sage-femme et guérisseuse, elle devinait souvent que quelqu'un allait lui demander assistance.

Je poussai la porte et entrai. Maman était assise dans son rocking-chair, près du feu. Les rideaux étaient tirés, comme toujours, car elle ne supportait pas la lumière du soleil. Elle me sourit.

– Je suis heureuse de te voir, mon fils, dit-elle. Viens m'embrasser, et raconte-moi tout !

Je courus vers elle, et elle me serra fort contre sa poitrine. Je tirai une chaise pour m'asseoir à côté d'elle. Il s'était passé bien des événements depuis mon passage, à l'automne ; je lui avais écrit longuement, lui détaillant les dangers auxquels nous avions été exposés, mon maître et moi, lors de notre séjour à Priestown.

– Tu as reçu ma lettre, maman ?

– Oui, Tom, je l'ai reçue. Je suis désolée de ne pas t'avoir répondu, j'ai été très occupée. Et puis, je savais que tu passerais par ici en descendant vers le sud. Comment va Alice ?

– Bien. Elle était heureuse, avec nous, à Chipenden. Seulement, l'Épouvanteur se méfie toujours d'elle. Nous nous rendons à sa maison d'hiver ; Alice va habiter dans une ferme, avec des gens qu'elle ne connaît pas.

– Cela peut te paraître sévère, répliqua ma mère, mais je suis sûre que M. Gregory sait ce qu'il fait. Tout ira pour le mieux. Anglezarke est un endroit sinistre, sache-le, mon fils. Je suppose qu'il veut tenir Alice à l'écart par délicatesse.

– Jack m'a parlé de papa, repris-je. Va-t-il aussi mal que tu le craignais ?

À ma visite précédente, tout en dissimulant ses appréhensions devant Jack, elle m'avait laissé entendre que la vie de mon père approchait de son terme.

– Je veux espérer qu'il reprendra quelques forces. Je devrai prendre grand soin de lui pour l'aider à affronter l'hiver, qui s'annonce comme l'un des pires que nous ayons connus dans le Comté. Il est là-haut ; il dort. Je t'emmènerai le voir dans quelques minutes.

– Jack s'est montré amical, dis-je, désireux d'alléger un peu l'atmosphère. Il s'accoutume à l'idée d'avoir un épouvanteur dans la famille, on dirait.

Maman eut un large sourire :

– Il le faudra bien ! Il a surtout une bonne raison de se réjouir : Ellie est de nouveau enceinte. Cette fois, c'est un garçon, j'en suis certaine. Jack a toujours désiré un fils à qui transmettre la ferme un jour.

J'étais content pour Jack. Maman ne se trompait jamais sur ces choses-là.

Je remarquai alors que la maison était bien calme ; trop calme.

– Et Ellie ? demandai-je. Où est-elle ?

– Pas de chance, Tom, tu tombes un mauvais jour. Tous les mercredis, elle rend visite à ses parents, et elle emmène la petite Mary. Si tu la voyais ! Elle n'a que huit mois et elle marche déjà à quatre pattes à une telle vitesse qu'il faudrait avoir des yeux dans le dos pour la surveiller ! Mais ton maître t'attend, et il fait froid dehors. Viens, montons voir ton père !

Papa dormait profondément, adossé à plusieurs oreillers qui le maintenaient presque assis.

– Il est mieux dans cette position, m'expliqua maman. Ses poumons sont encore congestionnés.

Mon père respirait avec bruit ; son visage était gris, et son front, couvert de sueur. Il n'était plus que l'ombre de l'homme plein de santé qui dirigeait la ferme d'une poigne ferme, tout en se montrant un père aimant pour ses sept fils.

– Je sais que tu aimerais échanger quelques mots avec lui, Tom. Pourtant, ne le réveillons pas : il a passé une très mauvaise nuit.

– Bien sûr, maman, approuvai-je, quoique je fusse désolé de ne pouvoir lui parler.

Il paraissait si malade que je craignais de ne jamais le revoir.

– Embrasse-le, mon fils. Et laissons-le se reposer.

Je regardai ma mère avec étonnement. Je n'arrivais pas à me rappeler quand j'avais embrassé papa pour la dernière fois. En général, il me tapotait l'épaule ou me donnait une brève poignée de main, c'était tout.

– Va, Tom ! Embrasse-le sur le front, insista maman. Et souhaite-lui de se rétablir. Même s'il est endormi, une part de lui t'entendra, et cela lui fera du bien.

Les yeux de ma mère plongeaient dans les miens, et j'y lus une volonté de fer. Je fis donc ce qu'elle me demandait. Je me penchai au-dessus du lit et embrassai légèrement le front chaud et moite de mon père. Je perçus une étrange odeur, une odeur de fleurs, que je n'arrivais pas à identifier.

– Remets-toi vite, papa, murmurai-je. Je reviendrai te voir au printemps.

J'avais la bouche sèche et, quand je passai la langue sur mes lèvres, je leur trouvai un goût de sel. Maman me sourit tristement en me désignant la porte.

Au moment où j'allais sortir, papa se mit à tousser. Je me retournai, inquiet. Au même instant, il ouvrit les yeux et me regarda.

– Tom ! Tom ! C'est toi ? lança-t-il avant d'être secoué par une nouvelle quinte.

Maman vint lui frictionner doucement la poitrine jusqu'à ce que la toux se calme enfin.

– Oui, dit-elle, Tom est là. Ne te fatigue pas, ne lui parle pas trop longtemps !

D'une voix faible et rauque, comme si quelque chose restait coincé dans sa gorge, il me demanda :

– Est-ce que tu travailles dur, petit ? Ton maître est-il satisfait ?

– Oui, papa, ça va, répondis-je en m'approchant du lit. D'ailleurs, c'est aussi pour cette raison que je suis ici : M. Gregory me garde comme apprenti, et il réclame les dix guinées que tu lui dois encore.

– C'est une bonne nouvelle, mon fils. Je suis content pour toi. Alors, tu t'es plu à Chipenden ?

– Oui, papa, fis-je en souriant. Aujourd'hui, nous sommes en route pour la maison d'hiver, sur la lande d'Anglezarke.

L'inquiétude se peignit soudain sur le visage de mon père. Il jeta un coup d'œil anxieux à maman avant de souffler :

– Oh, j'aimerais que tu n'ailles pas là-bas, Tom ! Il court d'étranges histoires sur cet endroit. Tu devras être sans cesse sur tes gardes ! Prends bien soin de rester constamment près de ton maître, et écoute avec attention tout ce qu'il te dira !

– Ça se passera bien, papa, ne t'inquiète pas. J'en apprends chaque jour davantage.

– Je n'en doute pas, petit. Je t'avoue que j'ai eu des doutes sur tes capacités à devenir épouvanteur ; c'est un rude travail ! Mais il faut bien que quelqu'un le fasse... En fin de compte, ta mère avait raison. Elle m'a fait le récit de ce que tu as accompli, et je suis fier d'avoir un rejeton aussi courageux. J'ai eu sept fils, de bons garçons. Je les aime tous, et je suis content de chacun d'eux. J'ai néanmoins le sentiment que tu seras le meilleur de la portée !

Je souris, embarrassé. Papa me rendit mon sourire, puis il ferma les yeux. Au rythme de sa respiration, je compris qu'il s'était rendormi. Maman me fit un signe, et nous quittâmes la chambre.

De retour dans la cuisine, j'interrogeai maman sur la curieuse odeur que j'avais remarquée.

– Puisque tu me poses la question, je ne vais rien te cacher, mon fils, dit-elle. En plus d'être le septième fils d'un septième fils, tu es celui qui a hérité de moi certaines aptitudes. Nous sommes tous les deux sensibles à ce qu'on appelle les signes délétères. Ce que tu as senti, c'est l'approche de la mort...

Ma gorge se noua et les larmes me montèrent aux yeux. Maman me prit dans ses bras :

– Oh, Tom, ne sois pas si bouleversé ! Cela ne signifie pas forcément que ton père va mourir dans une semaine, dans un mois ou dans un an. Mais plus l'odeur est forte, plus la mort est prochaine. Si le malade se rétablit, l'odeur se dissipe. Il en va de même pour ton père. Certains jours, elle est à peine perceptible. Je le soigne de mon mieux, et je garde espoir. Cependant c'est ainsi. Voilà, tu viens encore d'apprendre quelque chose...

– Merci, maman, fis-je tristement, m'apprêtant à partir.

– Ne te précipite pas dehors dans cet état ! me dit-elle avec tendresse. Assieds-toi près du feu, le temps que je te prépare un en-cas pour le voyage.

J'obéis, tandis qu'elle confectionnait rapidement des sandwiches au jambon et au poulet pour nous trois.

– On n'oublie rien ? demanda-t-elle en les enveloppant.

– L'argent pour M. Gregory ! m'écriai-je.

Cela m'était complètement sorti de la tête...

– Attends-moi là, Tom. Je monte en chercher dans ma chambre.

Par ces mots, elle ne désignait pas la chambre où elle dormait avec papa. Elle parlait de la petite pièce fermée à clé, tout en haut de la maison, où elle gardait ses affaires personnelles. Je n'y étais entré qu'une fois ; ce jour-là, elle m'avait remis sa chaîne d'argent. Personne ne pénétrait là, pas même papa. S'y entassaient quantité de caisses et de malles ; je n'avais pas la moindre idée de ce qu'elles contenaient. D'après ce que maman venait de dire, je compris qu'elle y conservait aussi de l'argent. C'était son argent qui avait servi à acheter la ferme. Elle l'avait apporté de Grèce, son pays d'origine.

Avant mon départ, maman me tendit les sandwiches et compta dix guinées, qu'elle déposa dans ma main. Puis elle me regarda, et je lus de l'inquiétude au fond de ses yeux :

– L'hiver va être long et rude, mon fils. Tous les signes l'annoncent. Les hirondelles se sont envolées vers le sud presque un mois plus tôt qu'à l'accoutumée, et les premières gelées sont survenues alors que mes rosiers étaient encore en fleur. Je n'avais jamais vu ça. Ce sera une période éprouvante ; aucun de nous n'en sortira indemne. Et il n'y aura pas de pire endroit qu'Anglezarke pour passer cette saison. Ton père se fait du souci pour toi, Tom, et moi aussi. Ce qu'il a dit est vrai. Je ne mâcherai pas mes mots : l'obscur gagne en puissance, cela ne fait pas de doute ; et il a une influence particulièrement maléfique sur la lande. Il y a des siècles, on y célébrait les Anciens Dieux. En hiver, certains tentent de sortir de leur sommeil. Le plus dangereux d'entre eux est Golgoth, que l'on appelle aussi le Seigneur de l'Hiver. Aussi, ne quitte jamais ton maître. Il est ton seul véritable ami. Vous devrez vous soutenir l'un l'autre.

– Et Alice ?

Maman secoua la tête :

– Elle est peut-être sûre, peut-être pas. Vois-tu, au fond de cette lande glaciale, on est plus près de l'obscur que dans aucun autre lieu du Comté. Ce séjour sera pour elle une nouvelle épreuve. J'espère qu'elle la surmontera, mais je ne peux en deviner l'issue. Fais comme je te l'ai conseillé ; travaille en étroite connivence avec M. Gregory. C'est le plus important.

Nous nous embrassâmes une dernière fois, et je me remis en route.

4
La maison d'hiver

Plus nous approchions d'Anglezarke, plus le temps se gâtait.

Il commença par pleuvoir ; un vent froid venant du sud-est nous cingla bientôt le visage. Les nuages bas, couleur de plomb, pesaient sur nos têtes. Puis le vent forcit, la pluie se transforma en grésil. La terre boueuse collait à nos bottes, et nous avancions péniblement. Pour couronner le tout, nous traversâmes une lande marécageuse, couverte de mousse, au sol traître et spongieux. L'Épouvanteur dut mettre en œuvre toute sa connaissance du terrain pour nous faire passer sans encombre.

Au matin du troisième jour, la pluie cessa et les nuages s'écartèrent, découvrant une sinistre ligne de collines.

– Nous y voici ! dit l'Épouvanteur en désignant l'horizon de son bâton. La lande d'Anglezarke. Et là-bas, à quatre miles environ vers le sud – il tendit de nouveau le bras –, se trouve Blackrod.

Nous n'étions pas encore assez près pour apercevoir le village. Je crus distinguer des volutes de fumée, mais ce n'étaient peut-être que des filets de brume.

– À quoi ressemble Blackrod ? demandai-je.

Mon maître y avait fait allusion par le passé ; j'imaginais que nous y achèterions nos provisions de la semaine.

– C'est loin d'être aussi accueillant que Chipenden, me répondit-il. Aussi, mieux vaut l'éviter. Les gens qui y vivent sont peu aimables ; beaucoup d'entre eux font partie de ma famille. C'est là que je suis né, je peux donc en parler. Adlington est plus agréable, et nous y arriverons bientôt. Toi, jeune fille, nous te laisserons à un mile environ au nord du village. Le domaine s'appelle la ferme de la Lande ; il appartient au couple Hurst.

Au bout d'une heure de marche, nous atteignîmes une ferme isolée, sur le bord d'un lac. Lorsque l'Épouvanteur pénétra dans la cour, les chiens se mirent à aboyer. Mon maître s'arrêta pour parler à un vieil homme, qui ne se montrait pas vraiment heureux de le voir. La femme du fermier les rejoignit. Aucun des trois n'esquissa le moindre sourire.

– Je ne suis pas la bienvenue ici, c'est clair, soupira Alice, un pli amer au coin des lèvres.

Comme pour me justifier, je déclarai :

– Ce n'est peut-être pas ce que tu crois. Souviens-toi qu'ils ont perdu une fille ! Certaines personnes ne se remettent jamais d'un tel malheur.

Je profitai de notre attente pour observer la ferme. Elle ne respirait pas la prospérité, et la plupart des bâtiments avaient besoin de réparations. La grange penchait à tel point qu'elle risquait de s'effondrer à la première tempête. C'était lugubre. Le lac, morne étendue d'eau grise cernée de marécages et bordée de rares saules rabougris, avait un aspect inquiétant. Si c'était là-dedans que leur fille s'était noyée, les Hurst avaient sans cesse devant les yeux la scène de la tragédie.

Au bout de quelques minutes, l'Épouvanteur nous fit signe d'approcher, et nous nous aventurâmes dans la cour boueuse.

– Lui, c'est Tom, mon apprenti, me présenta l'Épouvanteur.

Je dis bonjour d'un ton affable. Le couple me salua d'un mouvement de tête, le visage fermé.

– Et voici la jeune Alice, continua mon maître. Elle est travailleuse et vous sera d'une grande aide pour les soins du ménage. Soyez exigeants, mais bienveillants ; elle ne vous causera aucun problème.

Ils l'examinèrent de la tête aux pieds sans prononcer un mot ; Alice leur adressa une ombre de sourire, puis fixa le bout de ses souliers pointus d'un air buté. Elle ne prenait pas un bon départ, et je ne pouvais l'en blâmer. Ces gens semblaient si misérables, si accablés par les duretés de la vie ! L'affliction avait creusé leurs joues et leur front de profondes rides.

– Avez-vous vu Morgan, ces temps-ci ? leur demanda l'Épouvanteur.

À ce nom, je levai vivement la tête. Je vis un tic agiter les paupières de M. Hurst. Il parut soudain nerveux, presque effrayé. S'agissait-il du Morgan qui m'avait remis la lettre ?

– Pas souvent, répondit le fermier de mauvaise grâce en évitant le regard de l'Épouvanteur. Il passe parfois la nuit chez nous ; sinon il circule à sa guise. En ce moment, on ne le voit guère.

– Quand est-il venu pour la dernière fois ?

– Il y a deux semaines, peut-être plus...

– Eh bien, à la prochaine occasion, faites-lui savoir que j'aimerais lui dire un mot.

– On le fera.

– Je compte sur vous. Bon, nous allons reprendre la route.

Ramassant nos deux sacs, j'emboîtai le pas à mon

maître, mon bâton à la main. Alice se précipita derrière moi et me retint par le bras.

– N'oublie pas ta promesse, me chuchota-t-elle à l'oreille. Rends-moi visite ; ne me laisse pas seule ici plus d'une semaine ! Je t'attendrai.

– Ne t'inquiète pas, je viendrai, lui promis-je.

Sur ce, elle rejoignit ses nouveaux maîtres. Je les regardai entrer tous les trois dans la maison. Je me sentais d'autant plus triste que je ne pouvais rien faire pour elle.

Comme nous nous éloignions de la Ferme de la Lande, je confiai mes inquiétudes à l'Épouvanteur :

– Ces gens ne paraissent pas ravis de prendre Alice chez eux.

J'espérais qu'il m'assurerait du contraire. Or, il abonda dans mon sens ; j'en fus surpris et choqué.

– C'est exact, fit-il. Ils ne sont pas ravis du tout. Mais ils n'ont pas leur mot à dire. Les Hurst me doivent une coquette somme d'argent, vois-tu. À deux reprises, j'ai débarrassé leurs terres de gobelins fort encombrants. Et je n'ai pas encore reçu un penny pour ma peine. J'ai accepté d'effacer leur dette s'ils se chargeaient de la fille.

Je n'en croyais pas mes oreilles.

– C'est méchant ! m'écriai-je. Ils vont peut-être la maltraiter.

– Elle est capable de se défendre, tu le sais aussi bien que moi. D'ailleurs, tu ne pourras pas t'en empêcher ; tu viendras régulièrement vérifier si elle va bien, non ?

J'ouvrais la bouche pour protester quand il m'adressa un sourire carnassier, qui le fit ressembler plus que jamais à un loup affamé.

– N'ai-je pas raison ? railla-t-il.

Je hochai la tête.

– C'est ce que je pensais. Tu vois, je commence à te connaître. Aussi, ne t'angoisse pas trop pour cette fille. Occupe-toi plutôt de toi-même. Nous allons avoir un rude hiver ; l'affronter exigera toutes nos forces. Anglezarke n'est pas un séjour pour les couards et les poules mouillées.

Une autre question me tarabustait, et je me décidai à la poser :

– Vous avez parlé aux Hurst d'un certain Morgan. Est-ce celui qui vous a écrit la lettre ?

– J'espère bien qu'il n'y en a pas deux dans son genre, petit ! Un seul suffit.

– Alors, il habite parfois chez eux ?

– Parfois, en effet, ce qui n'a rien d'étonnant, puisqu'il s'agit de leur fils.

– Vous laissez Alice aux parents de ce Morgan ! me récriai-je, abasourdi.

– Oui. Et je sais ce que je fais. Alors, assez de controverses pour aujourd'hui ! Marchons ! Nous devons arriver avant la tombée de la nuit.

Dès que je les avais vues, j'avais aimé les collines de Chipenden. Celles d'Anglezarke avaient quelque chose de différent. Je n'arrivais pas à analyser ce que je ressentais ; plus nous avancions, plus mes pensées s'assombrissaient.

Peut-être était-ce dû à la saison, à ce temps lugubre, avant-coureur de l'hiver. Peut-être était-ce à cause de l'étendue de la lande, couchée devant moi telle une énorme bête assoupie, ses vallonnements enveloppés d'un linceul de nuages gris. Plus probablement, les nombreuses mises en garde que j'avais entendues, et la perspective du cruel hiver qui s'annonçait expliquaient mon humeur. Mais je me sentis totalement déprimé. C'était l'endroit le plus sinistre que nous eussions connu au cours de ces derniers mois.

Nous nous en approchâmes en remontant le cours d'un ruisseau, par une faille que mon maître appelait le Bec de Lièvre. La pente était couverte d'éboulis, qui firent bientôt place à du rocher nu parsemé de touffes d'herbe. Les mornes parois semblaient prêtes à nous prendre en tenailles.

Au bout de vingt minutes de marche, la faille s'incurva sur la gauche, et, d'un coup, la maison apparut, adossée à la falaise. Mon père disait que la première impression est généralement la bonne ; or, en découvrant la demeure, je sentis le moral me tomber au fond des bottes. Plus grande et plus imposante que celle de Chipenden, elle était bâtie en pierres noires, ce qui lui donnait une apparence funèbre. Avec d'aussi étroites fenêtres, son intérieur devait être fort sombre. C'était l'habitation la moins hospitalière qu'on puisse imaginer.

Le pire, cependant, était qu'elle n'avait pas de jardin. Devant, cinq ou six pas la séparaient du ruisseau, qui n'était pas très large, mais qu'on devinait profond et glacial. Trente pas plus loin, on touchait la falaise opposée. À condition de réussir à traverser sur les pierres glissantes affleurant à la surface de l'eau...

Aucun filet de fumée ne s'échappait de la cheminée ; nous ne serions pas accueillis par un bon feu. Dans la résidence d'été, le gobelin domestique préparait toujours notre arrivée ; nous trouvions une maison chaude et un repas servi sur la table de la cuisine.

Au-dessus de nos têtes, les parois de la faille se rejoignaient presque, ne laissant apparaître qu'une mince bande de ciel. Je frissonnai : il faisait plus froid que sur les basses pentes de la lande ; même en été, on ne devait avoir qu'une heure de soleil par jour, guère davantage.

Je regrettai amèrement les bois, les champs, les hautes collines et le grand ciel de Chipenden. Là-bas, nous avions vue sur le monde ; ici, nous serions enfermés au fond d'un puits.

Je jetai un coup d'œil anxieux vers les sommets de la faille, là où ils tranchaient le ciel. Si quelqu'un nous observait de là-haut, nous ne le saurions même pas.

– Eh bien, petit, nous y sommes. Voici ma maison d'hiver. De l'ouvrage nous attend. Alors, fatigués ou pas, nous devons nous y mettre !

Au lieu de se diriger vers la porte principale, l'Épouvanteur me conduisit vers un minuscule passage pavé, large de trois pas à peine, séparant l'arrière de la maison du rocher ruisselant, où s'accrochaient des stalactites de glace. Elles m'évoquèrent les dents du dragon dont parlaient les contes qu'un de mes oncles me narrait quand j'étais petit.

Certes, dans la gueule du monstre cracheur de feu, ces « dents » seraient aussitôt devenues vapeur. En cet endroit glacial, elles devaient persister de longs mois.

– Ici, petit, me dit l'Épouvanteur, on n'utilise que la porte de derrière.

Il sortit de sa poche la clé fabriquée par son frère Andrew, le serrurier. Elle venait à bout de n'importe quel mécanisme pour peu qu'il ne soit pas trop compliqué. J'en possédais une semblable, et elle m'avait été utile à plusieurs reprises.

La clé tourna avec difficulté dans la serrure, et la porte parut s'ouvrir à contrecœur. Je pénétrai dans une entrée sombre à frémir. Ayant appuyé son bâton contre le mur, l'Épouvanteur tira de son sac une chandelle, qu'il alluma. Il me désigna une étagère basse et m'ordonna d'y déposer nos sacs. J'obéis et plaçai mon bâton près de celui de mon maître avant de le suivre à l'intérieur.

Ma mère aurait été choquée par l'état de la cuisine. Il était clair qu'ici aucun gobelin domestique ne s'occupait des tâches ménagères, car personne n'avait nettoyé les lieux depuis que l'Épouvanteur les avait quittés à la fin de l'hiver dernier. La poussière recouvrait tout ; des toiles d'araignées pendaient du plafond. De la vaisselle sale s'empilait dans l'évier, un vieux trognon de pain gisait sur la table, vert de moisissures. Une odeur douceâtre régnait dans la pièce, à croire que quelque chose pourrissait dans un coin. Près de la cheminée attendait un rocking-chair semblable à celui de ma mère. Un châle brun, qui aurait mérité un bon lavage, était accroché au dossier. Je me demandai à qui il appartenait.

– Au travail ! me dit l'Épouvanteur. Chauffons d'abord cette vieille bâtisse. Après quoi, nous ferons un peu de ménage.

Sur le côté de la maison, une cabane en planches abritait un gros tas de charbon. Comment une telle quantité de combustible avait-elle été acheminée à travers le Bec de Lièvre ? À Chipenden, c'était moi qui me chargeais des provisions de la semaine ;

j'espérais qu'ici le transport des sacs de charbon ne ferait pas partie de mes attributions.

Nous remplîmes trois grands seaux, que nous rapportâmes dans la cuisine.

– Tu sais allumer un feu ? me questionna mon maître.

Je fis signe que oui. En hiver, à la ferme, c'était mon premier travail du matin.

– Parfait ! Commence par cette pièce ; je m'occupe du salon. Il y a treize cheminées dans cette maison ; six devraient nous fournir assez de chaleur pour l'instant.

Une heure plus tard, les six feux brûlaient : un dans la cuisine, un dans le salon, un dans ce que l'Épouvanteur appelait son cabinet de travail, au rez-de-chaussée ; les trois autres dans les chambres, au premier étage. Il y avait sept autres chambres, dont une dans le grenier, mais nous n'y entrâmes pas.

– C'est un bon début, déclara mon maître. Maintenant, allons puiser de l'eau !

Muni chacun d'une grosse cruche, nous ressortîmes par la porte de derrière et, contournant la maison, nous dirigeâmes vers le ruisseau. L'eau était froide et claire – on voyait les rochers au fond – et assez profonde pour qu'il soit facile d'y plonger nos récipients. C'était une rivière tranquille, qui descendait vers l'entrée de la faille avec un léger clapotis.

À l'instant où je finissais d'emplir ma cruche, je perçus un mouvement, loin au-dessus de moi, et j'eus l'impression d'être observé. Je levai la tête vers le sommet de la paroi rocheuse, dont la ligne grise se découpait contre le ciel. Je ne vis personne.

– Ne regarde pas ! me lança l'Épouvanteur d'une voix irritée. Ne lui donne pas cette satisfaction ! Fais mine de n'avoir rien remarqué !

– Qui était-ce ? l'interrogeai-je, inquiet et tendu, en le suivant vers la maison.

– Difficile de le dire. Je n'ai même pas jeté un œil, je n'ai donc pas de certitude.

Mon maître s'arrêta soudain et posa son récipient ; tout à trac, il lâcha :

– Que penses-tu de cette demeure ?

Mon père m'avait appris à parler avec franchise, et je savais que l'Épouvanteur n'était pas homme à se vexer facilement. Aussi avouai-je :

– J'aurai du mal à vivre ici, telle une fourmi coincée entre deux pavés ! Je préfère de loin votre maison de Chipenden.

– Moi aussi, petit. Moi aussi. Nous ne sommes là que parce qu'il le faut. Cet endroit est une frontière, le seuil de l'obscur ; c'est un sale coin pour y passer l'hiver. Il y a des créatures sur la lande dont j'aimerais mieux ne pas me préoccuper. Mais, si nous ne les affrontons pas, qui le fera ?

– Quelles sortes de créatures ? demandai-je, me

souvenant des paroles de ma mère, et curieux d'entendre la réponse de l'Épouvanteur.

– Il y a des gobelins, des sorcières, des quantités de fantômes et de spectres, et des êtres bien pires encore...

– Des êtres comme Golgoth ?

– Oui, comme Golgoth. Ta mère t'a renseigné sur lui, je suppose ?

– Elle y a fait allusion quand elle a su que nous allions à Anglezarke, sans m'en dire grand-chose ; à part qu'il se manifestait l'hiver.

– C'est exact ; je t'en dirai davantage le moment venu. À présent, regarde ça ! fit-il en désignant la cheminée, dont les deux rangées de conduits circulaires laissaient échapper une épaisse fumée brune.

Agitant le doigt, il déclara :

– Nous sommes venus lever le drapeau, petit !

Je cherchai un drapeau sur le toit ; je ne vis que la fumée.

– C'est une façon de parler : par notre seule présence, nous proclamons que ce pays nous appartient, et qu'il n'est pas la possession de l'obscur. Tenir tête à l'obscur, particulièrement à Anglezarke, est une tâche redoutable, mais tel est notre devoir.

Reprenant sa cruche, il conclut :

– Quoi qu'il en soit, rentrons et mettons-nous au ménage.

Je passai les deux heures suivantes à récurer, balayer, astiquer et à battre les tapis, qui dégageaient des nuages de poussière. Enfin, après que j'eus lavé et essuyé la vaisselle, l'Épouvanteur m'envoya faire les trois lits dans les chambres du premier.

– Les *trois* lits ? répétai-je, craignant d'avoir mal compris.

– Oui, les trois. Et, quand tu auras fini, tu feras bien de te décrasser les oreilles ! Va ! Ne reste pas là à bayer aux corneilles ! Nous n'avons pas toute la journée !

J'obtempérai en haussant les épaules. Les draps étaient humides, et je commençai par les étendre devant le feu pour qu'ils sèchent. Ma tâche terminée, je descendis, épuisé.

Passant devant l'escalier de la cave, je m'étonnais de le découvrir aussi large. Quatre personnes auraient pu y tenir côte à côte. Alors que je l'observai, perplexe, je perçus un bruit qui me flanqua la chair de poule. On aurait dit un profond soupir, suivi d'une faible plainte. Je me figeai en haut des marches, au seuil des ténèbres, et je tendis l'oreille. Plus rien ! Mon imagination m'avait-elle joué un tour ?

J'entrai dans la cuisine, où l'Épouvanteur se lavait les mains à l'évier.

– J'ai entendu un gémissement dans la cave, dis-je. Est-ce un fantôme ?

– Il n'y a plus de fantômes dans cette maison ; voilà des années que je me suis débarrassé d'eux. Non, ce devait être Meg. Elle vient sans doute de se réveiller. Allons voir !

Je n'étais pas sûr d'avoir bien saisi. Certes, j'avais été prévenu que je rencontrerais Meg, qu'elle était une sorcière lamia et qu'elle vivait quelque part à Anglezarke. Je m'étais d'ailleurs presque attendu à la trouver dans la maison. Mais découvrir une demeure aussi froide et mal entretenue m'avait ôté cette idée. Pourquoi Meg aurait-elle dormi dans une cave glacée ?

Quoique rempli de curiosité, je compris qu'il valait mieux ne pas poser de questions. Parfois, l'Épouvanteur était disposé à répondre. En ce cas, il s'asseyait, m'envoyait chercher mon cahier, ma plume et ma bouteille d'encre, et je me préparais à prendre des notes. À d'autres moments, comme celui-ci, je voyais à l'expression de ses yeux verts qu'il avait la tête ailleurs. Je me tus donc, tandis qu'il allumait une chandelle.

Je le suivis dans l'escalier. Je n'avais pas vraiment peur, car il agissait en connaissance de cause, je n'en doutais pas. J'étais tout de même un peu nerveux. Je n'avais jamais rencontré de sorcière lamia, et, bien qu'ayant lu beaucoup d'ouvrages sur elles, je ne savais trop à quoi m'attendre. Comment Meg avait-elle survécu, dans le noir et le froid, un printemps, un été et un automne ? Qu'avait-elle mangé ? Des limaces, des vers, des insectes et des escargots, comme les sorcières que l'Épouvanteur enfermait dans un puits ?

Après un coude de l'escalier, une grille de fer nous bloqua le passage. L'Épouvanteur sortit une clé de sa poche et l'introduisit dans la serrure. Ce n'était pas celle qu'il utilisait d'ordinaire.

– C'est une serrure compliquée ? voulus-je savoir.

– En effet, petit. Au cas où tu en aurais besoin, sache que je laisse cette clé en haut de la bibliothèque, près de la porte, dans mon cabinet de travail.

La grille produisit en s'ouvrant un puissant grincement métallique, qui résonna longuement entre les pierres des murs, comme si la maison tout entière avait été une énorme cloche.

– Le fer empêche la plupart d'entre eux de franchir cette limite, expliqua l'Épouvanteur. Si toutefois ils y réussissaient, nous serions aussitôt avertis par le raffut. Cette porte est plus efficace qu'un chien de garde.

– Qui ça, eux ? Et pourquoi cet escalier est-il aussi large ?

– Chaque chose en son temps, répliqua sèchement mon maître. Les questions et les réponses viendront plus tard. Occupons-nous d'abord de Meg.

Alors que nous descendions, j'entendis de faibles bruits venant des profondeurs. Il y eut un grondement, accompagné d'un léger grattement, qui augmentèrent ma nervosité. Je compris que la maison avait plus de sous-sols que d'étages. À chaque coude de l'escalier, une porte en bois était incrustée dans le mur ; au troisième, nous arrivâmes sur un palier comprenant trois portes.

L'Épouvanteur s'arrêta devant celle du milieu et se tourna vers moi :

– Attends-moi là, petit ! Meg est toujours un peu agitée quand elle se réveille. Donnons-lui le temps de s'accoutumer à ta présence.

Sur ces mots, il me tendit la chandelle, fit jouer sa clé dans la serrure et pénétra dans l'obscurité, refermant la porte derrière lui.

Je restai là pendant dix bonnes minutes. Je n'étais pas rassuré, seul dans ces escaliers sinistres. D'une part, le froid s'était accentué à mesure que nous descendions ; d'autre part, j'entendais des bruits inquiétants, provenant de tout en bas. C'étaient des râles, des gémissements, comme si quelqu'un souffrait. Puis des sons étouffés montèrent de la pièce où l'Épouvanteur était entré. Mon maître paraissait parler calmement mais fermement. Soudain, je perçus des pleurs de femme. Cela ne dura pas. Ils se remirent à chuchoter, à croire que ni l'un ni l'autre ne souhaitait que je surprenne leur conversation.

Enfin, la porte s'ouvrit en grinçant. L'Épouvanteur réapparut.

– Voici Meg, dit-il en s'écartant, de sorte que je puisse voir la femme qui le suivait. Elle te plaira, petit. C'est la meilleure cuisinière du Comté.

Meg m'examina de la tête aux pieds, l'air surpris. Moi, je la fixai, ébahi. C'était une femme d'une grande beauté, et elle portait des souliers pointus. Lorsque j'étais arrivé à Chipenden, au cours de ma première leçon mon maître m'avait mis en garde contre les filles ainsi chaussées. Qu'elles le sachent elles-mêmes ou non, la plupart étaient des sorcières.

Je n'avais pas tenu compte de cet avertissement, et j'avais parlé à Alice. Elle m'avait entraîné dans des histoires impossibles, avant de m'aider finalement à m'en sortir. Mon maître faisait donc fi de son propre conseil ! Sauf que Meg n'était pas une fille ; c'était une femme, dont les traits du visage, les yeux, les hautes pommettes, le teint étaient d'une telle perfection qu'on ne se lassait pas de la regarder. Seuls ses cheveux argentés trahissaient son âge.

Meg n'était pas plus grande que moi ; elle arrivait à l'épaule de l'Épouvanteur. En l'observant de plus près, on devinait qu'elle avait dormi longtemps dans le froid et l'humidité : des lambeaux de toiles d'araignées s'accrochaient à sa chevelure, et des plaques de moisissure tachaient sa robe d'un pourpre fané.

L'Épouvanteur m'avait parlé des différentes sortes de sorcières ; j'avais rempli des pages entières de cahier avec ses enseignements. Mais ce que je savais des sorcières lamia, je l'avais appris en fouinant dans des ouvrages de la bibliothèque de mon maître, que je n'étais pas censé étudier.

Les sorcières lamias viennent d'au-delà des mers. Dans leur pays d'origine, elles pourchassent les hommes pour se nourrir de leur sang. À l'état sauvage, leur corps est recouvert d'écailles, et leurs doigts se terminent par de longues et puissantes griffes. Elles peuvent se métamorphoser lentement, et plus elles sont en contact avec les hommes, plus leur apparence devient humaine. Elles finissent par devenir des « lamias domestiques », qui ressemblent à des femmes, à l'exception d'une ligne d'écailles vertes et jaunes le long de leur colonne vertébrale. Certaines cessent même d'être des « pernicieuses », pour devenir des « bénévolentes ». Était-ce le cas de Meg ? Était-ce pour cela que l'Épouvanteur ne l'avait pas enfermée au fond d'un puits, comme il l'avait fait pour Lizzie l'Osseuse ?

– Meg, reprit mon maître, voici Tom, mon apprenti. C'est un bon garçon. Je pense que vous vous entendrez.

Meg tendit le bras vers moi. Je crus qu'elle voulait me serrer la main. Or, à l'instant où nos doigts se touchaient, elle eut un brusque mouvement de recul, comme si elle s'était brûlée, et je lus de l'inquiétude dans ses yeux.

– Où est Billy ? demanda-t-elle. J'aimais Billy.

Sa voix, aussi douce que de la soie, était chargée de perplexité.

Elle parlait de Billy Bradley, le précédent apprenti, celui qui était mort.

– Billy est parti, Meg, répondit l'Épouvanteur avec bienveillance. Je te l'ai déjà dit. Ne t'inquiète pas pour lui. La vie continue. Tu vas t'accoutumer à Tom, à présent.

– C'est un *autre* nom à retenir, gémit Meg. Pourquoi faire tant d'efforts, alors que ces garçons restent si peu de temps ?

On m'envoya chercher de l'eau au ruisseau. Je dus faire une douzaine d'allers et retours avant que Meg se déclare satisfaite. Elle mit l'eau à bouillir, et je fus déçu en comprenant que ce n'était pas pour cuisiner.

J'aidai l'Épouvanteur à porter dans la cuisine une grande baignoire en fer et à la remplir d'eau chaude.

– Retirons-nous, me dit-il. Laissons à Meg un peu d'intimité. Elle est restée des mois dans cette cave, elle désire se laver.

Je me fis la réflexion que, s'il ne l'avait pas enfermée en bas, elle aurait pu garder la maison en état pour son retour chaque hiver. Ce qui entraîna une autre question : pourquoi l'Épouvanteur n'emmenait-il pas Meg avec lui dans sa résidence d'été ?

– Voici le salon, déclara mon maître en ouvrant une porte et en m'invitant à entrer. Nous y discutons et nous y recevons ceux qui viennent quérir notre aide.

Avoir un salon est une ancienne tradition du Comté. C'est la plus belle pièce de la maison, aussi élégante que possible, que l'on utilise rarement, car il faut la garder propre et rangée pour accueillir les visiteurs. À Chipenden, l'Épouvanteur n'avait pas de salon ; il préférait tenir les gens loin de chez lui. Voilà pourquoi ils devaient s'arrêter au carrefour, sous les saules, sonner la cloche et attendre. Apparemment, les règles étaient différentes ici.

À la ferme non plus, nous n'avions pas de salon. Sept garçons, cela fait une grande famille. Au temps où nous étions tous à la maison, chaque espace était utilisé. D'ailleurs, maman, qui n'était pas originaire du Comté, trouvait qu'avoir un salon était une drôle d'idée. « À quoi cela sert-il si on n'y va presque jamais ? disait-elle toujours. Les gens n'ont qu'à nous parler là où nous sommes ! »

Si le salon de l'Épouvanteur n'était pas d'une grande élégance, les canapés un peu défoncés semblaient aussi confortables que les deux fauteuils, et une agréable chaleur régnait dans la pièce ; si bien qu'à peine assis je me sentis gagné par une douce somnolence. La journée avait été longue, et nous avions un bon nombre de miles dans les jambes.

J'étouffai un bâillement, ce qui n'échappa pas à mon maître :

– Tu n'as plus l'esprit assez vif pour que je te donne une leçon de latin. Dès qu'on aura soupé, tu monteras te coucher. Tu te lèveras tôt demain pour réviser tes verbes.

J'acquiesçai.

– Encore une chose, dit-il en ouvrant un placard près de la cheminée.

Il en sortit une grande bouteille brune et la tint devant moi afin que je la voie bien.

– Sais-tu ce que c'est ? me demanda-t-il en levant les sourcils.

Je haussai les épaules, puis remarquai l'étiquette et lus :

– Tisane.

– Ne te fie jamais à une étiquette, me conseilla l'Épouvanteur. Tu verseras un peu de ce liquide dans une tasse chaque matin, tu y ajouteras de l'eau bouillante, tu remueras soigneusement et tu le donneras à Meg. Tu veilleras à ce qu'elle boive la préparation jusqu'à la dernière goutte. Ça prendra un moment, car elle aime la savourer à petites gorgées. Ce sera ta tâche la plus importante de la journée. Dis-lui chaque fois que c'est sa tisane habituelle, qui l'aidera à garder sa densité osseuse et la souplesse de ses articulations. L'explication lui suffira.

– Qu'est-ce que c'est, en réalité ?

L'Épouvanteur ne répondit pas tout de suite.

– Comme tu le sais, fit-il enfin, Meg est une sorcière lamia. Ce breuvage le lui fait oublier. Souhaite qu'elle ne s'en souvienne jamais, petit ! Ce serait extrêmement dangereux pour nous si Meg retrouvait la mémoire de sa nature et de ses pouvoirs.

– C'est pour cette raison que vous l'enfermez à la cave et que vous la tenez éloignée de Chipenden ?

– Oui, j'assure ainsi la sécurité de tous. Et je ne peux laisser personne se douter qu'elle est ici. Les gens ne comprendraient pas. Certains, dans le coin, savent de quoi elle est capable...

– Comment a-t-elle survécu si longtemps sans manger ?

– À l'état sauvage, les sorcières lamias peuvent se passer de nourriture pendant des années, se contentant d'insectes, de larves, d'un rat de temps à autre. Même quand elles deviennent domestiques, rester des mois à jeun ne leur pose pas de problème. Meg n'a pas souffert. Une forte dose de cette potion la fait dormir et lui procure également de nombreux nutriments. Quoi qu'il en soit, petit, je suis sûr que tu l'aimeras. C'est une excellente cuisinière, tu t'en apercevras bientôt. De plus, elle est organisée et méticuleuse. Elle fait briller ses casseroles comme si elles étaient neuves, et les empile avec soin dans le buffet. Quant aux couverts, elle les range dans le tiroir, les couteaux à gauche, les fourchettes à droite.

Je me demandai ce qu'elle aurait pensé du bazar qui régnait dans la maison à notre arrivée ; peut-être était-ce pour cela que l'Épouvanteur avait voulu tout nettoyer avant de la libérer.

– Bien ! Assez bavardé. Va voir ce qu'elle fait...

Après le bain, le visage de Meg avait pris une belle teinte rosée, la rendant plus jolie que jamais. Malgré ses cheveux argentés, elle paraissait deux fois plus jeune que l'Épouvanteur. Elle portait à présent une robe propre, du même brun que ses yeux, attachée dans le dos par une rangée de petits boutons blancs, qui avaient tout l'air d'être en os. Cette idée me mit mal à l'aise. Si tel était le cas, d'où ces os venaient-ils ?

À ma grande déception, Meg n'avait pas préparé le souper. Comment l'aurait-elle pu, étant donné qu'il n'y avait ici aucune provision, à part un morceau de pain moisi ?

Il nous fallut donc nous arranger avec le reste du fromage que l'Épouvanteur avait emporté pour le voyage. C'était un bon produit du Comté à la pâte friable, d'un appétissant jaune pâle ; mais il n'y en avait pas assez pour rassasier trois personnes affamées.

Nous étions assis autour de la table, mâchant chaque bouchée longuement pour la faire durer. La conversation languissait ; quant à moi, je ne songeais qu'au petit déjeuner.

– Dès qu'il fera jour, j'irai faire les courses pour la semaine, déclarai-je. Devrai-je aller à Adlington ou à Blackrod ?

– Tiens-toi à l'écart de ces deux villages, petit, me recommanda l'Épouvanteur. Surtout de Blackrod ! Tu n'auras pas à t'occuper de ça pendant notre séjour ici. Cesse de t'inquiéter ! Ce qu'il te faut, c'est une bonne nuit de sommeil. Va te mettre au lit, et dors bien ! Meg et moi avons à discuter.

Je montai donc me coucher. Ma chambre était beaucoup plus grande que celle où je logeais à Chipenden. Elle n'était pourtant meublée que d'un lit, d'une chaise et d'une très petite commode. Si elle avait été située à l'arrière de la maison, je n'aurais eu pour vis-à-vis que la paroi de rocher. Par chance, elle donnait de l'autre côté. Lorsque je soulevai la fenêtre à guillotine, j'entendis le murmure de l'eau et la plainte du vent. Les nuages s'étaient écartés, et la pleine lune répandait jusqu'au fond de la faille sa lumière d'argent, que le ruisseau reflétait. La nuit s'annonçait glaciale.

Je passai la tête à l'extérieur pour mieux voir. La lune, énorme, semblait perchée en haut de la falaise. Une silhouette agenouillée se découpa contre le disque lumineux, le visage tourné vers le bas. L'instant d'après, elle avait disparu. J'avais juste eu le temps de remarquer qu'elle portait un capuchon.

Je fixai l'endroit un bon moment, mais le mystérieux personnage ne se manifesta plus. Ma chambre se refroidissait, aussi refermai-je la fenêtre. Était-ce Morgan ? Et, si oui, pourquoi nous espionnait-il ? Était-ce également lui qui nous épiait quand nous puisions de l'eau au ruisseau ?

Je me dévêtis et me glissai dans les draps. Malgré ma fatigue, j'avais du mal à trouver le sommeil. La vieille maison craquait et gémissait ; j'entendais des tapotements au pied de mon lit. Ce n'était probablement qu'une souris courant sous les lattes du plancher ; toutefois, étant le septième fils d'un septième fils, je songeais que c'était peut-être bien autre chose...

Je finis par m'endormir, pour me réveiller en sursaut au beau milieu de la nuit. Je restai allongé, immobile, me demandant avec inquiétude ce qui avait pu m'éveiller si brusquement. L'obscurité était totale, je ne voyais rien ; je sentais néanmoins qu'il se passait quelque chose d'anormal. Il y avait eu un bruit, j'en étais sûr.

Je n'eus pas longtemps à attendre avant qu'il se produise de nouveau. C'étaient deux sons différents, de plus en plus perceptibles à mesure que les secondes passaient. L'un était un bourdonnement aigu, l'autre un grondement grave, à croire qu'une avalanche de pierres roulait le long d'une pente rocheuse.

Seulement, *ça* venait du sous-sol, et *ça* s'accentuait à tel point que les vitres de la fenêtre tintèrent. Les murs eux-mêmes vibraient. La peur me prit. J'ignorais de quoi il s'agissait, mais, si ça continuait, la maison allait s'écrouler ! Un tremblement de terre allait-il nous ensevelir sous les débris de la falaise ?

5
Ce qu'il y a en bas

Les séismes étaient rares dans le Comté. Il n'y en avait pas eu d'important depuis une génération. Pourtant, la maison était tellement secouée qu'il y avait de quoi être effrayé. Je m'habillai en hâte, enfilai mes bottes et descendis au rez-de-chaussée.

Je remarquai aussitôt que la porte de la cave était ouverte ; des bruits indistincts me parvenaient des sous-sols. Poussé par la curiosité, je m'aventurai sur les premières marches. Le grondement s'était encore amplifié. Soudain, je perçus un cri strident, plus bestial qu'humain.

Presque tout de suite, j'entendis la grille se refermer bruyamment et la clé tourner dans la serrure. La lumière vacillante d'une chandelle dansa dans l'obscurité, des pas résonnèrent dans l'escalier. J'eus une seconde d'effroi à l'idée de ce qui pouvait surgir. Ce n'était que l'Épouvanteur.

– Que se passe-t-il ? m'écriai-je.

Mon maître me dévisagea, stupéfait.

– Pourquoi es-tu debout à une heure pareille ? bougonna-t-il. Va vite te recoucher !

– J'ai cru entendre crier. Et qu'est-ce qui cause ce vacarme ? Il y a un tremblement de terre ?

– Non, petit, ce n'est rien ; du moins rien dont tu aies à t'inquiéter. Ce sera fini dans un instant. Retourne dans ta chambre, je t'expliquerai tout demain matin.

Il me poussa en haut des marches et referma la porte derrière lui.

Au ton de sa voix, je sus qu'il était inutile de discuter. Je filai donc à l'étage, pas vraiment rassuré, tant les murs continuaient de trembler.

En fin de compte, la maison ne s'écroula pas. Comme l'Épouvanteur me l'avait assuré, le calme revint bientôt, et je réussis à me rendormir.

Je me levai une heure avant l'aube et descendis à la cuisine. Meg sommeillait dans le rocking-chair. Je me demandai si elle y avait passé la nuit ou si elle avait quitté sa chambre quand le vacarme s'était déclenché. Elle ne ronflait pas, mais chacune de ses expirations produisait un léger sifflement.

Aussi discrètement que possible, pour ne pas la réveiller, je remis du charbon dans l'âtre et ranimai le feu. Après quoi, je m'assis sur une chaise, dans la bonne chaleur, pour réviser mes verbes latins. J'avais deux cahiers, l'un pour noter les enseignements de mon maître sur notre métier d'épouvanteur, l'autre pour consigner les leçons de latin.

Je me réjouissais que maman m'eût enseigné le grec ; en revanche, je peinais avec le latin. Les verbes, en particulier, me donnaient du fil à retordre. Beaucoup d'ouvrages que possédait l'Épouvanteur étaient écrits dans cette langue, il me fallait donc l'étudier.

Mon maître m'avait appris à travailler avec méthode et à répéter à haute voix, car cela aide à mémoriser. Ne voulant pas réveiller Meg, je chuchotais, sans regarder mon cahier :

– *Amo, amas, amat*... J'aime, tu aimes, il ou elle aime...

– J'ai aimé, autrefois, entendis-je dans mon dos. À présent, je ne sais même plus qui je suis.

Je tressaillis si violemment que je faillis lâcher mon cahier. Meg fixait le feu, un mélange d'étonnement et de tristesse sur le visage.

Je m'efforçai de lui sourire :

– Bonjour, Meg. J'espère que vous avez bien dormi.

– C'est aimable à toi de t'en préoccuper, Billy, répondit-elle. En vérité, j'ai très mal dormi. Il y a eu beaucoup de bruit, et j'ai essayé toute la nuit de me rappeler quelque chose ; malheureusement, les pensées tournent si vite dans ma tête que je n'arrive pas à les retenir. Je n'ai pas l'intention d'abandonner, pourtant ; je resterai ici, près du feu, jusqu'à ce que la mémoire me revienne.

À ces mots, je m'alarmai : qu'arriverait-il si Meg se souvenait de qui elle était ? Si elle réalisait qu'elle était une sorcière lamia ? Je devais agir avant qu'il soit trop tard ! Posant mon cahier, je sautai sur mes pieds :

– Ne vous inquiétez pas, Meg ! Je vais vous préparer une boisson chaude, ça vous fera du bien.

Je mis de l'eau dans la bouilloire de cuivre, que je suspendis au crochet de la cheminée. J'attrapai une tasse propre, me rendis au salon pour y verser la dose de potion. De retour dans la cuisine, j'attendis que la bouilloire se mette à chanter. Puis je remplis la tasse jusqu'au bord et remuai soigneusement, comme l'Épouvanteur me l'avait ordonné.

– Tenez, Meg, voici votre tisane. Elle gardera vos os solides et vos articulations souples.

– Merci, Billy, dit-elle en souriant.

Elle prit la tasse, souffla dessus et commença à siroter le breuvage sans quitter l'âtre des yeux. Au bout d'un moment, elle déclara :

– C'est délicieux. Tu es un gentil garçon.

Cette réflexion m'attrista. Je n'étais pas fier de ce que j'avais fait. Elle était restée éveillée toute la nuit, luttant pour retrouver ses souvenirs, et cette boisson allait lui brouiller encore plus la mémoire ! Tandis qu'elle buvait à petites gorgées, appuyée contre le dossier du rocking-chair, je passai derrière elle pour examiner le détail qui m'avait troublé la veille au soir.

Je regardai attentivement les treize boutons blancs qui fermaient sa robe du col à la taille. J'en fus presque sûr : ces boutons étaient en os. Meg n'était pourtant pas de celles qui pratiquent la magie des ossements ; elle était une lamia, et elle n'était pas originaire du Comté. Alors, ces boutons ? Venaient-ils de victimes qu'elle avait tuées jadis ? Sous le tissu de la robe, je devinais les écailles jaunes et vertes qui couvraient sa colonne vertébrale.

Peu de temps après, on frappa à la porte de derrière. J'allai ouvrir, car mon maître dormait après cette nuit agitée.

Un homme était sur le seuil, coiffé d'une curieuse casquette de cuir à oreillettes, une lanterne dans la main droite ; de la gauche, il tenait par la bride un poney chargé de tant de sacs que je me demandai comment la pauvre bête ne s'effondrait pas sous le poids.

– Bonjour, jeune homme, fit-il en souriant. J'apporte la commande de M. Gregory. Tu dois être le nouvel apprenti. C'était un brave garçon, ce Billy ! J'ai été désolé d'apprendre ce qui lui était arrivé.

– Je m'appelle Tom, dis-je.

– Comment vas-tu, Tom ? Moi, je suis Shanks. Tu diras à ton maître que j'ai ajouté des provisions en sus, et que je doublerai la quantité chaque semaine avant que les intempéries m'empêchent de monter jusqu'ici. On va avoir un rude hiver, à ce qu'il paraît ! Quand il se met à neiger, il peut se passer un bon moment sans que je puisse revenir.

J'approuvai de la tête et examinai son chargement. Il faisait encore sombre ; le jour se levait à peine, des nuages gris couraient dans l'étroite bande de ciel, poussés par le vent d'ouest. Meg apparut dans l'entrée. Elle ne fit que passer, mais Shanks la vit. Je crus que les yeux allaient lui sortir de la tête. Il recula vivement, heurtant son poney.

Toutefois, dès que Meg fut retournée à la cuisine, il se calma. Je l'aidai à décharger les sacs. L'Épouvanteur survint et paya son fournisseur.

Lorsque Shanks repartit, mon maître fit quelques pas avec lui. Ils étaient trop loin pour que je saisisse leur conversation ; je compris toutefois qu'ils parlaient de Meg, car son nom fut prononcé deux fois.

J'entendis distinctement Shanks se récrier :

– Vous aviez dit que le problème était réglé !

À quoi l'Épouvanteur répliqua :

– Ne vous inquiétez pas, elle n'est pas dangereuse, et je connais mon travail. Gardez ça pour vous, c'est dans votre intérêt.

Quand il revint, mon maître paraissait mécontent.

– Tu as préparé sa tisane à Meg ? me lança-t-il d'un air soupçonneux.

– J'ai suivi vos indications. Je la lui ai donnée dès qu'elle s'est réveillée.

– Est-elle sortie de la maison ?

– Non, elle est juste passée dans l'entrée. En l'apercevant, Shanks a eu l'air terrifié.

– C'est fâcheux, dit l'Épouvanteur. Il n'aurait pas dû la voir. Habituellement, elle ne se montre pas. Elle ne l'a jamais fait ces dernières années, en tout cas. Nous allons devoir augmenter la dose. Comme je te l'ai dit hier soir, Meg a causé beaucoup d'agitation dans le Comté. Les gens ont toujours eu peur d'elle. Jusqu'à aujourd'hui, personne ne savait qu'elle circulait librement dans la maison. Si ce bruit se répandait, je n'aurais pas fini d'en entendre ! Les gens du coin sont têtus : une fois qu'ils ont refermé leurs dents sur quelque chose, ils ne lâchent pas prise aisément. Mais Shanks tiendra sa langue, je le paie assez pour cela.

– Il est épicier ?

– Non. C'est le charpentier local, le seul homme d'Adlington qui ait le courage de s'aventurer jusqu'ici. Je le paie pour qu'il fasse mes courses et me les livre.

Lorsque nous eûmes rangé les sacs, l'Épouvanteur ouvrit le plus grand et donna à Meg de quoi nous confectionner un petit déjeuner.

Jamais le gobelin de Chipenden ne nous avait servi un bacon pareil, même dans ses meilleurs jours ! Meg avait également préparé des galettes de pommes de terre et des œufs brouillés au fromage. L'Épouvanteur n'avait pas exagéré en vantant ses talents de cuisinière.

Tandis que nous dévorions notre repas, j'interrogeai mon maître sur les événements de la nuit.

– Il n'y a rien là dont il faille s'inquiéter, me dit-il en enfournant une énorme bouchée de galette. Cette maison est bâtie sur un ley, il faut donc s'attendre à des troubles occasionnels.

L'Épouvanteur m'avait déjà parlé des leys, à Chipenden. Il s'agit de très anciens sentiers, des lignes de pouvoir souterraines, des routes invisibles, que toutes sortes de gobelins parcourent à une vitesse folle lorsqu'ils changent de résidence.

– Parfois, continua-t-il, un tremblement de terre à des milliers de miles de là cause des perturbations sur un réseau de leys. Des gobelins sont obligés de quitter les endroits où ils se tenaient tranquilles depuis des années. La nuit dernière, l'un d'eux est passé sous la maison. J'ai dû descendre à la cave pour vérifier s'il n'y avait pas de dégâts. Un gobelin qui se déplace est un grand fauteur de troubles. Lorsque qu'il investit un nouveau lieu, il joue aux gens des tours à sa façon – des tours dangereux. Nous devons alors intervenir. Souviens-toi de ça ; nous pourrions avoir du pain sur la planche avant la fin de la semaine.

Après le petit déjeuner, nous nous installâmes dans le cabinet de travail pour ma leçon de latin. C'était une petite pièce meublée de deux chaises à haut dossier de bois, d'une grande table, d'un tabouret à trois pieds et de nombreux rayonnages. Il y faisait froid : le feu de la veille n'était plus qu'un tas de cendres.

– Assieds-toi, petit ! Les chaises sont dures, mais c'est tant mieux, le confort nuit à l'étude. Je ne voudrais pas que tu t'endormes, déclara mon maître en me lançant un regard sévère.

J'examinai la bibliothèque. La pièce n'étant éclairée que par le jour grisâtre qui traversait les carreaux et par une paire de chandelles, je n'avais pas tout de suite remarqué que les étagères étaient vides.

– Où sont les livres ? demandai-je.

– À Chipenden. Qu'imagines-tu, mon garçon ? On ne laisse pas des livres dans un lieu aussi humide, ils s'abîmeraient. Nous nous débrouillerons avec ce que nous avons apporté, et nous rédigerons peut-être un ouvrage de notre cru pendant notre séjour ici. Tu ne peux pas toujours laisser aux autres le soin d'écrire.

Je savais que l'Épouvanteur était venu avec plusieurs livres – c'est pourquoi son sac était si lourd –, alors que je ne m'étais muni que de mes cahiers de notes. Au cours de l'heure qui suivit, je bataillai avec les verbes latins. C'était un vrai pensum, et je fus soulagé quand mon maître proposa une pause. Je ne me doutais pas de ce qui allait suivre...

Il tira le tabouret contre le rayonnage le plus proche de la porte, grimpa dessus et passa la main sur le dessus de l'étagère du haut. Je compris qu'il prenait la clé de la grille qui fermait l'escalier de la cave.

– Bien ! fit-il, brandissant l'objet avec un sourire inquiétant. Inutile d'attendre plus longtemps, allons visiter les sous-sols ! Mais, d'abord, assurons-nous que Meg va bien. Je ne veux pas qu'elle sache que nous descendons ; la seule idée de cet endroit la rend nerveuse.

Je fus à la fois effrayé et excité. Je brûlais de curiosité et, en même temps, je devinais que m'enfoncer dans ces profondeurs ne serait pas une expérience agréable.

Nous trouvâmes Meg à la cuisine. Elle avait fait

la vaisselle et somnolait de nouveau paisiblement devant le feu.

– Tout va bien, dit l'Épouvanteur. En plus d'affecter ses souvenirs, la potion la fait beaucoup dormir.

Nous allumâmes chacun une chandelle avant de nous engager sur les marches de pierre, l'Épouvanteur en tête. Cette fois, je portai un peu plus d'attention à ce qui m'entourait, essayant de mémoriser la disposition des lieux. J'étais allé au fond de bien des caves ; je pressentais toutefois que celle-ci serait la plus inhabituelle et la plus effrayante que j'eusse jamais explorée.

Après que mon maître eut déverrouillé la grille de fer, il se retourna et me tapota l'épaule.

– Meg se rend rarement dans mon bureau, dit-il, mais, quoi qu'il arrive, ne la laisse en aucun cas mettre la main sur cette clé !

J'acquiesçai tout en regardant l'Épouvanteur refermer la grille derrière nous.

– Pourquoi cet escalier est-il aussi large ? demandai-je de nouveau.

– C'est nécessaire, petit. Il faut ménager un accès aux ouvriers.

– Quels ouvriers ?

– Les forgerons et les maçons, naturellement. Des corps de métier dont le nôtre dépend souvent.

Nous poursuivîmes notre descente, l'Épouvanteur ouvrant toujours la marche. Nos chandelles projetaient sur le mur nos ombres dansantes. Malgré le claquement de nos bottes sur la pierre, je perçus de faibles bruits montant des profondeurs. Pas de doute, il y avait quelqu'un en bas !

La cave comportait quatre niveaux de sous-sols. Les deux premiers n'avaient qu'une seule porte, encastrée dans la paroi ; nous atteignîmes enfin le troisième, avec les trois portes que j'avais remarquées la veille.

– Comme tu le sais, celle du milieu donne dans la pièce où Meg dort en mon absence, dit mon maître.

À présent, elle avait une chambre à l'étage, contiguë à celle de l'Épouvanteur, de sorte qu'il pût la surveiller – quoique, apparemment, elle préférât dormir dans le rocking-chair, près du feu.

– Je n'utilise guère les autres, continua-t-il. Elles peuvent tenir une sorcière enfermée en toute sécurité, le temps que des arrangements soient pris.

– Autrement dit, le temps de préparer une fosse ?

– Exactement ! Ici, comme tu as pu le voir, je ne dispose pas d'un jardin comme à Chipenden ; je dois me débrouiller avec les caves...

Le quatrième niveau était la cave elle-même. Avant même que nous ayons franchi le dernier tournant pour la découvrir dans sa totalité, il m'en parvint des bruits si affreux que la chandelle se mit à trembler dans ma main. L'ombre de l'Épouvanteur prit des formes grotesques.

En tant que septième fils d'un septième fils, j'avais cette capacité d'entendre des choses inaudibles pour la plupart des gens, à laquelle je n'arrivais pas à m'habituer. Certains jours, j'étais plus brave que d'autres, c'est tout ce que je peux dire. L'Épouvanteur, lui, gardait son calme. Il avait fait ce métier toute sa vie.

La cave était bien plus vaste que je ne m'y attendais ; elle devait dépasser en surface le rez-de-chaussée de la maison. L'un des murs dégouttait d'eau ; le plafond, bas à cet endroit, suintait d'humidité. Je me demandais si nous n'étions pas sous le lit de la rivière.

La partie sèche de la voûte était couverte de toiles d'araignées si épaisses et si emmêlées qu'elles devaient être l'œuvre d'une armée d'arachnides. Si elles n'étaient qu'une ou deux à avoir tissé ça, je ne souhaitais pas les rencontrer...

J'observai longuement le plafond, retardant le moment où je devrais diriger mon regard vers le sol. Cependant, au bout de quelques secondes, je sentis sur moi les yeux de l'Épouvanteur, et fus obligé de baisser la tête.

Dans les jardins de Chipenden, il y avait quelques tombes et quelques fosses dispersées parmi les arbres, où le soleil tachetait le sol en traversant les branches. Là, j'en découvris une quantité telle que je me sentis pris au piège entre ces quatre murs, sous cette voûte matelassée de fils poisseux.

Je comptai neuf tombes de sorcières, chacune fermée par une énorme dalle, et devant elles six fosses bordées de pierres. Au-dessus de chaque fosse, boulonnées à ces pierres, treize épaisses barres de fer empêchaient les sorcières mortes de se tailler un chemin à coups d'ongles vers la surface.

Au fond, il y avait trois autres dalles encore plus lourdes et plus larges que les neuf premières. Sur chacune d'elles, le même signe avait été gravé par le maçon :

β I

Gregory

La lettre grecque *bêta* barrée figurant sur une dalle indique qu'un gobelin est hermétiquement bouclé dessous. Quant au chiffre romain *un*, à droite, il signale une créature de première catégorie, extrêmement dangereuse, capable de tuer un homme le temps d'un clignement d'œil. L'Épouvanteur faisant toujours parfaitement son travail, il n'y avait rien à craindre du gobelin enfermé là.

– Nous avons également dans cette cave deux sorcières vivantes, dit mon maître. La première est ici.

Il désignait une fosse carrée, fermée par treize barres de fer.

Je remarquai alors un détail que je n'avais jamais observé à Chipenden. L'Épouvanteur approcha sa chandelle pour que je voie mieux. Sur la pierre d'angle, l'inscription était beaucoup plus petite que celle gravée sur la dalle du gobelin ; en dessous était écrit le nom de la sorcière :

– La lettre grecque *sigma* correspond à *s*, comme « sorcière », reprit-il. Il existe de nombreuses catégories de sorcières, parfois difficiles à distinguer. Plus encore que les gobelins, ces créatures changent de personnalité avec le temps. Il faut donc se référer à leur histoire – celle de chacune d'elles, enfermée ou libre, est répertoriée dans ma bibliothèque de Chipenden.

Je pensai que ce n'était pas le cas pour Meg ; j'avais trouvé très peu de chose à son sujet dans les livres de mon maître. Je ne fis toutefois aucune réflexion.

Je perçus alors une légère agitation dans les profondeurs obscures de la fosse. Je reculai d'un pas.

– Bessy est-elle une sorcière de première catégorie ? demandai-je, quelque peu nerveux. L'inscription ne l'indique pas...

– Dans cette cave, *toutes* les créatures, gobelins ou sorcières, sont de première catégorie. C'est moi qui les ai mises hors d'état de nuire, et je n'ai pas voulu effrayer le maçon plus que nécessaire. Tu n'as rien à craindre d'elles. La vieille Bessy est là depuis fort longtemps. Notre présence l'a perturbée, et elle s'est juste retournée dans son sommeil. Maintenant, viens voir ceci... !

Il me mena à une autre fosse, exactement semblable à la première. Or, le froid soudain me le révélait, il y avait dans ce trou un être autrement plus dangereux qu'une sorcière endormie.

– Regarde ça de plus près, petit ! me dit l'Épouvanteur. Tu comprendras à quoi nous avons affaire. Lève ta chandelle et jette un coup d'œil là-dedans, sans mettre les pieds trop près du bord !

Je n'avais aucune envie d'obtempérer, mais, au ton de mon maître, je sus que je n'avais pas le choix : c'était un ordre. Je me penchai, gardant mes pieds aussi loin que possible des barres de fer, et ma chandelle éclaira le trou de sa lueur jaune. À cet instant quelque chose remua au fond et se réfugia dans un coin d'ombre. C'était gros, et cela paraissait assez vif pour escalader les parois en moins de temps qu'il n'en faut pour le dire.

– Baisse ta chandelle, m'ordonna l'Épouvanteur, et observe mieux !

J'obéis, tenant le chandelier à bout de bras. Je ne vis d'abord que deux yeux cruels braqués sur moi, deux points reflétant la flamme. Apparut ensuite une face décharnée, encadrée d'une épaisse tignasse grise et grasse, puis un corps écailleux, accroupi, doté, me sembla-t-il, de quatre longs bras. Ces curieux membres se terminaient par des mains aux longues griffes acérées.

Je me mis à trembler si fort que je faillis lâcher ma chandelle dans la fosse. En reculant trop brusquement, je trébuchai, et l'Épouvanteur dut me rattraper par l'épaule.

– Ce n'est pas un joli spectacle, hein ? grommela-t-il avec un hochement de tête. Cette créature est une sorcière lamia. Il y a vingt ans, à l'époque où je l'ai enfermée, elle ressemblait à une femme. Peu à peu, elle est redevenue sauvage. C'est ce qui arrive lorsqu'on prive une lamia de relations humaines : elle reprend lentement son apparence originelle. Même après tant d'années, elle n'a rien perdu de sa force. Pour elle, une fosse ordinaire ne suffit pas. Des barres de fer garnissent les parois et le fond de la sienne, enterrées dans le sol. Elle est en cage. Ajoute à cela une bonne couche de sel et de limaille de fer. Ses quatre mains griffues la rendent capable de creuser vite et profond, c'est donc le seul moyen de l'en empêcher. Si par malheur elle s'échappait d'ici, la grille de fer qui barre l'escalier l'arrêterait un moment. Cela dit, sais-tu qui elle est ?

C'était une étrange question. Baissant les yeux, je lis l'inscription gravée sur une pierre :

Marcia Skelton

Ce nom fit tilt dans ma tête. En voyant l'expression de mon visage, l'Épouvanteur eut un sourire lugubre :

– Eh oui, petit. C'est la sœur de Meg.

– Meg sait-elle qu'elle est ici ?

– Elle l'a su. Elle l'a oublié, à présent, et mieux vaut qu'il en soit ainsi. Viens, j'ai encore quelque chose à te montrer.

Il me conduisit jusqu'à l'autre extrémité de la cave. Le plafond à cet endroit était presque dépourvu de toiles d'araignées. Il y avait là un puits ouvert, prêt à servir, dont le couvercle gisait sur le sol, attendant d'être mis en place.

Je vis alors pour la première fois comment était faite la fermeture d'une fosse de sorcière. Les pierres jointoyées du pourtour formaient un carré, et de longues chevilles les traversaient de part en part pour les maintenir en place. Les treize barres de fer étaient fortement vissées avec des écrous. Aucune lettre grecque n'était gravée ; on lisait seulement un nom, sur un coin :

Meg Skelton

– Entre la tisane et ceci, quelle option te paraît préférable, petit ? m'interrogea l'Épouvanteur. Car ce ne peut être que l'une ou l'autre.

– La tisane, répondis-je dans un souffle.

– Exact. Maintenant, tu as une bonne raison de la lui donner chaque matin. Sinon, la mémoire lui reviendrait ; et je ne souhaite pas devoir la descendre ici.

Une question me turlupinait, que je n'osais poser, devinant qu'elle déplairait à mon maître. J'aurais voulu savoir pourquoi ce qui était bon pour une sorcière ne l'était pas pour toutes. Cependant, je n'avais guère le droit d'ergoter : je ne pouvais oublier à quel point Alice s'était montrée proche de l'obscur. Si proche que l'Épouvanteur avait envisagé de l'enfermer dans une fosse. Il n'y avait renoncé que parce que je lui avais rappelé comment il avait traité Meg.

Cette nuit-là, je n'arrivais pas à trouver le sommeil. Des images sinistres tournaient dans ma tête. L'idée d'habiter une maison dont la cave abritait des tombes de sorcières, des gobelins entravés et des sorcières encore vivantes ne m'aidaient pas à me détendre. Finalement, je descendis au rez-de-chaussée sur la pointe des pieds. J'avais laissé mes cahiers de notes en bas, et je voulais récupérer celui de latin : réviser cette fastidieuse liste de verbes aurait sûrement un effet soporifique.

Avant même d'avoir atteint les dernières marches, j'entendis un bruit insolite : des pleurs étouffés, mêlés à des chuchotements. La porte de la cuisine était entrouverte, et ce que je découvris par l'entrebâillement me figea sur place.

Meg était assise dans son rocking-chair, près du feu, la tête dans ses mains, les épaules secouées de sanglots. L'Épouvanteur, penché sur elle, lui parlait doucement en lui caressant les cheveux. Son visage éclairé par la lumière de la chandelle avait une expression que je ne lui avais jamais vue. Les traits burinés de mon frère Jack s'adoucissaient parfois ainsi lorsqu'il regardait sa femme.

Soudain, une larme perla à l'œil de mon maître, roula sur sa joue et se perdit dans sa barbe.

Ne m'accordant pas le droit de les espionner plus longtemps, je remontai me coucher, perplexe et troublé.

6
Une rude tâche

La routine quotidienne s'installa bientôt. Mes tâches du matin consistaient à allumer les feux du rez-de-chaussée et à puiser de l'eau au ruisseau. Tous les deux jours, je faisais du feu dans toutes les cheminées de la maison pour combattre l'humidité. J'avais également pour consigne d'ouvrir les fenêtres des chambres et d'aérer pendant dix minutes. Avant cela, je devais nettoyer chaque foyer. Je montais et descendais les escaliers tant de fois que j'étais bien content quand j'en avais terminé. Le pire, c'était la cheminée du grenier. Je m'en occupais toujours en premier, avant d'en avoir plein les jambes.

Le grenier était la pièce la plus vaste de la maison. Éclairé par une large lucarne, il était vide, à l'exception d'un secrétaire en acajou fermé à clé. La plaque de cuivre repoussé entourant la serrure représentait un pentacle : une étoile à cinq branches à l'intérieur de trois cercles concentriques. Je savais que les magiciens utilisaient les pentacles pour se protéger lorsqu'ils convoquaient des démons. Que la serrure fût ornée d'un tel motif m'intriguait.

Ce secrétaire semblait être de grande valeur. Que pouvait-il bien contenir ? Et pourquoi l'Épouvanteur ne l'avait-il pas mis dans son cabinet de travail ? Il y aurait tout de même été plus à sa place ! Cependant, je n'interrogeai jamais mon maître à ce propos. Le jour où nous en parlâmes enfin, il était trop tard...

Après avoir aéré le grenier, je continuais mon travail en passant d'un étage à l'autre. Trois des chambres au-dessous n'étaient pas meublées. Deux donnaient sur la façade, la troisième sur l'arrière. Cette dernière était la pièce la plus sombre de la maison, son unique fenêtre ouvrant sur la falaise. Le roc humide était si près qu'en soulevant la vitre, j'aurais presque pu le toucher. Un sentier courait sur une saillie de rocher, montant vers le sommet ; il me paraissait possible d'y sauter depuis la fenêtre. Je n'étais pas assez fou pour essayer, évidemment ! Une glissade sur le sol verglacé, et je me serais éclaté la cervelle sur les pavés en contrebas.

Après l'allumage des feux, je donnais sa tisane à Meg ; puis j'étudiais mes verbes latins jusqu'à l'heure du petit déjeuner, que nous prenions plus tard qu'à Chipenden. Le reste de la journée était consacré à mes autres leçons. En fin d'après-midi, j'accompagnais l'Épouvanteur pour une courte promenade. Vingt minutes de marche nous amenaient à l'entrée du Bec de Lièvre, d'où nous découvrions les pentes douces de la lande. En dépit de mes cavalcades dans les escaliers pour garnir les cheminées, je faisais beaucoup moins d'exercice qu'à Chipenden et ressentais le besoin de me dégourdir les jambes. Chaque jour, le froid était plus vif ; selon l'Épouvanteur, les premières neiges ne tarderaient pas.

Un matin, mon maître partit rendre visite à son frère Andrew, le serrurier, à Adlington. Je lui demandai la permission de l'accompagner ; il refusa.

– Non, petit. Il faut que quelqu'un garde un œil sur Meg. D'ailleurs, j'ai à parler avec Andrew de choses personnelles concernant notre famille. Et je dois le mettre au courant des derniers événements...

J'en déduisis qu'il allait raconter à son frère ce qui lui était arrivé à Priestown, où il avait failli brûler sur le bûcher de l'Inquisiteur. Dès notre retour à Chipenden, il avait écrit à Andrew pour lui annoncer qu'il était sain et sauf. Sans doute désirait-il à présent tout lui narrer par le menu.

J'étais très déçu de rester à la maison. J'avais une telle envie d'avoir des nouvelles d'Alice ! Mais je devais obéir, d'autant que, malgré les effets de la tisane, mieux valait surveiller Meg de près. L'Épouvanteur craignait surtout qu'elle ne sorte de la maison pour se promener aux alentours, et je devais m'assurer que les portes, celle de devant comme celle de derrière, fussent toujours verrouillées. Rien ne laissait donc prévoir ce qui arriva...

L'après-midi s'achevait, et j'étais dans le bureau de l'Épouvanteur, occupé à recopier une leçon dans mon cahier. Tous les quarts d'heure, j'allais voir Meg. Je la trouvais assoupie devant la cheminée ou en train d'éplucher les légumes du souper.

Or, à ma dernière incursion, je ne la vis pas.

Je courus vérifier la fermeture des portes. Puis, après avoir regardé dans le salon, je montai à l'étage, espérant qu'elle serait dans sa chambre. Je frappai ; ne recevant aucune réponse, je poussai la porte. Personne.

J'escaladai l'autre volée de marches, de plus en plus inquiet. En découvrant le grenier vide, je commençai à paniquer. Je me forçai à inspirer profondément en m'ordonnant à moi-même : « Réfléchis ! » Où Meg pouvait-elle bien être ?

Il ne restait qu'un endroit : l'escalier conduisant à la cave. Cela paraissait peu probable, car, l'Épouvanteur me l'avait dit, rien que l'idée de cet endroit la rendait nerveuse. J'allai dans le bureau, grimpai sur le tabouret et passai la main sur le haut de l'étagère. Meg ne pouvait avoir pris la clé sans que je m'en aperçoive. En effet, elle était toujours là. Avec un soupir de soulagement, j'allumai une chandelle et me dirigeai vers la cave.

J'entendis le vacarme bien avant d'atteindre la grille. Les chocs métalliques résonnaient dans tout l'escalier. Si je n'avais pas été persuadé de trouver Meg en bas, j'aurais juré qu'une créature était sortie des sous-sols et tentait de s'échapper.

C'était bien Meg. À la lueur de la chandelle, je la découvris, agrippée aux barres de fer, qu'elle secouait, le visage ruisselant de larmes. L'énergie qu'elle y mettait prouvait qu'elle avait encore une grande force.

– Venez, Meg, lui dis-je avec douceur. Remontons ! Il fait froid, ici, c'est plein de courants d'air. Vous allez vous enrhumer.

– Il y a quelqu'un en bas, Billy ! Quelqu'un qui appelle à l'aide !

– Il n'y a personne dans cette cave, mentis-je.

Sa sœur Marcia, la lamia sauvage, était enfermée au fond d'une fosse... Meg commençait-elle à se souvenir d'elle ?

– Je suis sûre que si, Billy ! Je n'arrive pas à me rappeler son nom, mais elle est en bas et elle a besoin de moi. Je t'en prie, aide-moi ! Ouvre cette grille ! Laisse-moi descendre ! Éclaire-moi avec ta chandelle et allons voir !

– Je ne peux pas, Meg. Je n'ai pas la clé. Venez, s'il vous plaît ! Retournons à la cuisine !

– John sait-il où est la clé ?

– Probablement. Pourquoi ne pas le lui demander quand il rentrera ?

– Oui, Billy, c'est une bonne idée. Nous ferons cela.

Meg me sourit à travers ses larmes, et nous grimpâmes l'escalier. Je la menai à la cuisine et la fis asseoir sur son rocking-chair, devant le feu.

– Réchauffez-vous, Meg. Je vais vous préparer une autre tisane. Cela vous fera du bien, vous êtes restée longtemps dans cet escalier glacial.

Elle avait déjà bu sa dose de potion de la journée, et je ne voulais pas risquer de la rendre malade ; aussi en mis-je très peu dans la tasse avant d'ajouter l'eau chaude. Elle me remercia et avala le breuvage jusqu'à la dernière goutte. Au retour de l'Épouvanteur, elle s'était de nouveau assoupie.

Je rapportai à mon maître ce qui s'était passé, et il secoua la tête d'un air préoccupé :

– Je n'aime pas ça, petit. Nous allons devoir augmenter la dose. Cela me contrarie, mais que faire ?

Je l'avais rarement vu aussi abattu. Je compris bientôt que ce n'était pas seulement à cause de Meg.

– J'ai de mauvaises nouvelles, m'annonça-t-il en se laissant tomber sur une chaise près du feu. Emily Burns est décédée. Voilà plus d'un mois qu'elle repose dans sa tombe.

Je ne sus trop que dire. Bien des années s'étaient écoulées depuis le temps où il était fiancé à Emily. Puis Meg était devenue la femme de sa vie. Pourquoi paraissait-il aussi affecté ?

– Je suis désolé, marmonnai-je gauchement.

– Pas autant que moi, reprit-il d'un ton bourru. Emily était une brave femme. Elle n'a pas eu la vie facile ; pourtant, elle a toujours fait de son mieux. Son départ est une perte pour tout le monde. La mort d'un être plein de bonté libère parfois des forces mauvaises qui, sans cela, seraient restées contenues.

Je m'apprêtais à lui demander ce que cela signifiait au juste quand Meg s'agita et ouvrit les yeux. Nous nous tûmes donc, et il ne fut plus question d'Emily.

Comme nous terminions le petit déjeuner, le huitième jour après notre arrivée, l'Épouvanteur repoussa son assiette, complimenta Meg sur sa cuisine ; puis il se tourna vers moi :

– Eh bien, petit, je crois qu'il est temps que tu ailles voir si la fille va bien. Tu trouveras le chemin, je suppose ?

J'acquiesçai, retenant difficilement un sourire ravi. Dix minutes plus tard, je dévalais la pente du Bec de Lièvre. Je pris la route d'Adlington et obliquai sur le chemin menant à la ferme de la Lande.

Lorsque l'Épouvanteur avait pris la décision de regagner sa maison d'hiver, je m'étais préparé à affronter les intempéries, et, en effet, la température baissait régulièrement. Or, ce jour-là, malgré la gelée matinale, le soleil brillait, l'air était léger et transparent. C'était une de ces matinées où on se sent heureux d'être en vie.

Alice avait dû me voir approcher, car elle sortit de la ferme et marcha à ma rencontre. Il y avait un petit bois à la lisière du domaine. C'est là qu'elle m'attendit, à l'abri des arbres. À son expression morose, je devinai qu'elle ne se plaisait guère dans sa nouvelle maison.

– Le vieux Gregory n'aurait pu choisir pire endroit où me placer. La vie n'est pas drôle, chez les Hurst, tu sais, Tom...

– Tu y es si mal que ça ?

– Je serais mieux à Pendle, c'est dire !

La plupart des sorcières parentes d'Alice vivaient à Pendle. La jeune fille les haïssait, car elles la rudoyaient sans cesse au temps où elle habitait avec elles. Inquiet, je demandai :

– Est-ce qu'ils te maltraitent ?

Elle secoua la tête :

– Ils n'ont jamais levé la main sur moi. Mais ils m'adressent à peine la parole. J'ai vite compris pourquoi ils étaient aussi maussades et silencieux. C'est à cause de leur fils, ce Morgan dont parlait John Gregory, un sale individu, cruel et vicieux. Quel fils oserait frapper son père, et rabrouer sa mère au point de la faire pleurer ? Il ne les appelle pas papa et maman ; ses mots les plus aimables, c'est « le vieux » et « la vieille ». Ils craignent ses visites, ils ont peur de lui ; ils ont menti à Gregory. Il est tout le temps à la ferme. Je ne peux plus le supporter. Je vais finir par lui régler son compte d'une façon ou d'une autre.

– Patiente encore un peu, lui recommandai-je. Laisse-moi d'abord en parler à l'Épouvanteur.

– Ça m'étonnerait qu'il s'empresse de me tirer de là ! Je suis sûre qu'il l'a fait exprès. Ce type est de la même espèce que lui. Il porte un manteau à capuchon et tient un bâton dans sa main gauche. Il est probablement chargé de me tenir à l'œil.

– En réalité, il n'est pas épouvanteur. C'est un ancien apprenti qui n'a pas réussi et qui ne le pardonne pas à John Gregory. Souviens-toi de notre dernière soirée à Chipenden, quand j'ai rapporté cette lettre qui a mis mon maître dans une telle colère ! Je n'ai pas eu l'occasion de te l'expliquer, mais elle venait de Morgan et contenait des menaces : il réclamait à l'Épouvanteur je ne sais quoi qui lui appartient.

– Un sale type, je te dis ! Il ne fait pas que passer à la maison. Certaines nuits, il descend jusqu'au lac. Je l'ai espionné, hier soir. Il reste debout sur la rive, à regarder l'eau. Par moments, ses lèvres remuent comme s'il marmonnait quelque chose. C'est là que sa sœur s'est noyée, n'est-ce pas ? Je crois qu'il parle à son fantôme. Je ne serais pas étonnée d'apprendre que c'est lui qui l'a poussée là-dedans !

– Et il frappe son père ?

Cela me choquait plus que tout. Je pensai à mon père à moi, et une boule se forma dans ma gorge. Comment pouvait-on lever la main sur son propre père ?

Alice confirma d'un signe de tête :

– Ils se sont disputés à deux reprises, depuis mon arrivée, violemment. La première fois, le vieux monsieur Hurst a essayé de le mettre dehors, et ils se sont battus. Morgan est beaucoup plus vigoureux, alors tu devines qui a eu le dessus ! La deuxième fois, il a tiré son père jusqu'en haut des escaliers et l'a bouclé dans sa chambre. J'ai entendu le pauvre homme pleurer. Je n'aime pas ça, Tom. Cela me rappelle la vie dans mon ancienne famille, à Pendle. Peut-être que, si tu expliquais la situation au vieux Gregory, il me permettrait de venir vivre avec vous.

– Je ne crois pas que tu te plairais à Anglezarke. La cave est pleine de fosses, dont deux contiennent des sorcières vivantes. L'une d'elles est la sœur de Meg ; c'est une lamia sauvage. De la voir s'agiter au fond de son trou, j'en ai eu la chair de poule. Meg, surtout, me fait pitié. J'avais raison, elle vit dans la maison avec l'Épouvanteur ; il la drogue pour l'empêcher de se rappeler qui elle est. Elle passe une grande partie de l'année enfermée dans une pièce au sous-sol. L'Épouvanteur n'a pas le choix ; c'est la potion ou la fosse, comme pour sa sœur.

– Ce n'est pas bien, de garder une sorcière dans un trou. Je n'ai jamais supporté cette idée. J'aimerais quand même mieux habiter avec vous que de côtoyer Morgan. Je me sens seule, Tom ; tu me manques.

– Tu me manques aussi, Alice. Pour le moment, malheureusement, je ne peux rien faire. Je raconterai tout à l'Épouvanteur. Je tâcherai de le convaincre, je te le promets.

Désignant la ferme d'un mouvement de menton, je demandai :

– Est-ce que Morgan est là ?

Alice fit signe que non :

– Je ne l'ai pas vu depuis hier. Mais il sera bientôt de retour, j'en suis sûre.

Nous ne parlâmes pas plus longtemps. Mme Hurst apparut à la porte de derrière et appela Alice. Celle-ci leva les yeux au ciel d'un air excédé.

– Je reviendrai te voir ! lui lançai-je tandis qu'elle s'en allait.

– Oui, reviens, Tom ! Et parle au vieux Gregory, s'il te plaît !

Je ne rentrai pas directement à la maison. Obliquant devant l'entrée du Bec de Lièvre, je grimpai sur une hauteur. J'avais besoin d'un bon coup de vent pour m'éclaircir les idées. La partie la plus élevée de la lande était un plateau nu, et le paysage n'avait rien à voir avec la campagne environnant Chipenden.

Il y avait des collines assez hautes au sud : Winter Hill, Rivington et au-delà Smithhills ; à l'est s'étendaient les landes de Turton et de Darwen. Je connaissais leurs noms : j'avais étudié les cartes de l'Épouvanteur, à Chipenden, prenant soin de bien les replier ensuite. J'avais donc une idée assez exacte de la topologie de la région. Je décidai de demander à mon maître une journée de liberté pour explorer les environs avant que le temps ne soit vraiment trop mauvais. Il accepterait probablement, car un épouvanteur doit se familiariser avec la géographie du Comté, afin de se rendre rapidement sur place sans s'égarer lorsqu'on requiert son aide.

Je marchai un peu, jusqu'à apercevoir un tertre arrondi, à quelque distance de là. Il me parut artificiel, et je supposai qu'il s'agissait d'un tumulus, le tombeau de quelque ancien chef de clan. Alors que j'allais faire demi-tour, une silhouette encapuchonnée, un bâton à la main, se dressa au sommet. C'était Morgan !

Son apparition avait été si soudaine qu'il semblait sorti de nulle part. Le bon sens me dit toutefois qu'il avait simplement escaladé l'autre pente.

Que faisait-il là ? Je n'arrivais pas à comprendre. Il exécutait une sorte de danse, sautant de façon désordonnée en agitant les bras. Tout à coup, il abattit violemment son bâton sur le sol. Qu'est-ce qui pouvait bien le mettre dans une telle fureur ?

Un pan de brume me le cacha alors, et j'en profitai pour tourner les talons. Je n'avais aucune envie d'être repéré, étant donné l'humeur où il était !

Je ne traînai pas davantage. Par ailleurs, si je rentrais à une heure raisonnable, l'Épouvanteur me permettrait plus volontiers de rendre visite à Alice une autre fois. Et j'avais hâte de lui rendre compte de ce que j'avais appris.

Après notre repas de midi, je racontai donc à mon maître que j'avais vu Morgan sur la lande, et je lui rapportai ma conversation avec Alice.

En se grattant la barbe, il soupira :

– La fille dit vrai ; Morgan est un sale type, c'est sûr. Il s'habille en épouvanteur, et les crédules s'y laissent prendre. Il lui manque pourtant la rigueur nécessaire à ce métier. C'est un paresseux, qui va toujours au plus facile. Il m'a quitté il y a plus de dix-huit ans, et il n'a jamais rien fait de bon. Il se dit mage, et profite du désarroi des honnêtes gens pour leur escroquer de l'argent. J'ai tenté de l'empêcher de mal tourner, mais il est de ceux qui refusent d'être aidés.

– Un mage ? répétai-je.

– Oui, un sorcier qui pratique la magie, qui est aussi un peu guérisseur, et dont la spécialité est la nécromancie.

– La nécromancie ? Qu'est-ce que c'est ?

L'Épouvanteur n'avait encore jamais employé ce terme. Je me dis que j'aurais beaucoup de choses à mettre par écrit dans mon cahier après notre conversation.

– Utilise ta tête, petit ! C'est un mot qui vient du grec ; tu devrais être capable d'en deviner le sens.

– Eh bien, *nekros* signifie *cadavre*, dis-je après un temps de réflexion. Je suppose donc que c'est en relation avec la mort.

– Excellent ! Un nécromancien est un mage qui tire son pouvoir des morts.

– De quelle manière ?

– Comme tu le sais, fantômes et spectres sont de notre ressort. Alors que nous, les épouvanteurs, tâchons de les convaincre de retourner là d'où ils viennent, le mage les exploite ; il en fait ses espions.

Il les encourage à rester sur la terre des vivants pour servir ses desseins en trompant des malheureux dans l'affliction. Il se met ainsi de l'argent plein les poches.

– C'est un escroc, en somme ?

– Non, il parle vraiment aux morts. Rappelle-toi bien ceci : Morgan est dangereux. Son accointance avec l'obscur lui donne de réels pouvoirs. Il est également sans pitié. Aussi, tiens-toi à distance de lui !

– Pourquoi ne pas l'avoir empêché de nuire ? demandai-je.

– C'est une longue histoire ! soupira mon maître. J'aurais pu, mais ce n'était pas le bon moment. Nous nous en occuperons bientôt. Reste hors de sa portée jusqu'à ce que nous soyons prêts, et cesse de me dire comment je dois accomplir mon travail !

Je baissai la tête. Il me donna une petite tape sur le bras :

– Il n'y a pas de mal, mon garçon ! Tu as mis le doigt où il fallait. Je suis content de voir que tu te sers de ta cervelle. Quant à la fille, elle a raison de supposer qu'il parlait avec sa sœur morte. C'est exactement dans ce but que je l'ai placée là-bas, pour qu'elle fasse ce genre d'observation.

– Ce n'est pas très gentil ! fis-je remarquer. Vous saviez à quel point la vie serait dure pour elle !

– Je me doutais que ce ne serait pas un lit de roses. Mais cette fille doit payer pour ses actions passées, et elle est tout à fait capable de se défendre. D'ailleurs, dès que nous en aurons fini avec Morgan, elle sera beaucoup plus heureuse dans cette maison. Bien sûr, il nous faut d'abord le trouver.

– Alice dit que les Hurst ont menti : leur fils vient souvent à la ferme.

– Y est-il actuellement ?

– Non. Néanmoins, il peut surgir n'importe quand.

Mon maître prit un air songeur :

– Alors, peut-être devrions-nous entreprendre notre quête dès demain.

Le silence s'étirant, je tins la promesse faite à mon amie, même si je savais que je perdais mon temps.

– Alice ne pourrait-elle vivre de nouveau avec nous ? demandai-je. Elle est vraiment malheureuse. C'est cruel de l'obliger à rester là-bas, alors qu'il y a de la place ici pour la loger.

– Pourquoi poser une question dont tu connais déjà la réponse ? grommela l'Épouvanteur en me jetant un regard furibond. Si tu laisses ton cœur diriger ta tête, l'obscur aura raison de toi. Souviens-t'en, petit, ça peut te sauver la vie un jour. Il y a déjà assez de sorcières dans cette maison !

Cela mit un terme à notre discussion. Pourtant, nous n'allâmes pas à la ferme des Hurst le lendemain. Il se produisit un événement qui modifia nos plans.

7
Le jeteur de pierres

Tout de suite après le petit déjeuner, un garçon de ferme, un gros costaud, martela la porte de ses poings comme si sa vie en dépendait.

– Qu'est-ce qui te prend, espèce de lourdaud ? gronda l'Épouvanteur en ouvrant grand le battant. Tu as décidé de défoncer la maison ?

Le visage du garçon vira au rouge pivoine.

– On vous demande au village, souffla-t-il en désignant la direction d'Adlington. Un charpentier m'a indiqué le chemin. Il m'a dit de frapper fort.

– Frapper à une porte, ce n'est pas abattre un arbre ! Que me veut-on ?

– C'est mon père qui m'envoie. Il y a eu une sale histoire ; un homme est mort.

– Qui est ton père ?

– Henri Luddock. Nous vivons à la ferme de la Pierre, près de la faille d'Owshaw.

– Je connais ton père, j'ai déjà travaillé pour lui. Serais-tu William, par hasard ?

– C'est ça.

– Eh bien, William, la dernière fois que je suis venu à la ferme de la Pierre, tu n'étais qu'un nourrisson. Tu parais dans tous tes états ! Entre, respire un bon coup, reprends ton calme et raconte-moi les choses en commençant par le commencement. Chaque détail compte, alors ne laisse rien de côté.

Tandis que nous traversions la cuisine pour rejoindre le salon, je ne vis pas trace de Meg. Quand elle ne cuisinait pas, elle était habituellement assise sur son rocking-chair, se chauffant à la cheminée. Je me demandai si elle se tenait à l'écart parce que nous avions un visiteur, comme elle aurait dû le faire le jour où Shanks nous avait livré nos provisions.

Une fois installé au salon, William entama le récit des événements inquiétants qui avaient troublé ses parents et ne faisaient qu'empirer. Il semblait qu'un gobelin, probablement celui que nous avions entendu passer si bruyamment quelques nuits auparavant, avait élu domicile à la ferme de la Pierre. Il avait fait du tapage nocturne, remuant les casseroles dans la cuisine, cognant contre la porte et flanquant des coups de pied dans les murs. Ces indices me suffisaient pour l'identifier d'après les notes que j'avais prises au chapitre des gobelins.

C'était un « frappeur », et j'avais déjà deviné la suite de l'histoire. Le matin suivant, le gobelin avait commencé à jeter des pierres. Ce furent d'abord des gravillons, qui tintaient contre les carreaux, roulaient sur le toit et dégringolaient par le conduit de cheminée. Puis des pierres de plus en plus grosses...

L'Épouvanteur m'avait appris que les frappeurs se transformaient parfois en « lance-cailloux ». C'étaient des gobelins irascibles, très difficiles à maîtriser. La victime de celui-ci était un berger employé par Henry Luddock. On avait retrouvé son corps au bas d'une pente, sur la lande.

– Il a eu le crâne défoncé par une pierre grosse deux fois comme sa tête, raconta William.

– Vous êtes sûrs que ce n'était pas un accident ? demanda l'Épouvanteur. Il a pu glisser, faire une chute et s'assommer.

– Tout à fait sûrs : il gisait sur le dos, et la pierre était sur lui. Puis, alors qu'on ramenait le corps, d'autres projectiles sont tombés autour de nous. C'était terrible ; j'ai cru que j'allais mourir. Aidez-nous, s'il vous plaît ! Mon père est fou d'inquiétude. Impossible de travailler ! Dès qu'on sort de la maison, on est en danger.

– Rentre chez toi, et dis à ton père que je vais venir. En attendant, bornez-vous à traire les vaches et vous occuper de l'essentiel. Les moutons sont capables de se débrouiller seuls, du moins tant qu'il ne neige pas, aussi, restez à distance des pâturages.

Après le départ de William, mon maître se tourna vers moi, la mine sombre :

– C'est une rude tâche, petit. Les lance-cailloux causent des dégâts, mais il est rare qu'ils tuent. Celui-ci est une canaille, il pourrait bien recommencer. J'ai eu affaire à l'un d'eux, une fois, et j'y ai gagné une bonne migraine. Le travail est aussi périlleux qu'avec un « éventreur ». Certains épouvanteurs y ont laissé la vie.

Je m'étais mesuré à un éventreur, à l'automne. John Gregory étant malade, j'avais dû me contenter de l'aide de deux terrassiers. La tâche s'était révélée pénible. Celle qui nous attendait promettait de l'être tout autant. Où s'abriter lorsque des pierres pleuvent du ciel ?

– Il faut bien que quelqu'un le fasse, déclarai-je, affichant un air crâne.

L'Épouvanteur approuva de la tête :

– En effet, mon garçon ! Au travail !

Sur ce, mon maître m'entraîna au salon et me pria de sortir du placard le flacon portant l'étiquette « tisane ».

– Prépare une autre tasse pour Meg, m'ordonna-t-il. Et triple la dose, nous ne serons sans doute pas de retour avant une semaine.

J'obéis, versant au moins deux pouces de la potion brunâtre. J'allai mettre la bouilloire sur le feu, puis je remplis la tasse d'eau chaude à ras bord.

– Bois, Meg, dit l'Épouvanteur quand je tendis à la sorcière le breuvage fumant. Le froid est de plus en plus vif, tes articulations risquent d'en souffrir.

Meg acquiesça en souriant. Dix minutes plus tard, elle dodelinait de la tête. Mon maître me tendit la clé de la grille et me demanda d'ouvrir la marche. Soulevant Meg comme un bébé, il me suivit dans l'escalier de la cave.

Je déverrouillai la serrure, descendis jusqu'au palier aux trois portes et m'arrêtai devant celle du milieu. L'Épouvanteur pénétra dans l'obscurité, Meg dans ses bras. Comme il avait laissé le battant ouvert, j'entendis chacun des mots qu'il lui murmura :

– Dors bien, mon amour ! Rêve de notre jardin !

Bien sûr, je n'aurais pas dû les entendre. Je me sentis quelque peu embarrassé. Et de quel jardin parlait mon maître ? De l'un de ceux de Chipenden ? Si c'était le cas, j'espérais qu'il s'agissait du jardin ouest, d'où on avait cette belle vue sur les collines. Quant aux deux autres, avec leurs fosses contenant des gobelins et des sorcières, mieux valait ne pas y penser !

Meg ne répondit rien, mais elle dut se réveiller quand l'Épouvanteur sortit et verrouilla la serrure, car elle se mit à pleurer comme un enfant qui a peur du noir. L'Épouvanteur se figea, et nous attendîmes un long moment devant la porte que les pleurs s'apaisent. J'entendis bientôt une sorte de sifflement, comme lorsqu'on expire entre ses dents.

– Tout va bien, dis-je à voix basse, elle s'est rendormie. Elle ronfle.

Mon maître m'adressa un regard navré :

– Elle ne ronfle pas, elle chante.

Pour moi, ces bruits évoquaient clairement des ronflements ; j'en déduisis que mon maître ne supportait pas la moindre critique à propos de sa bien-aimée.

Nous remontâmes, refermant la grille derrière nous, et préparâmes nos bagages.

Nous marchâmes vers l'est, grimpant le long de la faille. Le passage s'étrangla au point que nous pataugions presque dans le ruisseau ; il ne restait plus au-dessus de nos têtes qu'une mince ligne de ciel. Puis je découvris avec étonnement des marches creusées dans le roc.

C'étaient des degrés raides, étroits, que des plaques de glace rendaient dangereusement glissants. Je portais le lourd sac de l'Épouvanteur ; si je dérapais, je n'avais plus qu'une main libre pour me rattraper.

Suivant mon maître, je tâchais d'arriver au sommet en un seul morceau. L'effort en valait la peine :

nous émergeâmes à découvert, dominant le paysage. Le vent qui soufflait en rafales semblait vouloir nous balayer, et les gros nuages menaçants roulaient si près de nos têtes qu'on aurait pu les toucher.

La lande d'Anglezarke présentait des accidents de terrain, des vallons et des collines, dont certaines avaient de curieux reliefs.

J'en aperçus une, sorte de monticule trop uniformément arrondi pour être naturel. En passant à côté, je reconnus soudain le tumulus sur lequel s'était tenu le fils des Hurst.

– C'est là qu'était Morgan ! m'écriai-je.

– Ça ne m'étonne pas, petit. Il a toujours été fasciné par ce tumulus. On l'appelle le Quignon de Pain, à cause de sa forme, m'expliqua mon maître en s'appuyant sur son bâton. Il a été élevé il y a des siècles, par les premiers hommes venus de l'Ouest. Ils avaient accosté à Heysham pour s'installer dans le Comté.

– À quoi sert-il ?

– Les gens font des hypothèses plus ou moins stupides. La plupart pensent que c'est la tombe où repose un ancien roi, avec toutes ses richesses et ses pièces d'armure. Des pilleurs ont creusé des puits profonds, sans rien trouver qui récompenserait leur dure besogne. Sais-tu ce que signifie Anglezarke, petit ?

Je fis signe que non, frissonnant de froid.

– Cela veut dire « temple païen ». La lande entière était un vaste lieu de culte à ciel ouvert, où la population célébrait les Anciens Dieux. Comme ta mère te l'a expliqué, le plus puissant d'entre eux s'appelait Golgoth, le Seigneur de l'Hiver. Ce tumulus était autrefois l'autel qui lui était consacré. À l'origine, Golgoth était un esprit de la nature lié aux éléments, qui régnait sur le froid. D'avoir été révéré si longtemps et avec tant de ferveur l'a rendu exigeant. Il n'a plus qu'un désir : étendre son pouvoir bien au-delà de la saison qui lui était attribuée. Certains croient même qu'on lui doit le dernier Âge de Glace. Comment savoir ? En tout cas, au solstice d'hiver, craignant que le froid s'éternise et que le printemps ne revienne jamais, on lui offrait des sacrifices pour l'apaiser, des sacrifices sanglants, car les gens ont l'esprit borné.

– Ils immolaient des animaux ?

– Non, des humains. Gorgé de leur sang, Golgoth, repu, tombait dans un profond sommeil, laissant revenir le printemps. Creuse n'importe où sur un mile autour du tumulus, tu trouveras les ossements des victimes. La fascination de Morgan pour cet endroit m'inquiète. Il s'est toujours intéressé au culte de Golgoth, beaucoup trop à mon goût. Si un mage tel que lui réussissait à user du pouvoir du Seigneur de l'Hiver, le Comté serait submergé par les forces de l'obscur.

– Pensez-vous que Golgoth est toujours là, quelque part sur la lande ?

– Oui. On dit qu'il est endormi dans les profondeurs du sol. Vois-tu, petit, les Anciens Dieux gagnent en puissance lorsqu'ils sont adorés par des fous. La domination de Golgoth a décru quand son culte a cessé, et il est tombé dans un profond sommeil. Un sommeil dont il vaudrait mieux ne pas le tirer...

– Pourquoi ce peuple a-t-il mis un terme à ses célébrations, s'il craignait que l'hiver ne finisse pas ?

– On ne peut que faire des suppositions. Peut-être une tribu plus forte est-elle venue s'installer ici, apportant le culte d'un nouveau dieu ? Peut-être une famine a-t-elle sévi, obligeant les habitants à chercher ailleurs des terres plus fertiles ? La cause s'est perdue dans les brumes du passé. Toujours est-il que Golgoth s'est endormi, et je ne veux pas qu'il se réveille. Aussi, tiens-toi à distance de cet endroit, je te le conseille. Nous tâcherons également d'en éloigner Morgan. À présent, en route ! Le jour baisse ; ne tardons pas davantage.

Sur ces mots, l'Épouvanteur se remit en marche. Une heure plus tard, juste avant la nuit, nous arrivions sur les terres de la ferme de la Pierre.

William, le fils du fermier, nous attendait à l'entrée de l'allée, et nous grimpâmes jusqu'au domaine dans les dernières lueurs du jour. Avant de visiter la maison, mon maître insista pour qu'on le conduise à l'endroit où le corps du berger avait été retrouvé.

Un sentier partant de la cour arrière menait à la lande, que le ciel assombri rendait particulièrement menaçante. Le vent était tombé, et les nuages paresseux semblaient chargés de neige.

Deux cents pas nous suffirent pour atteindre une ravine étroite, pleine de pierres et de boue, creusée par un torrent.

Il n'y avait pas grand-chose à voir là ; malgré ça, je ne me sentais guère à mon aise, et William non plus, à en juger par son regard traqué. Il tournait la tête à tout bout de champ, comme s'il craignait que quelque monstre ne surgît derrière son dos. Cela m'aurait fait sourire si je n'avais été moi-même aussi tendu.

– C'est ici ? demanda l'Épouvanteur lorsque William s'arrêta devant un carré de terre, où les touffes d'herbe avaient été aplaties.

Le garçon acquiesça d'un hochement de tête. Désignant un morceau de rocher gris, il ajouta :

– Nous avons dû nous mettre à deux pour soulever ça.

Le bloc était énorme. Je le fixai, effrayé à l'idée qu'un autre, semblable, pût s'abattre sur nous. Je réalisais soudain à quel point un lance-cailloux pouvait être dangereux.

Brusquement, des pierres se mirent à tomber. La première n'était pas très grosse ; je l'entendis à peine rebondir dans l'herbe à cause des gargouillis du torrent. Je levai les yeux juste à temps pour en éviter une deuxième, d'une taille nettement supérieure. Elle me manqua de justesse. Puis ce fut une pluie de projectiles, certains assez volumineux pour provoquer de sérieuses blessures.

De son bâton, l'Épouvanteur nous fit signe de retourner à la ferme, et il s'élança sur la pente. Je le suivis de mon mieux, dérapant dans la boue, encombré du sac, qui me paraissait plus lourd à chaque pas. Nous n'arrêtâmes de courir, hors d'haleine, qu'en arrivant dans la cour.

Les chutes de pierres avaient cessé ; l'une d'elles, cependant, avait atteint M. Gregory au front. Du sang coulait de la coupure, rien de grave, mais de le voir ainsi blessé m'affligeait.

Le lance-cailloux avait tué un homme, et mon maître – qui n'était plus de la prime jeunesse – allait devoir l'affronter. « Il va avoir grand besoin de son apprenti, demain », songeai-je.

Je savais déjà que la journée serait éprouvante.

Dès son retour à la ferme, Henry Luddock nous souhaita chaleureusement la bienvenue. Nous fûmes bientôt assis dans la cuisine, devant un bon feu de bûches. Le fermier était un gros homme jovial au visage rougeaud, qui ne s'était pas laissé abattre par les attaques du gobelin. Bien qu'attristé par la mort de son berger, il nous reçut avec considération et, en hôte parfait, nous proposa à souper.

L'Épouvanteur déclina l'offre poliment :

– Merci, Henry, c'est très aimable à vous. Mais nous devons jeûner, pour être en pleine possession de nos moyens. Vous-mêmes, néanmoins, vous pouvez manger ce que vous voulez.

À mon grand dépit, c'est ce que fit la famille Luddock. Chacun se mit à table pour dévorer un beau rôti de veau. L'Épouvanteur ne nous accorda à tous deux qu'un misérable morceau de fromage jaune accompagné d'un verre d'eau.

Je grignotai donc mon fromage, assis dans un coin, tout en pensant à Alice. Sans cette histoire de gobelin, l'Épouvanteur se serait occupé de Morgan, et mon amie aurait vu sa situation s'améliorer. Maintenant qu'il avait un lance-cailloux à combattre, il ne pourrait régler cette affaire avant longtemps.

Il n'y avait pas de chambre libre, à la ferme, aussi mon maître et moi passâmes une nuit fort inconfortable sur le carrelage de la cuisine, roulés dans une couverture près de l'âtre, où les braises finissaient de s'éteindre. Nous nous levâmes le lendemain avant l'aube, glacés et courbaturés, et nous dirigeâmes vers le village le plus proche, du nom de Belmont. La route descendait la colline ; la marche était aisée. Il nous faudrait ensuite faire le chemin en sens inverse et grimper la côte raide jusqu'à la ferme.

Belmont n'était pas bien grand : une douzaine de maisons disposées autour d'un carrefour, et la forge où nous nous rendions. Le forgeron ne parut guère ravi de nous voir ; nous le tirions du lit à une heure un peu trop matinale. Comme la plupart des gens du métier, il était massif et musculeux, pas le genre d'homme à qui chercher noise ; pourtant, il jetait à mon maître des coups d'œil inquiets. La présence d'un épouvanteur le troublait.

– J'ai besoin d'une hache neuve, dit M. Gregory.

Le forgeron montra le mur, où de nombreuses têtes de hache étaient accrochées, attendant d'être affinées.

L'Épouvanteur fit aussitôt son choix et désigna la plus grosse. C'était une énorme pièce de fer à deux lames. Le forgeron examina rapidement mon maître des pieds à la tête, l'air de juger s'il était assez costaud pour manier un tel engin.

Sans commentaire, il acquiesça d'un grognement et se mit au travail. Je restai près de la forge, regardant l'artisan chauffer au rouge la tête de hache et la battre sur son enclume. Régulièrement, il la trempait dans une bassine d'eau, où elle grésillait en dégageant un nuage de vapeur.

Il la fixa ensuite à coups de marteau à un long manche de bois, puis affûta ses tranchants sur une pierre à aiguiser, dans une nuée d'étincelles. Une heure à peine après notre arrivée, le forgeron tendait l'outil à mon maître.

– Il me faut aussi un bouclier, dit l'Épouvanteur, assez large pour nous abriter tous les deux, et assez léger pour que ce garçon puisse le tenir levé à bout de bras.

L'homme lui lança un regard perplexe. Il alla néanmoins fourrager dans sa réserve et revint avec un grand bouclier rond, en bois, cerclé de métal. Son centre était garni d'une pièce de métal munie d'une pointe de fer. Le forgeron l'ôta et la remplaça par un morceau de bois pour alléger l'ensemble. Puis il recouvrit l'extérieur du bouclier de fer-blanc.

En le prenant à deux mains par les bords, j'étais capable de le brandir au-dessus de ma tête. L'Épouvanteur déclara que ça n'irait pas, car je risquais de me couper les doigts et de tout lâcher. L'homme fixa donc deux poignées de bois à l'intérieur.

– Voyons ce que ça donne ! dit mon maître.

Il me fit manier le bouclier selon diverses inclinaisons ; enfin satisfait, il paya le forgeron et nous partîmes.

Nous retournâmes directement à la ravine. L'Épouvanteur avait laissé son bâton à la ferme, afin de porter la hache et son sac. Moi, je trimbalais l'encombrant bouclier. Nous grimpâmes jusqu'au lieu du drame. Là, mon maître s'arrêta et me regarda droit dans les yeux :

– Il va falloir te montrer courageux, petit. Le gobelin s'est réfugié dans les racines d'un buisson d'aubépine, là-bas. Nous devrons couper l'arbuste et le brûler pour le faire sortir de son trou.

– Comment le savez-vous ? demandai-je. Est-ce l'habitude des lance-cailloux, de vivre sous les racines des arbres ?

– Ils s'installent où ça leur chante. Mais les gobelins apprécient particulièrement les racines d'aubépine. Le berger a été tué ici. Et je sais qu'il y a un pied d'aubépine un peu plus haut : c'est exactement à cet endroit que j'ai affronté le précédent frappeur, il y a presque dix-neuf ans. Le jeune William n'était encore qu'un bébé, et Morgan était mon apprenti. Ce gobelin-là s'était laissé persuader de déménager sans trop de difficulté, alors que celui auquel nous avons affaire aujourd'hui est une saleté de tueur. Aussi, je doute que de douces paroles soient suffisantes pour le déloger !

Nous remontâmes donc la ravine, l'Épouvanteur marchant en tête à grands pas. Nous fûmes bientôt hors d'haleine. La boue se transforma en caillasse, qui roulait sous nos pieds, rendant notre progression difficile.

Alors que nous approchions du sommet, mon maître obliqua dans les éboulis jusqu'à atteindre le bord du torrent. Bien qu'étroit et peu profond, il bouillonnait entre les pierres, dévalant la pente avec violence. Nous continuâmes ; les parois étaient à présent si raides, de part et d'autre, que seule une mince bande de ciel était encore visible. Puis, malgré le tumulte du torrent, j'entendis la première pierre frapper l'eau juste devant nous.

J'avais craint ce moment depuis le début. D'autres pierres suivirent, m'obligeant à lever le bouclier au-dessus de nos têtes. L'Épouvanteur étant grand, mes muscles devinrent vite douloureux. Même si je tenais le bouclier à bout de bras, mon maître devait avancer courbé, ce qui se révélait aussi inconfortable pour lui que pour moi.

Enfin nous aperçûmes l'aubépine. Le très vieil arbuste au tronc noir et tordu, dont les racines noueuses évoquaient des pattes griffues, se dressait là d'un air de défi, fier d'avoir résisté aux intempéries depuis une centaine d'années, peut-être davantage. Pour un lance-cailloux, un solitaire qui évitait la compagnie des humains, c'était l'endroit idéal où se terrer.

La taille des projectiles augmentait régulièrement. À l'instant où nous atteignions l'aubépine, un galet plus gros que mon poing rebondit sur le bouclier avec un bruit assourdissant.

– Accroche-toi, petit ! me cria l'Épouvanteur.

La pluie de pierres cessa soudain.

– Là... ! fit mon maître en tendant le doigt.

Sous les branches basses, blotti dans l'obscurité, je vis le gobelin prendre lentement forme.

L'Épouvanteur m'avait enseigné que ce type de créature était un esprit, sans chair ni os. Occasionnellement, pour terrifier les humains, il se couvrait de choses et d'autres pour se rendre visible. Celui-ci se servait de ce qu'il avait à disposition. De la terre et des cailloux s'élevaient du sol telle une nuée tourbillonnante pour modeler peu à peu une silhouette bizarre.

Ce n'était pas joli à regarder. La créature avait une tête énorme et six bras démesurés, ce qui expliquait la vitesse à laquelle elle jetait les pierres. Son visage était un masque grimaçant de vase, de glaise et de gravillons, avec une fente en guise de bouche et deux trous noirs à la place des yeux.

L'Épouvanteur n'hésita pas. Alors qu'une nouvelle pluie de caillasse se déversait sur nous, il marcha droit vers l'arbuste et abattit sa hache. Le vieux bois noueux était dur, et il fallut plusieurs coups bien assenés pour tronçonner ses branches basses. J'avais perdu le gobelin de vue, occupé que j'étais à détourner les projectiles. Le bouclier me paraissait plus lourd à chaque minute, et l'effort faisait trembler les muscles de mes bras.

L'Épouvanteur attaqua le tronc avec furie. Je compris pourquoi il avait choisi une hache à double tranchant : il la balançait d'un côté et de l'autre, décrivant de grands arcs de cercle. Je n'aurais jamais cru qu'il pût avoir autant de force. Il n'était certes plus de la première jeunesse ; pourtant, à la façon dont le tranchant de l'outil s'enfonçait dans le bois, il m'apparut que, en dépit de son âge et de sa récente maladie, il était au moins aussi costaud que le forgeron.

Il ne coupa pas l'arbre complètement ; il entama le tronc, puis posa la hache et fouilla dans son grand sac de cuir. Je ne distinguais pas très bien ce qu'il faisait, car les pierres pleuvaient plus dru que jamais. En jetant un coup d'œil sur le côté, je vis onduler la masse terreuse du gobelin : d'énormes muscles saillaient sur tout son corps, roulant avec une espèce de fureur. Il s'était tant couvert de boue qu'il avait presque doublé de volume. Deux choses se produisirent alors simultanément.

Un bloc de rocher gigantesque s'écrasa à notre droite, s'enfonçant de moitié dans le sol. S'il était tombé sur nous, le bouclier n'aurait servi à rien ; nous aurions été aplatis. Au même moment, l'arbuste s'enflamma. J'ignorais comment l'Épouvanteur s'y était pris ; en tout cas, le résultat était spectaculaire. De hautes flammes illuminèrent la ravine, tandis que des étincelles crépitaient, emportées par le vent.

Je cherchai le gobelin des yeux : il avait disparu. Les bras tremblants, j'abaissai le bouclier. L'Épouvanteur avait déjà ramassé son sac ; il jeta la hache sur son épaule. Sans un mot, sans un regard en arrière, il s'engagea dans la pente.

– Suis-moi, petit ! me lança-t-il. Ne traîne pas !

Reprenant mon fardeau, je lui emboîtai le pas ; moi non plus, je ne me retournai pas.

Mon maître ralentit enfin, et je le rattrapai.

– Ça y est ? soufflai-je. C'est terminé ?

– Ne sois pas stupide, fit-il en secouant la tête. Ça ne fait que commencer. C'était la première phase. La ferme d'Henry Luddock est en sécurité ; mais ce gobelin va se manifester prochainement en un autre lieu.

J'avais cru notre tâche achevée et le danger écarté ; aussi fus-je fort dépité. Je comptais tellement sur un bon souper ! Mes espoirs étaient anéantis : nous allions continuer à jeûner...

À notre retour, mon maître apprit à Henry Luddock que sa ferme était libérée du gobelin. Le fermier le remercia et promit de le payer l'automne suivant, dès les récoltes engrangées. Cinq minutes plus tard, nous reprenions le chemin de la maison.

– Vous êtes sûr que le gobelin va sévir de nouveau ? insistai-je tandis que nous traversions la lande, le vent nous poussant dans le dos.

– À dire vrai, le travail est à moitié fait, concéda l'Épouvanteur. Toutefois, le pire est à venir. Tel un écureuil amassant des noisettes pour l'hiver, un gobelin se prépare des réserves de pouvoir là où il vit. Celles qu'il avait ici ont brûlé avec l'arbre. Nous avons remporté la première bataille. Il aura cependant vite récupéré, et s'attaquera à quelqu'un d'autre.

– Allons-nous l'enfermer dans une fosse ?

– Non, petit. Lorsqu'un lance-cailloux devient un tueur, il faut s'en débarrasser pour de bon.

– D'où va-t-il tirer de nouvelles forces ?

– De la peur. Voilà d'où lui vient son pouvoir. Un lance-cailloux se nourrit de la peur qu'il inspire à ceux qu'il tourmente. Une malheureuse famille des environs va bientôt vivre une nuit de terreur. J'ignore où il est allé et sur qui il jettera son dévolu ; je ne peux donc rien empêcher, ni mettre en garde qui que ce soit. C'est une des choses qu'il nous faut accepter, comme d'avoir dû détruire ce vieil arbre. J'aurais préféré ne pas le faire ; hélas, je n'avais pas d'autre solution. Le gobelin va se terrer ailleurs. D'ici un jour ou deux, il se sera trouvé un autre gîte. Alors, on viendra de nouveau requérir notre aide.

– Qu'est-ce qui a rendu ce gobelin aussi méchant ? Pourquoi s'est-il mis à tuer ?

L'Épouvanteur me retourna la question :

– Pourquoi des gens deviennent-ils des meurtriers ? Pourquoi celui-ci, plutôt que celui-là ? Je suppose que ce lance-cailloux en a eu assez de n'être qu'un simple frappeur et de terroriser ces braves paysans en tapant la nuit contre les murs. Il voulait plus ; il voulait toute la colline pour lui seul et s'est mis en tête de chasser Henry Luddock et sa famille de leurs terres. Puisque nous avons détruit son gîte, il va parcourir le ley pour s'en trouver un autre.

Je fis signe que j'avais compris.

– Tiens, voilà de quoi te réconforter, dit mon maître en tirant de sa poche le morceau de fromage.

Il en détacha un petit bout et me le tendit.

– Mâche bien, me recommanda-t-il. N'avale pas tout d'un coup.

De retour à la maison, nous fîmes remonter Meg de la cave, et la routine des corvées et des leçons reprit son cours. Avec une différence de taille : comme nous nous attendions à ce que le gobelin recommence ses méfaits, nous continuâmes de jeûner. Ce m'était une torture de voir Meg préparer ses propres repas alors que mon estomac criait famine. Après trois jours de ce régime, je crus que mes boyaux s'étaient desséchés au creux de mon ventre. Enfin, le quatrième jour à midi, on frappa à grands coups à la porte...

– Eh bien, petit, me dit l'Épouvanteur, va voir ce que c'est !

Je courus ouvrir. À ma grande surprise, je découvris Alice sur le seuil.

– C'est le vieux M. Hurst qui m'envoie, dit-elle. Un gobelin fait des siennes à la ferme de la Lande. Alors ? Tu ne me fais pas entrer ?

8
Le retour du lance-cailloux

Les prévisions de l'Épouvanteur se révélaient justes, mais il fut aussi surpris que moi en voyant notre visiteuse pénétrer dans la cuisine.

– Le gobelin est à la ferme de M. Hurst, expliquai-je. Il nous fait appeler.

– Allons parler de ça au salon ! décréta mon maître.

Alice me sourit après avoir jeté un bref regard vers Meg, qui se chauffait devant l'âtre en nous tournant le dos.

– Assieds-toi ! lui dit mon maître en refermant la porte. Et raconte-moi tout en détail depuis le début.

– Il n'y a pas grand-chose à raconter. Tom m'en a assez appris sur les gobelins pour que je comprenne qu'il s'agit d'un lance-cailloux. Il jette des pierres sur la ferme depuis deux jours, la cour en est pleine. Ça devient dangereux de sortir. Il ne reste presque plus de carreaux aux fenêtres. C'est un miracle si personne n'a encore été blessé !

– Morgan a-t-il tenté d'intervenir ? J'ai eu le temps de lui enseigner les règles de base concernant les gobelins.

– Ça fait un moment qu'on ne l'a pas vu. Bon débarras !

– Tout se passe comme vous l'aviez prévu, dis-je à mon maître.

– En effet. Prépare une tisane pour Meg, pendant que je mets mon journal à jour. Utilise la même dose que la dernière fois.

Comme j'allais prendre la bouteille brune dans le placard, Alice me lança un regard désapprobateur, qui n'échappa pas à l'Épouvanteur.

– Comme d'habitude, le garçon t'a parlé de mes affaires privées, grommela-t-il. Tu sais donc de quoi il s'agit et pourquoi c'est nécessaire. Alors, ne fais pas cette tête !

Alice ne répliqua rien. Elle me suivit dans la cuisine et me regarda en silence préparer la potion.

Meg somnolait sur son fauteuil ; je la secouai doucement pour la réveiller. Elle ouvrit les yeux, et je lui tendis le breuvage :

– Voilà votre tisane, Meg. Attention de ne pas vous brûler !

Elle prit la tasse et la fixa d'un air pensif :

– N'ai-je pas déjà bu ma tisane, ce matin ?

– Il vous en faut une deuxième, affirmai-je. Il fait beaucoup plus froid, aujourd'hui.

Soudain, elle s'écria :

– Oh ! Qui est cette jolie fille, Billy ? C'est ton amie ? Elle a de beaux yeux bruns.

Alice sourit en l'entendant m'appeler Billy, et elle se présenta :

– Je m'appelle Alice, je suis de Chipenden. J'habite à présent dans une ferme du voisinage.

– Viens nous rendre visite quand tu veux, l'invita Meg. Je manque de compagnie féminine, ces jours-ci. Je serai heureuse de te voir.

– Votre tisane, Meg ! insistai-je. Buvez pendant que c'est chaud, ça vous fera du bien !

Elle se mit à siroter le breuvage. Dès qu'elle eut fini, elle retomba dans sa somnolence.

– Et de moisir dans une cave humide et froide, ça lui fera du bien ? lâcha Alice avec amertume.

Je n'eus pas le loisir de répliquer, car l'Épouvanteur entrait dans la cuisine. Il souleva Meg dans ses bras. Je pris un chandelier et le précédai dans la cave pour déverrouiller la grille. Alice nous attendit en haut. Cinq minutes plus tard, nous nous mettions en route tous les trois.

La ferme de la Lande semblait avoir subi un siège. Ainsi qu'Alice l'avait décrit, des pierres encombraient la cour ; les vitres étaient cassées. Seule la fenêtre de la cuisine restait intacte.

La porte était fermée. L'Épouvanteur se servit de sa clé et l'ouvrit en deux secondes.

Nous trouvâmes les Hurst réfugiés dans la cave. On ne voyait pas trace du gobelin.

Mon maître ne perdit pas de temps.

– Vous devez quitter les lieux immédiatement, dit-il au fermier et à sa femme. Je crains qu'il n'y ait pas d'autre solution. N'emportez que l'essentiel et partez ! Laissez-moi faire mon travail.

– Mais où irons-nous ? gémit Mme Hurst, au bord des larmes.

– Si vous restez, je ne peux pas garantir votre sécurité. Vous avez de la famille à Adlington, on vous y hébergera.

M. Hurst demanda avec inquiétude :

– Dans combien de temps pourrons-nous revenir ?

– Dans trois jours, peut-être moins. Ne vous faites pas de souci pour votre ferme. Mon apprenti va s'en occuper.

Tandis qu'ils préparaient leur baluchon, mon maître m'ordonna d'expédier autant de tâches que possible. Tout était tranquille, aucune chute de pierres ; le gobelin se reposait. J'en profitai pour traire les vaches. Quand j'eus terminé, le crépuscule assombrissait la cour.

Je retournai dans la cuisine et y trouvai mon maître, seul.

– Où est Alice ?

– Partie avec les Hurst, où veux-tu qu'elle soit ? On ne peut pas avoir une fille dans nos jambes au moment de se mesurer avec un gobelin.

J'étais fatigué, je n'avais pas envie de discuter. J'avais tant espéré qu'il aurait permis à Alice de rester !

– Assieds-toi, et ne prends pas cette mine dépitée, tu vas faire tourner le lait ! Nous devons nous tenir prêts.

– Où se terre le gobelin, à votre avis ?

L'Épouvanteur haussa les épaules :

– Sous un arbre ou sous un rocher, je suppose. À présent que la nuit tombe, il ne va pas tarder à se manifester. Les gobelins sortent parfois de jour, et sont alors capables de se défendre, comme nous avons pu le constater récemment ; toutefois, ils préfèrent les heures nocturnes, où leur pouvoir est à son apogée. S'il s'agit bien de la créature que nous avons chassée de la ferme de la Pierre, elle va nous donner du fil à retordre. Elle se souviendra de nous et voudra se venger. Briser des vitres ne lui suffira pas. Elle va tenter d'abattre cette maison et de nous écraser sous les décombres. Ce sera une lutte sans merci.

Mon maître dut remarquer mon air effrayé, car il ajouta :

– Quoi qu'il en soit, petit, rassure-toi ! C'est une vieille bâtisse, mais elle est construite en bonnes pierres du Comté, et les fondations sont solides. La plupart des gobelins sont plus bêtes qu'ils le paraissent ; alors, nous ne sommes pas encore morts ! Nous allons commencer par l'affaiblir. Je vais lui servir d'appât. Quand j'aurai sapé ses forces, tu l'achèveras avec du sel et de la limaille de fer. Va remplir tes poches, petit, et tiens-toi prêt !

Je m'étais servi de ces ingrédients lors de mon affrontement avec la vieille Mère Malkin ; leur alliance est très efficace contre les êtres liés à l'obscur. L'un brûlerait le gobelin ; l'autre le viderait de son énergie.

Je m'empressai donc de vider dans mes poches les sachets de sel et de limaille que l'Épouvanteur gardait dans son sac.

Le gobelin passa à l'attaque juste avant minuit. Depuis quelques heures, l'orage grondait au loin. Lorsqu'il éclata au-dessus de nos têtes en une succession d'éclairs et de coups de tonnerre, nous étions assis devant la table de la cuisine.

– Le voilà, constata l'Épouvanteur à voix basse, se parlant à lui-même.

Il avait raison : quelques secondes plus tard, la créature déboulait de la colline et fondait sur la ferme avec la violence d'une rivière en crue s'arrachant à son lit.

La fenêtre de la cuisine explosa, envoyant de tous côtés des échardes de verre ; la porte s'incurva comme si une masse gigantesque tentait d'enfoncer le battant. Les murs se mirent à osciller tel un arbre dans le vent. Cela paraît impossible, je sais ; c'est pourtant la vérité, je peux en témoigner.

Puis des grattements et des tapotements se firent entendre sur le toit ; les tuiles s'envolaient et s'écrasaient dans la cour.

Soudain, le calme revint ; à croire que le gobelin s'accordait une pause, pour rassembler ses forces ou pour réfléchir à ses prochaines actions.

– C'est le moment, petit, me dit l'Épouvanteur. Reste ici et regarde par la fenêtre. Les choses vont mal tourner, tu peux en être sûr !

Les choses avaient déjà assez mal tourné à mon goût ; je me gardai toutefois d'en faire la remarque.

– Ne sors en aucun cas ! m'ordonna mon maître. Quoi qu'il arrive ! Si tu jetais le sel et la limaille dehors par ce temps, ils n'auraient aucun impact. Attends que le gobelin pénètre dans la cuisine. Je vais l'attirer à l'intérieur. Tiens-toi prêt !

L'Épouvanteur déverrouilla la porte et, son bâton à la main, s'aventura dans la cour. Pour oser affronter un gobelin dans ces conditions, il fallait être vraiment courageux !

Dehors, la nuit était totale, et, dans la cuisine, toutes les chandelles avaient été soufflées. Pour rien au monde je n'aurais voulu rester plongé dans l'obscurité. Par chance, une lanterne brûlait encore. Je l'approchai de la fenêtre, mais elle ne projetait guère de lumière dans la cour. L'Épouvanteur était trop loin pour que je distingue ce qui s'y passait ; je ne pouvais compter que sur l'éclairage intermittent des éclairs.

J'entendis mon maître taper trois fois de son bâton sur les dalles ; alors, avec un hurlement de rage, le gobelin se jeta sur lui, traversant la cour comme une tornade. Il y eut un cri de douleur et un craquement semblable à celui d'une branche qui se brise. L'éclair suivant me montra l'Épouvanteur à genoux, se protégeant la tête de ses mains levées. Son bâton gisait à terre, hors de sa portée, cassé en trois morceaux.

Des pierres rebondirent bruyamment sur les pavés ; des tuiles dégringolèrent du toit. Mon maître cria encore à plusieurs reprises. Bien qu'il m'ait fermement ordonné de rester devant la fenêtre et d'attendre que le gobelin entre dans la pièce, je fus tenté de sortir pour courir à son aide. Il paraissait en fâcheuse posture, et sa situation ne pouvait qu'empirer.

Je scrutai les ténèbres, espérant qu'un nouvel éclair illuminerait la cour. Je ne voyais plus du tout l'Épouvanteur. C'est alors que la porte de derrière tourna très lentement. Terrifié, je reculai jusqu'à me trouver adossé au mur. Était-ce le gobelin ?

Je me repris, posai la lanterne sur la table et me tins prêt à tirer de mes poches du sel et de la limaille. Une masse sombre franchit le seuil et se coula dans la pénombre. J'attendis, pétrifié. Puis je lâchai un soupir de soulagement en reconnaissant l'Épouvanteur, à quatre pattes. Il avait rampé jusqu'à la porte en rasant le mur ; voilà pourquoi je l'avais perdu de vue.

Je bondis, claquai la porte et l'aidai à gagner le centre de la pièce. Ce fut difficile, car il tremblait de tous ses membres et tenait à peine sur ses jambes. Le gobelin l'avait cruellement blessé ; son visage était en sang, et son front portait une bosse de la taille d'un œuf. Il s'appuya des deux mains sur le bord de la table. Lorsqu'il parla, je constatai qu'il lui manquait une dent de devant. Il n'était pas beau à voir.

– Ne t'inquiète pas, petit, croassa-t-il. Il est tombé dans le piège : il a épuisé presque toutes ses forces contre moi. Il est temps d'en finir avec lui. Prépare le sel et la limaille. Surtout, ne le rate pas !

Notre adversaire était affaibli, certes, mais jusqu'à quel point... ?

À cet instant, la porte s'ouvrit à la volée. Cette fois, ce fut le gobelin qui entra. Un éclair nous révéla l'énorme tête ronde et les six bras enveloppés dans leur gangue de boue. Je remarquai cependant une différence : la créature avait rapetissé. Elle avait perdu de sa puissance ; l'Épouvanteur n'avait pas souffert en vain.

Le cœur palpitant, les genoux flageolants, je m'avançai. Fouillant mes poches, je saisis une poignée de sel dans ma main droite, une poignée de limaille dans la gauche, et les lançai au visage du monstre.

Sans s'occuper de ce qui lui en coûterait, l'Épouvanteur avait exécuté sa mission dans les règles. Il avait brûlé l'arbre du gobelin, réduisant à néant sa réserve d'énergie. Ensuite, il s'était offert lui-même pour cible, le purgeant de ses nouvelles forces. À présent, c'était à moi d'en finir ; je n'avais pas le droit d'échouer.

Seules la fenêtre sans vitres et la porte béante laissaient passer un léger courant d'air, et j'avais bien visé. Le nuage de sel et de fer se répandit sur le gobelin. Il poussa un hurlement à vous déchirer les tympans. Le sel le brûlait, la limaille lui ôtait tout pouvoir. La seconde d'après, il avait disparu.

Il était parti. Définitivement. Je l'avais achevé !

Hélas, mon soulagement fut de courte durée. Voyant l'Épouvanteur tituber, je compris qu'il allait s'effondrer. Je m'élançai. Je ne fus pas assez rapide : ses genoux se dérobèrent, il lâcha le bord de la table et s'écroula en arrière. Sa tête heurta violemment le carrelage. Je tentai de le relever ; mais, inconscient, il n'était qu'un poids mort. Du sang coulait de son nez.

Je crus qu'il ne respirait plus. Je commençai à paniquer. Puis je perçus un faible souffle. Mon maître était dans un état grave ; je devais trouver un médecin de toute urgence.

9

Constat de décès

Je dévalai la colline et galopai d'une traite jusqu'au village sous une pluie torrentielle, dans le fracas des coups de tonnerre et la clarté violente des éclairs fourchus qui déchiraient le ciel.

Je n'avais pas la moindre idée de l'endroit où logeait le médecin. En désespoir de cause, je frappai à la première porte que je rencontrai. Personne n'ouvrit. Je tambourinai sur la suivante avec mes poings. N'obtenant pas davantage de réponse, je me souvins que le frère de l'Épouvanteur, Andrew, tenait une boutique de serrurerie quelque part dans le bourg. Je courus donc vers le centre, glissant sur les pavés mouillés, enjambant les ruisselets qui coulaient le long de la pente.

Il me fallut un bon moment pour repérer la maison d'Andrew. Plus petite que celle qu'il louait à Priestown, elle était bien située, rue de Babylone, à l'angle de la rue principale, où se trouvaient la plupart des commerces. Un éclair illumina l'enseigne au-dessus de la vitrine :

ANDREW GREGORY
ARTISAN SERRURIER

Je cognai contre la porte, sans résultat. Je m'emparai de la poignée et la secouai de toutes mes forces. Rien. Je craignis qu'Andrew se fût absenté pour quelque travail et qu'il ne passât la nuit dans un autre village. Le battant d'une fenêtre se souleva alors dans une maison voisine, et une voix d'homme courroucée m'invectiva :

– En voilà un raffut ! Fichez le camp ! On n'a pas idée de réveiller les gens au milieu de la nuit !

– Je cherche un médecin, lançai-je vers la fenêtre noire. C'est urgent ! Un homme va mourir !

– Alors, tu perds ton temps. Là où tu frappes, c'est un serrurier !

– Je travaille pour le frère d'Andrew Gregory. Je suis son apprenti.

La lumière d'un éclair me révéla un visage penché vers moi, sur lequel je lus de la peur. Tout le village savait probablement que le frère d'Andrew était épouvanteur.

– Il y a un docteur rue de Bolton, à cent mètres d'ici.

– Où est cette rue ?

– Descends jusqu'au croisement et prends à gauche, tu y seras. C'est la dernière maison en bas de la rue.

Sur ce, la fenêtre se referma brutalement. Peu m'importait : j'avais obtenu l'information dont j'avais besoin. Je repris ma course, tournai à gauche, descendis la rue et frappai bientôt à la porte de la dernière maison.

Les médecins ont l'habitude d'être réveillés à toute heure de la nuit pour des urgences ; celui-ci m'ouvrit presque aussitôt, une chandelle à la main. C'était un petit homme à la lèvre ornée d'une fine moustache noire, aux tempes grisonnantes. Il m'écouta d'un air docte tandis que je lui expliquais qu'il y avait un homme dans un état grave. Mais, lorsque je lui révélai l'identité du blessé et ce qui avait provoqué ses blessures, son expression changea, et la chandelle se mit à trembler dans sa main.

– Va devant ! Je te suis dès que possible, dit-il en me claquant la porte au nez.

L'idée de soigner un épouvanteur l'effrayait, c'était clair. Je repartis donc vers la lande, fort inquiet. Tiendrait-il sa promesse ? Me rejoindrait-il à la ferme ? S'il ne venait pas, mon maître risquait de mourir ! Il était peut-être même déjà mort.... C'est le cœur bien lourd que je gravis la colline. Le gros de l'orage était passé ; je n'entendais plus que de lointains roulements de tonnerre, et de rares éclairs illuminaient encore le paysage.

Mon inquiétude n'était pas fondée : le docteur tint parole. Il arriva à la ferme une quinzaine de minutes après moi. En revanche, il ne s'attarda pas. Alors qu'il examinait le blessé, ses mains tremblantes révélaient à quel point il avait peur. Tout le monde est mal à l'aise en présence d'un épouvanteur. Et ce que j'avais raconté au médecin sur les causes des blessures le terrifiait. Il ne cessait de jeter autour de lui des regards affolés, comme s'il s'attendait à voir le gobelin lui sauter dessus. Cela m'aurait fait rire si je ne m'étais pas senti aussi triste et angoissé.

Je l'aidai à transporter l'Épouvanteur dans une chambre à l'étage et à le mettre au lit. Il appuya alors son oreille contre la poitrine de mon maître pour l'ausculter avec soin. Quand il se redressa, il secoua la tête, la mine sombre :

– En plus de ses blessures, il souffre d'une pneumonie ; les poumons sont très atteints. Je ne peux rien faire pour lui.

– Il est fort ! protestai-je. Il guérira !

L'homme me regarda, une expression professionnelle sur le visage, mélange de calme et de compassion. C'était le genre de masque qu'adoptent les médecins quand ils ont une mauvaise nouvelle à annoncer aux parents d'un malade.

– Je crains que le pronostic ne soit très négatif, mon garçon, fit-il en me tapotant l'épaule. Ton maître est mourant ; il est peu probable qu'il passera la nuit. Nous sommes tous mortels, n'est-ce pas ! Es-tu seul, ici ?

Je fis oui de la tête.

– Est-ce que ça ira ?

Je répondis de même.

– Bien. J'enverrai quelqu'un demain matin.

Ramassant son sac, il ajouta d'un ton sinistre :

– Il faudra le laver.

Je savais ce qu'il voulait dire. C'était la coutume, dans le Comté, de laver le corps des morts avant l'enterrement. Cela m'avait toujours semblé bizarre. À quoi sert de laver quelqu'un qui va pourrir dans un cercueil sous la terre ? La colère me prit, et je faillis lui jeter cette question à la figure. Je réussis cependant à me contrôler et le laissai partir. Puis je m'assis au chevet de l'Épouvanteur, qui respirait avec difficulté.

Il ne pouvait pas mourir ! Pas après tout ce à quoi il avait résisté ! Je refusais cette idée ; rien ne m'avait préparé à l'accepter. Non, le docteur se trompait !

Hélas, j'avais beau tenter de m'en convaincre, je sentais le désespoir m'envahir. Je me souvenais de ce que maman m'avait appris sur les signes annonciateurs de la mort. J'avais le don, comme elle. Je me souvenais de l'odeur de fleurs, dans la chambre de mon père. Cette même odeur émanait de l'Épouvanteur, de plus en plus perceptible.

Au lever du jour, mon maître était encore en vie. La femme envoyée par le docteur pour laver sa dépouille ne put dissimuler son mécontentement.

– Je ne peux attendre que jusqu'à midi, aboya-t-elle. J'en ai un autre après...

Elle m'ordonna de lui trouver un drap propre, de le déchirer en sept morceaux, et d'apporter une bassine d'eau froide.

Elle prit l'une des bandes de drap, la roula en boule et la plongea dans l'eau. Elle s'en servit pour baigner le front et les joues de l'Épouvanteur. Je me demandai si elle faisait cela pour le rafraîchir ou pour gagner du temps, sûre qu'elle aurait à laver le corps tout entier plus tard. Mon maître n'ouvrit même pas les yeux.

Cela fait, elle s'assit près du lit et se mit à tricoter une brassière pour bébé tout en bavardant. Elle me raconta sa vie, s'enorgueillissant de ses deux activités : non contente de préparer les morts pour leur enterrement, elle était également la sage-femme locale. Elle était très enrhumée, et ne cessait de tousser et de se moucher dans un grand mouchoir à carreaux.

Juste avant midi, elle ramassa ses affaires.

– Je reviendrai m'occuper de lui demain matin, dit-elle. Il ne survivra pas à une deuxième nuit.

– Il n'y a aucun espoir ?

– Écoute-le respirer !

J'écoutai attentivement. Le souffle de l'Épouvanteur ressemblait à un râle douloureux, comme si ses poumons ne fonctionnaient plus.

– Il est à l'agonie, conclut-elle. Son passage sur cette Terre arrive à son terme.

À cet instant, on frappa à la porte. Je descendis ouvrir : c'était Alice, son manteau de laine boutonné jusqu'au cou, la tête enfouie sous son capuchon.

– Alice ! m'écriai-je, heureux de la voir. L'Épouvanteur a été gravement blessé en luttant contre le gobelin, et le docteur dit qu'il va mourir.

Elle m'écarta pour passer :

– Laisse-moi le voir ! Ce n'est peut-être pas aussi sérieux qu'on le prétend. Les docteurs se trompent parfois. Il est en haut ?

Je fis signe que oui et la suivis à l'étage. Elle alla droit au lit où gisait mon maître et posa la main sur son front. Puis elle lui souleva les paupières avec ses pouces et examina ses pupilles.

– Tout espoir n'est pas perdu, murmura-t-elle. Je crois être capable de l'aider...

La femme, qui s'apprêtait à partir, fronça les sourcils d'un air indigné.

– Une jeune sorcière volant au secours d'un Épouvanteur ! se récria-t-elle en fixant les souliers pointus d'Alice. On aura tout vu !

Alice releva la tête, les yeux flamboyants, et, découvrant ses dents, émit un sifflement. La femme sursauta et recula vivement.

– Ne t'attends pas à ce qu'il te remercie ! railla-t-elle.

Elle fonça jusqu'à la porte et disparut dans l'escalier.

– Bon débarras ! grogna Alice.

Déboutonnant son manteau, elle sortit de sa poche une petite bourse de cuir fermée par un lien. Elle l'ouvrit et versa dans sa paume quelques feuilles séchées.

– Je vais lui préparer une potion, dit-elle.

Tandis qu'elle descendait à la cuisine, je m'assis au chevet de l'Épouvanteur et baignai de nouveau son front brûlant pour tenter de faire baisser la fièvre. Un mélange de mucus et de sang coulait constamment de son nez et se répandait dans sa moustache. Il fallait sans cesse le nettoyer. Le même râle montait toujours de sa poitrine ; l'odeur de fleurs emplissait la chambre. Je commençais à craindre qu'en dépit des paroles rassurantes d'Alice la femme eût raison : il n'en avait plus pour longtemps.

Alice remonta bientôt, tenant une tasse emplie d'un liquide jaune pâle. Je soulevai la tête de mon maître pour qu'elle lui en verse un peu dans la bouche. J'aurais tant voulu que maman soit là ! Mais la présence d'Alice était déjà rassurante : comme maman me l'avait dit un jour, cette fille s'y connaissait en potions.

L'Épouvanteur s'étrangla et cracha. Nous réussîmes cependant à lui faire avaler une bonne partie du contenu de la tasse.

– Ce n'est pas la saison, fit remarquer Alice. Je vais pourtant tâcher de trouver quelque chose de mieux. Ça vaut le coup d'essayer. Même s'il ne le mérite pas, vu la façon dont il m'a traitée...

Je la remerciai et l'accompagnai à la porte. S'il ne pleuvait plus, l'air glacé était saturé d'humidité. Les silhouettes des arbres dénudés se détachaient sur un ciel sinistre.

– C'est l'hiver, Alice, dis-je. Qu'espères-tu récolter à cette époque où rien ne pousse ?

– En hiver, il y a encore des racines et des écorces, répliqua-t-elle en reboutonnant son manteau. Du moins si tu sais où chercher. Je serai de retour aussitôt que possible.

Je remontai au chevet de mon maître, triste et perturbé. Tant pis si cela paraît égoïste : je commençais aussi à m'inquiéter de ma situation. Si je n'achevais pas mon apprentissage avec John Gregory, je devrais me rendre au nord de Caster, où travaillait M. Arkwright, pour lui demander de me prendre avec lui. Il avait été l'apprenti de l'Épouvanteur et avait vécu à Chipenden, comme moi. Or, rien ne me garantissait qu'il accepterait. Il avait peut-être déjà un apprenti. Plus j'y pensais, plus je déprimais. Je me sentais coupable de ne penser qu'à moi quand mon maître allait si mal.

Au bout d'environ une heure, l'Épouvanteur ouvrit soudain les paupières. Son regard était brillant de fièvre, et il me fixa sans me reconnaître. Néanmoins, il n'avait pas oublié la manière de donner des ordres, car il hurla à pleine voix, comme s'il avait affaire à un sourd :

– Aide-moi à me redresser ! Redresse-moi ! Tout de suite !

Il continua de crier tandis que je l'aidais à s'asseoir et empilais des oreillers derrière son dos. Puis il se mit à gronder, les yeux révulsés :

– Donne-moi à boire. À boire !

Il y avait une cruche d'eau sur la table de chevet. J'emplis une tasse et la portai à ses lèvres.

– Buvez doucement, lui recommandai-je.

Il aspira une gorgée, qu'il recracha aussitôt, éclaboussant les draps.

– Pouark ! rugit-il. C'est tout ce que tu m'offres ?

Ses pupilles reprirent leur place, et il me dévisagea d'un air dur :

– Apporte-moi du vin ! Du rouge ! Voilà ce qu'il me faut.

Je n'étais pas certain que ce soit une bonne idée, dans son état. Or, il insistait : il voulait du vin, et du rouge.

D'une voix calme, afin de ne pas l'agiter davantage, je déclarai :

– Je suis désolé, il n'y a pas de vin ici.

– Évidemment ! On est dans une chambre ! Va en chercher à la cuisine ! Et, si tu n'en trouves pas, descends à la cave ! Allez, dépêche-toi, ne me fais pas attendre !

Il y avait une demi-douzaine de bouteilles à la cuisine, et toutes contenaient du vin rouge. Le problème, c'est que je n'arrivais pas à mettre la main sur un tire-bouchon. Je pris le parti de lui remonter une bouteille en espérant que les choses s'arrêteraient là.

Je me trompais. Dès que je m'approchai du lit, mon maître m'ôta la bouteille des mains, porta le goulot à sa bouche et arracha le bouchon avec ses dents. Je craignis un instant qu'il ne l'avale, mais il le recracha avec tant de force qu'il rebondit sur le mur d'en face.

Puis il se mit à boire. Je n'avais jamais vu l'Épouvanteur s'adonner à la boisson jusqu'à ce jour. On aurait dit qu'il ne pouvait pas déglutir assez vite. Entre chaque longue goulée, il se lançait dans un discours incompréhensible, étourdi autant par la fièvre que par l'alcool. La plupart de ses paroles étaient du latin, et je n'en savais pas encore assez pour comprendre. À un moment, je le vis faire un signe de croix de la main droite, à la manière des prêtres.

Chez nous, à la ferme, nous ne buvions que rarement du vin. Maman fabriquait son propre vin de sureau, qui était délicieux. Elle ne le servait qu'aux grandes occasions. Pour ma part, j'avais droit à un demi-verre deux fois par an. Mon maître, lui, vida la bouteille en moins d'un quart d'heure ! Puis il se mit à vomir si violemment que je crus qu'il allait suffoquer. Je dus le nettoyer et changer les draps.

Alice revint peu après, et prépara une autre potion avec des racines qu'elle avait ramassées. À deux, nous réussîmes à la faire avaler à l'Épouvanteur, qui, presque aussitôt, s'endormit.

Je vis alors Alice humer l'air en fronçant le nez : une odeur de vomi imprégnait la chambre. J'avais cru qu'elle couvrait celle des fleurs. Je n'avais pas compris que l'état de l'Épouvanteur s'améliorait. Or, les signes délétères avaient réellement disparu.

Le pronostic du docteur et de la sage-femme se révéla faux : en quelques heures, la fièvre était tombée. Mon maître toussait et crachait à s'en arracher les poumons, il se vidait d'un épais mucus, emplissant une telle quantité de mouchoirs que la réserve fut bientôt épuisée, et que je dus me résoudre à déchirer un autre drap. Il se remettait lentement ; une fois de plus, nous devions cela à Alice.

10

Mauvaises nouvelles

Les Hurst revinrent le lendemain. Ils contemplèrent les dégâts, atterrés, ne sachant visiblement pas par où commencer. L'Épouvanteur dormait la majeure partie du temps. Nous ne pouvions cependant le laisser dans une pièce où le vent soufflait par les vitres brisées. Je pris donc de l'argent dans son sac et le donnai aux fermiers pour payer les réparations les plus urgentes.

On fit monter du village un vitrier, qui remplaça les carreaux de la chambre et ceux de la cuisine. Shanks, le menuisier, vint boucher provisoirement les autres ouvertures avec des planches. Moi, je passai la journée à allumer du feu dans les chambres et dans la cuisine, et à aider aux travaux de la ferme, m'occupant en particulier de la traite des vaches. M. Hurst s'y mit aussi, mais, manifestement, le cœur n'y était pas. Il semblait avoir perdu toute envie de vivre. Il ne cessait de gémir :

– Oh, mon Dieu ! Oh, mon Dieu !

Je l'entendis marmonner, en regardant le toit défoncé de la grange d'un air anxieux :

– Qu'ai-je fait ? Qu'ai-je fait pour mériter ça ?

Ce soir-là, alors que nous finissions de souper, on frappa trois grands coups contre la porte de devant. À ce bruit, le pauvre M. Hurst sursauta si fort qu'il manqua de renverser sa chaise.

Sa femme posa doucement la main sur son bras.

– J'y vais, dit-elle. Calme-toi, mon chéri ! Ne te mets pas dans des états pareils !

Étant donné leur réaction, je supposai que le visiteur était Morgan. D'ailleurs, ces trois coups avaient fait courir le long de mon dos un frisson glacé. Mes craintes se confirmèrent lorsque Alice me regarda en articulant silencieusement ces deux syllabes : « Morgan ».

Il entra dans la pièce en titubant, chargé d'un sac, son bâton à la main. Avec son manteau et son capuchon, il avait tout d'un épouvanteur.

– Tiens, railla-t-il en me dévisageant. Voilà le jeune apprenti en personne ! Maître Ward, ravi de vous revoir !

Je répondis d'un hochement de tête.

– Eh bien, le Vieux, que s'est-il passé ici ? reprit-il sur le même ton sarcastique. Tu n'as donc aucune dignité ? Comment peux-tu laisser la ferme dans cet état ?

– Ce n'est pas sa faute, aboya Alice. Vous êtes idiot, ou quoi ? N'importe quel imbécile verrait que c'est l'œuvre d'un gobelin !

Morgan lui lança un regard furieux et leva son bâton d'un geste menaçant. Alice le fixa sans broncher avec un sourire moqueur. Il se tourna alors vers sa mère :

– Et l'Épouvanteur a envoyé son apprenti pour régler l'affaire, hein ? Eh bien, il n'a guère de gratitude envers toi, la Vieille ! Tu t'es occupée de sa jeune sorcière, et il ne daigne même pas se déplacer en personne ? Il n'a jamais été qu'une brute sans cœur.

À ces mots, je bondis d'indignation :

– M. Gregory est venu immédiatement. Il est en haut, alité. Il a été gravement blessé par le gobelin !

Comprenant aussitôt que j'en avais trop dit, j'eus peur pour mon maître. Il était affaibli, sans défense, et Morgan l'avait menacé dans sa lettre.

– Oh ? fit celui-ci, goguenard. Blessé par un gobelin ? Seigneur ! Se débarrasser d'une de ces créatures, c'est pourtant facile ! Ton maître baisse, petit. Un effet de l'âge, probablement. Le vieux fou a fait son temps. Je vais monter lui dire deux mots.

Là-dessus, il traversa la cuisine et s'engagea dans l'escalier.

Je me penchai vers Alice, lui ordonnai à voix basse de ne pas bouger et emboîtai le pas à Morgan. Je crus d'abord que Mme Hurst allait me retenir, mais elle se contenta de s'asseoir et enfouit son visage dans ses mains.

Je commençai à monter avec précaution, m'arrêtant toutes les trois marches pour que leur grincement n'alerte pas Morgan. J'entendis son rire sonore, puis la toux de l'Épouvanteur. Un craquement retentit derrière moi ; je me retournai et découvris Alice. Un doigt sur la bouche, elle m'intima le silence.

La voix de l'Épouvanteur s'éleva dans la chambre :

– Toujours en train de creuser ce vieux tumulus, hein ? Tu y laisseras la vie, un jour ou l'autre. Aie un peu de bon sens ! Éloigne-toi de cet endroit tant qu'il en est encore temps !

– Vous pourriez me faciliter la tâche ! répliqua Morgan. Rendez-moi ce qui m'appartient, c'est tout ce que je demande !

– Si je te le rendais, tu causerais une catastrophe inimaginable. Du moins, au cas où tu survivrais. Pourquoi t'obstiner ainsi ? Cesse de provoquer l'obscur ! Souviens-toi de ce que tu as promis à ta mère ! Il n'est pas encore trop tard pour faire quelque chose de ta vie.

– Ne parlez pas de ma mère, rétorqua Morgan, et cessez de prétendre vous intéresser à moi ! La vérité est que vous vous êtes toujours soucié de nous comme d'une guigne ! Tout ce qui vous importait, c'était cette sorcière. Dès que Meg Skelton est apparue, ma pauvre mère n'a plus eu la moindre chance. Où cela vous a-t-il mené ? Et qu'est-ce que ça lui a apporté, sinon une vie de misère ?

– Tu te trompes, mon garçon. Je me soucie de toi et de ta mère. Je l'ai aimée, autrefois, comme tu le sais, et toute ma vie j'ai agi de mon mieux pour l'assister. C'est pour sa sécurité que j'ai tenté de t'aider, malgré ce que tu as fait.

L'Épouvanteur se remit à tousser. Morgan jura et marcha vers la porte.

– Les choses ont changé, vieil homme, gronda-t-il. Et je reprendrai ce qui est à moi. Si vous refusez de me le rendre, alors j'emploierai d'autres moyens.

Alice et moi, nous fîmes vivement demi-tour. Nous étions de retour dans la cuisine avant que les bottes de Morgan ne résonnent dans l'escalier.

Il ne nous adressa pas un regard. Ignorant son père et sa mère, le visage aussi sombre qu'un ciel d'orage, il traversa la cuisine et pénétra dans le hall d'entrée. Nous l'entendîmes tourner une clé dans une serrure, tirer un verrou, entrer dans une pièce voisine, qu'il arpenta un moment. Enfin, il en sortit, referma le verrou. L'instant d'après, il avait quitté la maison en claquant bruyamment la porte derrière lui.

Autour de la table, personne ne dit mot. Je ne pus m'empêcher d'observer Mme Hurst : ainsi, l'Épouvanteur l'avait aimée, elle aussi, autrefois ! C'était la troisième femme qui avait compté dans sa vie. Et c'était une des raisons pour lesquelles Morgan avait une dent contre lui.

– Allons nous coucher, mon chéri, dit Mme Hurst à son mari d'une voix pleine de tendresse. Tu as grand besoin d'une bonne nuit de sommeil. Tu te sentiras mieux demain.

Sur ces mots, ils quittèrent la table. M. Hurst, traînant les pieds, se dirigea vers l'escalier. Je ressentis envers eux une grande pitié : personne ne méritait un fils comme Morgan. Mme Hurst se tourna vers nous.

– Ne tardez pas à gagner vos chambres, vous aussi ! nous recommanda-t-elle.

Nous acquiesçâmes poliment et attendîmes qu'ils aient disparu dans l'escalier.

– Bon, nous voici tous les deux, dit alors Alice. Si on jetait un coup d'œil dans la chambre de Morgan ? Qui sait ce qu'on y trouverait... ?

– La pièce où il est allé ?

Alice fit signe que oui :

– Des bruits bizarres s'y font entendre, parfois. J'aimerais savoir d'où ça provient.

Prenant un chandelier sur la table, elle sortit de la cuisine et traversa le hall. Deux portes donnaient dans l'entrée. Celle de droite menait à la pièce principale ; celle de gauche, peinte en noir, était fermée par un verrou cadenassé.

– C'est là, souffla Alice en touchant le battant de la pointe de son soulier. Sans ce cadenas, il y a longtemps que j'aurais fourré mon nez là-dedans. Ta clé va nous ouvrir ça, hein, Tom ?

Ma clé fonctionna sans peine. Poussant la porte, nous découvrîmes une grande chambre, toute en longueur, avec une fenêtre au bout, dissimulée par d'épais rideaux noirs. Le sol était carrelé, sans le moindre tapis. Pour tout mobilier, la pièce ne contenait qu'une grande table de bois, avec une chaise à haut dossier à chaque extrémité.

Alice entra la première.

– Rien à voir, ici, on dirait, murmurai-je. Qu'est-ce que tu t'attendais à trouver ?

– Je ne sais pas ; je pense qu'il y a quelque chose... Il m'est arrivé de surprendre des bruits de clochettes, de celles qu'on agite à la main. Un jour, une grosse cloche a sonné le glas. Il y a souvent des clapotis d'eau, des pleurs de fille. Je suppose que c'est la voix de sa sœur morte.

– Ça se passe quand il est dans la pièce ?

– Oui, généralement. En son absence, j'ai entendu un chien aboyer, puis il y a eu des grognements et des reniflements, juste derrière la porte, à croire qu'une bête cherchait à s'échapper. Les Hurst évitent cette pièce ; je crois qu'ils ont peur de ce qui pourrait en sortir.

– Pourtant, je ne perçois rien de particulier, aucune sensation de froid, comme à l'approche de l'obscur. L'Épouvanteur m'a dit que Morgan était un nécromancien, un magicien qui se sert des morts. Il leur parle et les contraint à lui obéir.

– D'où tient-il son pouvoir ? Il n'utilise pas la magie du sang ni celle des ossements, ainsi que le font les sorcières, et il n'a pas non plus recours à leur service, je le sentirais, dit Alice en fronçant le nez. Alors ?

Je haussai les épaules :

– Peut-être est-il en relation avec Golgoth, l'un des Anciens Dieux. Tu sais ce que dit l'Épouvanteur : s'il ne cesse de creuser ce tumulus, il finira pas y laisser sa peau. L'endroit s'appelle le Quignon de Pain, il se trouve sur les hauteurs de la lande. Peut-être Morgan essaie-t-il de convoquer Golgoth, comme le faisaient les peuples d'autrefois. Peut-être Golgoth l'y aide-t-il d'une manière ou d'une autre, parce qu'il désire réapparaître. Or, Morgan n'arrive pas à ses fins, car l'Épouvanteur est en possession d'une chose dont il a besoin. Une chose qui lui faciliterait la tâche.

Alice hocha pensivement la tête :

– Ça se pourrait, Tom. Tout de même, ce qu'ils disaient était fort curieux. Je n'imagine pas le vieux Gregory et Mme Hurst ensemble ! Ça me semble difficile à croire.

J'étais bien de cet avis. Comme il n'y avait rien de plus à voir dans la pièce, nous ressortîmes. Je tirai le verrou et refermai soigneusement le cadenas. Tous ces mystères – ainsi que les secrets de l'Épouvanteur – m'intriguaient au plus haut point.

Morgan ne se montra plus à la ferme de la Lande, où nous restâmes une semaine avant de retourner à la maison de l'Épouvanteur. Le moment venu, on envoya chercher Shanks, et mon maître fit le voyage sur le dos du poney.

Shanks refusa de mettre un pied dans la maison et repartit aussitôt à Adlington. J'avais révélé à mon maître que les potions d'Alice lui avaient certainement sauvé la vie. Il n'avait fait aucun commentaire. Il nous laissa le soutenir pour gagner son lit. Le voyage de retour l'avait exténué, il ne tenait pas sur ses jambes. Il devrait encore garder la chambre quelque temps.

À ma grande surprise, il ne fit aucune allusion à Meg. Je ne parlai pas d'elle non plus : je n'avais aucune envie de devoir descendre seul à la cave. Puisqu'elle dormait en bas tout l'été, qu'elle y reste un peu plus ou un peu moins n'importait guère. Je me chargeai donc des divers travaux quotidiens. Alice m'assistait, pas autant que je l'avais espéré.

– Ce n'est pas parce que je suis une fille que je dois rester aux fourneaux ! avait-elle répliqué, lorsque j'avais émis l'idée qu'elle devait être meilleure cuisinière que moi.

– Je ne sais rien faire cuire, Alice ! À la maison, c'est maman qui s'en charge ; à Chipenden, c'est la tâche du gobelin ; et, ici, Meg préparait nos repas.

– Eh bien, c'est l'occasion d'apprendre ! déclara-t-elle avec un sourire espiègle. Quant à Meg, elle ne serait peut-être pas si docile sans cette tisane que tu lui donnes à boire !

Le matin du troisième jour, l'Épouvanteur descendit prudemment l'escalier et vint s'asseoir à table avec nous. Je m'occupai de mon mieux du petit déjeuner. Cuisiner était plus dur que ça en avait l'air, pas aussi dur cependant que... le bacon que je servis !

Nous mangeâmes en silence. Au bout de quelques minutes, l'Épouvanteur repoussa son assiette.

– C'est une chance que je n'aie guère d'appétit, petit, fit-il avec malice. Sinon, la faim m'aurait forcé à avaler tout ça, et je n'y aurais sans doute pas survécu !

Alice s'esclaffa. Moi, je ne pus m'empêcher de sourire, heureux de voir mon maître de si bonne humeur. Certes, le bacon n'était pas fameux, mais j'avais trop faim pour faire la fine bouche ; Alice aussi. L'Épouvanteur semblait accepter sa présence, et cela me réjouissait fort.

Le lendemain, il décida qu'il était temps de réveiller Meg. Comme il n'était pas encore très vaillant, je l'accompagnai en bas et l'aidai à la ramener à la cuisine. L'effort le fatigua cependant à tel point que ses mains se mirent à trembler, et il dut aller se recoucher.

Alice fit chauffer de l'eau pour le bain de Meg.

– Merci, Billy, me dit celle-ci, tandis que nous remplissions la baignoire. Tu es un garçon prévenant. Et ta ravissante amie est bien serviable. Quel est ton nom, ma chérie ?

– On m'appelle Alice.

– As-tu de la famille par ici, Alice ? C'est si agréable de vivre près des siens ! J'aimerais pouvoir le faire, mais ils sont si loin...

– Ma famille n'est pas de bonne compagnie, dit Alice. Je suis beaucoup mieux sans elle.

– Je ne peux pas croire ça ! s'exclama Meg. Quel est le problème, ma chérie ?

– Mes tantes sont toutes des sorcières, répondit Alice en me jetant un clin d'œil.

J'étais inquiet du tour que prenait la conversation : cela risquait d'éveiller quelque chose dans la mémoire de Meg, et je voyais bien qu'Alice le faisait exprès.

– J'ai connu une sorcière, autrefois, murmura Meg, songeuse. C'était il y a bien longtemps...

– Votre bain est prêt, Meg. Nous allons vous laisser tranquille, dis-je en tirant Alice par le bras.

Je l'entraînai dans le bureau et donnai libre cours à ma colère :

– Qu'avais-tu besoin de lui dire ça ? Elle va se souvenir qu'elle-même est une sorcière !

– Serait-ce une si mauvaise chose ? C'est indigne, de la traiter de cette façon ! Mieux vaudrait pour elle être morte ! Tu m'avais présentée, quand je suis venue vous chercher, et elle m'a déjà oubliée.

– Tu préférerais la voir au fond d'une fosse ? rétorquai-je, furieux.

– Pourquoi ne pas diminuer un peu la dose de sa potion ? Cela ne réveillerait pas toute sa mémoire, mais elle se rappellerait les petits événements quotidiens. Ça lui rendrait la vie plus agréable. Laisse-moi m'en occuper, Tom ! Je supprimerai simplement une goutte chaque jour, jusqu'à ce que...

– Non, Alice ! Tu ne peux pas faire ça ! Si l'Épouvanteur s'en apercevait, il te renverrait *illico* chez les Hurst ! C'est un risque à ne pas courir ; les conséquences seraient désastreuses.

Alice secoua la tête :

– Ce n'est pas juste, Tom. Un jour ou l'autre, il faudra faire quelque chose.

– Autant que ce soit le plus tard possible ! Tu ne toucheras pas à la potion ? Tu me le promets ?

– Je te le promets. Tu devrais pourtant en parler au vieux Gregory. Le feras-tu ?

– Pas maintenant ; il est encore trop faible. J'y penserai le moment venu, même si je suis sûr qu'il ne m'écoutera pas. Cette situation dure depuis des années ; pourquoi changerait-elle ?

– Au moins, parle-lui ; c'est tout ce que je te demande.

J'acceptai, sachant que je perdrais mon temps et que je mettrais l'Épouvanteur en colère inutilement. Et puis, Alice m'inquiétait. J'aurais aimé lui faire confiance, mais je voyais bien qu'elle avait une idée derrière la tête.

L'Épouvanteur redescendit tard dans l'après-midi et réussit à avaler un bol de bouillon. Il passa ensuite la soirée devant l'âtre, enveloppé dans une couverture. Lorsque je montai me coucher, il était toujours là, tandis qu'Alice aidait Meg à laver la vaisselle.

Le matin suivant, un mardi, mon maître me donna une courte leçon de latin. Après quoi, fatigué, il remonta se coucher. Je passai donc le reste de la journée à étudier seul.

En fin d'après-midi, on frappa à la porte. J'allai ouvrir : c'était Shanks. Il paraissait fort nerveux et jetait des regards furtifs par-dessus son épaule, comme s'il craignait que quelqu'un surgisse dans son dos sans crier gare.

– J'apporte la commande de M. Gregory, dit-il en désignant son poney, lourdement chargé. J'ai aussi une lettre pour vous. Elle avait été déposée à une mauvaise adresse. Les gens étaient partis pour affaires, ils viennent seulement de rentrer ; la lettre doit donc avoir une semaine de retard.

Je le dévisageai avec étonnement. Qui pouvait bien m'écrire ici ?

Fouillant dans la poche de sa veste, il en tira une enveloppe chiffonnée. L'inquiétude me saisit, car je reconnus l'écriture de mon frère Jack. Envoyer cette missive par la voiture postale avait dû lui coûter une petite fortune ; cela ne m'annonçait rien de bon.

Je déchirai l'enveloppe et dépliai la lettre. Elle était brève :

Cher Tom,

L'état de notre père s'est aggravé ; il s'affaiblit de jour en jour. Tous ses fils sont là, il ne manque plus que toi. Reviens à la maison dès que possible.

Jack

Jack avait toujours été brusque, et ces quelques lignes me firent l'effet d'un coup de poing à l'estomac. Je n'arrivais pas à croire que papa allait mourir.

Je ne pouvais pas l'imaginer. Le monde ne serait plus le même sans lui. Et, si ce courrier était en souffrance depuis une semaine, je risquais d'arriver trop tard. Tandis que Shanks déchargeait nos provisions, je montai en courant à la chambre de l'Épouvanteur. Je lui tendis la lettre, les mains tremblantes. Il la lut et poussa un long soupir.

– Je suis désolé d'apprendre cette mauvaise nouvelle, dit-il. Retourne vite chez toi ! Dans un moment pareil, ta mère a besoin de t'avoir auprès d'elle.

– Mais vous ? Est-ce que ça ira ?

– Ne t'inquiète pas pour moi ; je serai bientôt remis. Pars tant qu'il fait encore jour ! Mieux vaut que tu sois sorti de la lande avant la tombée de la nuit.

À la cuisine, je trouvai Alice et Meg bavardant à voix basse. Meg me sourit.

– Je vais vous préparer un repas spécial, ce soir, dit-elle.

– Je ne serai pas là pour souper, Meg. Mon père est très malade ; je retourne chez moi quelques jours.

– Je suis désolée pour toi, Billy. La neige ne va pas tarder à tomber. Habille-toi chaudement ! Le gel pourrait te casser les doigts.

– Va-t-il vraiment très mal, Tom ? s'inquiéta Alice.

Je lui donnai la lettre, et elle la parcourut rapidement.

– Oh, Tom, je suis navrée, dit-elle en venant m'embrasser. Peut-être est-ce moins grave qu'il n'y paraît...

Nos yeux se rencontrèrent, et je compris qu'elle n'avait dit cela que pour me réconforter. L'un et l'autre, nous craignions le pire.

Je m'apprêtai au départ. Je ne m'embarrassai pas de mon sac – je le laissai dans le bureau ; mais, dans ma poche, en plus d'un morceau de fromage, je glissai mon briquet à amadou et un morceau de chandelle. Ça pouvait toujours servir.

Après avoir salué mon maître, je me dirigeai vers la porte. Alice m'y attendait. Elle décrocha son manteau et l'enfila :

– Je t'accompagne un bout de chemin, me dit-elle avec un sourire triste.

Nous marchâmes donc côte à côte, silencieux. J'étais transi et angoissé ; quant à Alice, je la sentais tendue.

Arrivé à l'entrée de la faille, je voulus lui dire au revoir. Je vis qu'elle avait les larmes aux yeux.

– Qu'est-ce qui ne va pas, Alice ?

– Je ne reste pas à la maison pendant ton absence. Le vieux Gregory me renvoie. Je repars à la ferme de la Lande.

– Oh, je suis désolé ! Il ne m'en a pas parlé. Je pensais que tout allait bien pour toi.

– Il me l'a annoncé hier soir. Il n'aime pas me voir trop proche de Meg.

– Trop proche ?

– Il a dû nous surprendre en train de bavarder. Qui peut savoir ce qui se passe dans sa tête ? Je voulais te le dire, pour que tu saches où me trouver quand tu reviendras.

– Je passerai te voir dès mon retour, avant même de regagner la maison de l'Épouvanteur, lui promis-je.

– Merci, Tom, murmura-t-elle en me serrant doucement la main.

Sur ces mots, je la laissai et continuai ma route. À quelque distance, je me retournai. Elle était toujours à la même place, et je la saluai d'un geste du bras. Elle n'avait plus fait allusion à mon père ; nous savions tous deux que les mots étaient inutiles. Ce qui m'attendait chez moi m'emplissait d'effroi.

Le crépuscule tomba très vite, encore assombri par une épaisse couche de nuages gris. Il faisait nuit lorsque je quittai les hauteurs de la lande. Je ne sais comment, je perdis mes repères et manquai le chemin que j'avais eu l'intention de prendre.

En contrebas, je distinguai des taillis et un muret de pierres sèches entourant un bâtiment, probablement le cottage d'un ouvrier agricole. Cela signifiait que je trouverais non loin une petite route ou un sentier descendant la colline. Je grimpai sur le muret ; là, j'hésitai à sauter : de l'autre côté, le mur faisait bien six pieds de haut. Je découvris alors qu'il bordait un vaste cimetière. Ce que j'avais pris de loin pour le toit d'un cottage était celui d'une petite chapelle.

Je haussai les épaules et me laissai tomber entre deux pierres tombales. Après tout, j'étais l'apprenti d'un épouvanteur ; je fréquentais souvent ces endroits sinistres, de jour comme de nuit. Je me faufilai entre les tombes, suivant toujours la pente. Mes pieds firent bientôt crisser le gravier de l'allée menant à la chapelle.

J'aurais pu continuer tout droit. L'allée longeait le monument, puis continuait en direction de deux gros ifs encadrant un portail. Oui, j'aurais pu continuer à marcher ; mais une lueur clignotant derrière les vitraux de la chapelle m'apprit qu'une chandelle y brûlait. En passant devant la porte, je vis qu'elle était entrebâillée et j'entendis distinctement une voix venue du dedans.

Elle ne prononça qu'un seul mot : « Tom ».

C'était une voix grave et impérieuse, celle d'un homme habitué à être obéi, une voix que je ne connaissais pas.

Qui, en ce lieu, pouvait m'appeler par mon prénom ? Qui pouvait savoir que je traverserais le cimetière à cet instant ? La chapelle aurait dû être vide, à cette heure de la nuit. Elle ne servait sans doute qu'occasionnellement, lors des célébrations précédant un enterrement.

Avant même de prendre conscience de ce que je faisais, je poussai le portail et pénétrai à l'intérieur. D'abord, je ne vis personne. Puis je remarquai quelque chose d'inhabituel : les bancs, au lieu d'être alignés face à l'autel, avec une allée au milieu, étaient disposés sur quatre rangées, le long du mur de gauche, face à un unique confessionnal, placé contre celui de droite. Deux grands cierges se dressaient de chaque côté, telles des sentinelles.

J'étais entré une fois dans un confessionnal, à Priestown. C'est un isoloir composé de deux parties, l'une pour le prêtre, l'autre pour le pénitent, chacune fermée par une porte. Elles sont séparées par une grille de bois, de sorte que le prêtre puisse entendre la confession sans voir le visage de la personne. Ce confessionnal-ci était bizarre : ses portes avaient été retirées, si bien que j'avais devant moi deux hauts rectangles de ténèbres.

Je les fixai, mal à l'aise. Quelqu'un sortit alors de la partie réservée au prêtre et s'avança vers moi. L'homme portait un manteau à capuchon, à la manière d'un épouvanteur.

C'était Morgan. Pourtant, la voix que j'avais entendue n'était pas la sienne. Y avait-il quelqu'un d'autre dans la chapelle ?

À mesure qu'il approchait, je ressentis un froid intense. Ce n'était pas le froid habituel annonçant la proximité de l'obscur. Il me rappelait celui que j'avais connu en affrontant l'esprit maléfique appelé le Fléau, lors de notre séjour à Priestown.

– Nous revoici face à face, Tom, fit Morgan avec un sourire moqueur. J'ai été navré d'apprendre la mauvaise nouvelle concernant ton père. Mais il a eu une belle vie ; le trépas nous attend tous, n'est-ce pas ?

Mon cœur sombra dans ma poitrine, et je cessai de respirer. Comment avait-il appris la maladie de papa ?

– Néanmoins, la mort n'est pas la fin de tout, Tom, reprit-il, faisant un pas de plus vers moi. Nous pouvons encore communiquer un temps avec ceux que nous aimions. Souhaiterais-tu parler à ton père ? Je peux l'évoquer pour toi, si tu le désires...

Je me taisais. Le sens de ses paroles pénétrait lentement en moi, et j'en restai pétrifié.

– Oh, Tom, je suis désolé, continua Morgan. Bien sûr, tu ne peux pas le savoir ! Ton père s'est éteint la semaine dernière.

11
La chambre de maman

Morgan sourit de nouveau, et le cœur me manqua. Je fus saisi de panique ; les murs de la chapelle oscillèrent autour de moi. Sans réfléchir, je pivotai sur mes talons et fonçai vers la porte. Je courus sur le sentier, dérapant sur les graviers. À l'instant de franchir la grille, je lançai un regard en arrière. Morgan était debout sur le seuil du portail, le visage dans l'ombre, si bien que je ne pus déchiffrer son expression ; il me fit un signe de la main gauche. Le genre de signe que l'on adresse à un ami.

Je ne répondis pas. Je poussai la grille et dévalai la colline, en proie à des émotions contradictoires. Si papa était mort, Morgan pouvait-il vraiment le savoir ? Il était nécromancien ; avait-il évoqué quelque fantôme, qui le lui avait appris ? Non, je me refusais à le croire et chassais de toutes mes forces cette idée hors de mon esprit.

Pourquoi m'étais-je enfui ? J'aurais pu rester pour lui dire ma façon de penser. Mais une boule s'était formée dans ma gorge, et mes jambes m'avaient emporté avant que j'eusse le temps de réfléchir. Non que j'eusse eu peur de lui, en dépit du fait qu'il y avait quelque chose de terrifiant à l'entendre proférer ce discours, dans cette chapelle, à la lueur vacillante des cierges. Ce qui m'avait fait fuir, c'était le choc qu'une telle nouvelle avait produit en moi.

La fin de mon voyage n'a guère laissé de traces dans mon souvenir. Le temps était de plus en plus froid et venteux. Le soir du deuxième jour, le vent avait viré au nord-est, et les nuages s'étaient chargés de neige.

Les premiers flocons se mirent à tomber alors que je n'étais plus qu'à une demi-heure de la maison. Le jour baissait ; cela ne me ralentit pas, car je connaissais le chemin comme le dos de ma main. Quand je poussai la grille de la cour, tout était déjà recouvert d'une mince couche blanche, et j'étais gelé jusqu'aux os.

La neige crée toujours une sorte de silence, cependant, un calme inhabituel enveloppait le domaine, que brisèrent les aboiements des chiens lorsque je pénétrai dans la cour.

Je ne vis personne dehors. Seule une lumière clignotait à l'une des fenêtres. Arrivais-je trop tard ? J'avançai, le cœur serré, craignant le pire.

C'est alors que j'aperçus Jack. Il marchait vers moi à grands pas, ses sourcils broussailleux barrant son front d'une ligne courroucée.

– Qu'est-ce qui t'a retenu ? me lança-t-il avec hargne. Il ne faut pas une semaine pour arriver ici ! Nos frères sont venus, et repartis. Pourtant, James habite à l'autre bout du Comté. Tu étais le seul à ne pas être là...

– Ta lettre a été déposée à une mauvaise adresse. Je l'ai reçue avec beaucoup de retard, expliquai-je. Est-ce que papa... Est-ce que j'arrive à temps ?

Hélas, j'avais déjà lu la réponse sur le visage de mon frère.

Il soupira et baissa la tête, évitant mon regard. Quand il se redressa, ses yeux brillaient de larmes.

– Il nous a quittés, Tom, murmura-t-il, toute colère disparue. Il est mort paisiblement pendant son sommeil il y a huit jours.

Nous tombâmes dans les bras l'un de l'autre, sanglotant tous les deux. Je ne reverrais plus mon père ;

je n'entendrais plus sa voix, ni les histoires qu'il me racontait, ni ses paroles pleines de sagesse ; je ne pourrais plus lui tenir la main ni lui demander conseil, plus jamais. Ces pensées étaient intolérables.

Puis je me rappelai quelqu'un qui devait ressentir cette perte encore plus douloureusement que moi.

– Pauvre maman, dis-je quand je réussis enfin à parler. Comment va-t-elle ?

– Mal, Tom, vraiment mal, soupira Jack avec tristesse. Pour la première fois de ma vie, je l'ai vue pleurer, et c'était un spectacle bien pénible. Elle était dans un état effrayant ; elle n'a ni mangé ni dormi pendant plusieurs jours. Le lendemain de l'enterrement, elle a préparé un sac et elle a quitté la maison en disant qu'elle s'absentait quelque temps.

– Où est-elle allée ?

Jack secoua la tête, l'air misérable :

– Si je le savais...

Je me souvins alors ce que papa m'avait dit : maman avait sa propre vie à mener ; après qu'il serait mort et enterré, elle retournerait probablement dans son pays ; le moment venu, il me faudrait me montrer brave et la laisser s'en aller avec le sourire. Bien sûr, je n'en dis rien à Jack. J'espérai seulement que maman n'était pas partie pour toujours. Aurait-elle pu le faire sans me dire adieu ? Je ne le croyais pas. Je désirais tant la revoir encore une fois, même si ce devait être la dernière !

Ce fut le souper le plus lugubre que j'eusse connu. C'était si triste de n'avoir à table ni papa ni maman, de regarder leurs chaises vides ! La petite Mary était dans son berceau, à l'étage. Jack, Ellie et moi, nous picorions du bout de nos fourchettes.

Ellie restait silencieuse. Elle me souriait quand je croisais son regard, et j'avais l'impression qu'elle guettait le bon moment pour me dire quelque chose.

– Ce ragoût est délicieux, Ellie, déclarai-je. Pardonne-moi de ne pas lui faire honneur, je n'ai pas très faim.

– Ne t'inquiète pas, Tom, répondit-elle gentiment. Je comprends. Aucun de nous n'a d'appétit. Mange tout de même un peu, il te faut garder des forces.

– L'instant est sans doute mal choisi, poursuivis-je. Je voulais cependant vous féliciter, tous les deux. Lors de ma dernière visite, maman m'a dit que vous alliez avoir un deuxième bébé, un garçon.

Jack eut un sourire navré et s'efforça de maîtriser les tremblements de sa voix :

– Merci, Tom. Si seulement papa avait vécu assez longtemps pour voir son petit-fils...

Puis il s'éclaircit la gorge, comme s'il s'apprêtait à énoncer une nouvelle importante.

– Tom..., commença-t-il. Pourquoi ne resterais-tu pas ici, jusqu'à ce que le temps s'améliore ? Tu n'es pas obligé de repartir dès demain ? Pour tout te dire, deux bras de plus ne seraient pas de trop. James a dû repartir au bout de trois jours, son travail l'attendait.

James, le puîné, était forgeron. Je doutais qu'il soit resté après l'enterrement uniquement pour aider Jack. À cette saison, les activités de la ferme étaient réduites ; elles n'avaient rien à voir avec les labours de printemps ou les moissons d'automne. Non, Jack requérait ma présence pour les mêmes raisons qui l'avaient incité à retenir James : malgré sa répulsion pour mon futur métier d'épouvanteur, il espérait que je remplirais le vide creusé par l'absence de nos parents.

– Je serai heureux de rester, lui assurai-je.

– C'est gentil à toi, Tom, cela me fait plaisir, dit-il en repoussant son assiette à peine entamée. À présent, je vais me coucher.

– Je ne vais pas tarder à monter, mon chéri, lui dit Ellie. Ça ne t'ennuie pas si je tiens un peu compagnie à Tom ?

– Bien sûr que non !

Lorsque Jack eut disparu, Ellie m'adressa un sourire chaleureux. Elle était toujours aussi jolie, malgré la tristesse et la fatigue qui marquaient son visage. Les récents événements l'avaient éprouvée.

– Merci d'avoir accepté la demande de Jack, dit-elle. Il a besoin de parler du bon vieux temps avec un de ses frères, pour apaiser son chagrin. À mon avis, il croit aussi que, si tu es là, votre mère reviendra peut-être...

Je n'avais pas pensé à ça. Maman sentait ces choses-là. Elle saurait que j'étais à la ferme. Il se pouvait, en effet, qu'elle revienne pour moi.

– J'espère qu'il a raison.

– Moi aussi, Tom. Je voulais aussi te demander... Sois très patient avec ton frère ! Vois-tu, une question le tourmente, qu'il n'a pas encore abordée. Le testament de votre père contenait une clause à laquelle Jack n'était pas préparé. Ce fut une surprise...

Je fronçai les sourcils. De quelle clause parlait-elle ? Nous savions tous que, après la mort de papa, la ferme reviendrait à Jack. Il n'était pas question de diviser le domaine en sept parcelles. Telle était la tradition, dans le Comté : tout revenait au fils aîné, qui avait l'obligation d'héberger la veuve pour le restant de ses jours.

– Une *bonne* surprise ? fis-je, dérouté.

– Pas vraiment. Ne le prends pas mal, Tom ; il ne s'inquiète que de mes intérêts, de ceux de notre fille et de notre fils à naître, dit-elle en passant la main sur son ventre. Vois-tu, Jack n'a pas hérité de la totalité de la maison. Une pièce te revient...

– La chambre de maman ? devinai-je.

C'était la pièce où maman conservait ses affaires personnelles ; où elle avait gardé la chaîne d'argent dont elle m'avait fait présent à l'automne.

– Oui, Tom. La pièce fermée à clé, juste sous le toit, ainsi que tout ce qu'elle contient. Bien que Jack soit désormais propriétaire des bâtiments et des terres, tu auras accès à cette chambre à tout moment. Jack a blêmi quand le notaire a lu cette clause. Cela signifie que tu aurais le droit de vivre ici si l'envie t'en prenait.

Je savais que Jack ne voudrait pas de moi à la ferme, de peur que j'attire quelque créature venant de l'obscur. Je ne pouvais le lui reprocher, car cela s'était produit, une fois. Une vieille sorcière, la redoutable Mère Malkin, avait trouvé le chemin de notre cave, au printemps dernier, faisant courir à Jack et à la petite Mary un réel danger.

– En a-t-il parlé avec maman ?

– Non. Sur le coup, Jack était trop troublé pour l'interroger. Et elle est partie tout de suite après.

J'en déduisis que maman, m'ayant légué ses affaires, allait regagner bientôt son pays et nous abandonner pour toujours. Peut-être était-elle même déjà loin.

Le lendemain, je me levai très tôt. Ellie m'avait pourtant précédé dans la cuisine. C'était la bonne odeur des saucisses frites qui m'avait tiré du lit. En dépit des événements, l'appétit me revenait.

– As-tu bien dormi, Tom ? s'enquit Ellie en souriant.

Je fis signe que oui, mais c'était un pieux mensonge. J'avais mis longtemps à sombrer dans un mauvais sommeil sans cesse interrompu. Et, chaque fois que je rouvrais les yeux, l'idée que mon père était mort me frappait douloureusement.

– Où est la petite ? demandai-je.

– Mary est là-haut, avec son père. Il aime passer un moment avec elle chaque matin. Un bon prétexte pour ne pas se mettre d'emblée au travail ! De toute façon, vous ne pourrez pas faire grand-chose, aujourd'hui !

Elle désigna la fenêtre. Dehors, les flocons tourbillonnaient, et l'épaisse couche de neige qui recouvrait la cour éclairait la pièce d'une lumière particulière.

Je m'attaquai à une large assiettée d'œufs et de saucisses. Jack descendit bientôt et me rejoignit. Il me salua sans un mot et s'attabla à son tour. Ellie se retira, nous laissant en tête à tête.

Mon frère chipotait, mâchant lentement chaque bouchée, et je me sentis coupable de manger avec autant d'appétit.

– Ellie m'a dit qu'elle t'avait parlé de la clause, lâcha-t-il enfin.

J'acquiesçai d'un mouvement de menton.

– Écoute, Tom, en tant que fils aîné, je suis l'exécuteur testamentaire, et il est de mon devoir de m'assurer que les dernières volontés de papa soient respectées. Je me demandais malgré tout si nous ne pourrions pas trouver un arrangement. Si je t'achetais cette pièce ? Me la vendrais-tu, si j'arrive à réunir l'argent ? Quant aux affaires de maman qui sont à l'intérieur, je suis sûr que M. Gregory te permettrait de les entreposer à Chipenden…

– Laisse-moi un peu de temps pour y réfléchir, Jack, fis-je. Trop d'événements se succèdent, je suis encore sous le choc. Et ne t'inquiète pas ; je n'ai pas l'intention de venir m'installer ici. Je serai assez occupé ailleurs.

Jack fouilla dans la poche de son pantalon et en sortit un trousseau de clés. Il le posa devant moi, sur la table. Il y avait une grande clé et plusieurs petites. La première ouvrait la porte de la chambre ; les autres, les malles et les commodes qu'elle contenait.

– Tiens, c'est pour toi ! Je suppose que tu veux monter examiner ton héritage.

Je tendis la main pour repousser le trousseau :

– Non, Jack. Garde ces clés pour l'instant. Je n'entrerai pas dans cette chambre avant d'avoir parlé à maman.

Il me lança un regard interloqué :

– Vraiment ?

Je hochai la tête en silence. Il remit le trousseau dans sa poche, et nous n'abordâmes plus le sujet.

La proposition de Jack de racheter ma part d'héritage était honnête ; mais je ne voulais pas de son argent. Cela l'obligerait à emprunter ; sa situation financière serait déjà assez difficile, à présent qu'il devait exploiter la ferme tout seul. Si cela n'avait dépendu que de moi, il aurait pu garder cette pièce ; et j'étais sûr que l'Épouvanteur m'autoriserait à transporter à Chipenden les malles et les commodes qu'elle contenait. Seulement, maman souhaitait que la pièce me revienne, je le devinais ; cela m'empêchait d'accepter tout de suite l'offre de mon frère. C'était sûrement maman qui avait imposé cette clause à papa. Or, elle ne faisait jamais rien sans raison. Je ne pouvais prendre aucune décision avant d'en avoir discuté avec elle.

Cet après-midi-là, j'allai sur la tombe de papa. Jack avait voulu m'accompagner ; j'avais refusé. J'avais besoin de réfléchir, seul avec mon chagrin. Je voulais également m'assurer de quelque chose, et la présence de Jack m'en aurait empêché. Il n'aurait pas compris, et cela l'aurait troublé inutilement.

Je marchai lentement, de façon à arriver au coucher du soleil, quand il restait juste assez de jour pour me permettre de trouver la tombe. Le cimetière, couvert de neige, était à un mile environ de l'église. L'ancien cimetière qui entourait le bâtiment étant plein, on avait dû en créer un nouveau, dans un champ bordé d'une haie d'aubépines. La tombe de papa était dans la première rangée. Aucune dalle ne la recouvrant encore, son nom était gravé sur une simple croix de bois :

JOHN WARD
Qu'il repose en paix !

Je restai un moment debout devant cette croix. Je me remémorai les moments heureux que nous avions passés en famille, les jours de ma petite enfance au milieu de mes frères. Je me rappelai la dernière fois où j'avais parlé à papa. Il m'avait dit sa fierté d'avoir un fils aussi courageux. Les larmes me montèrent aux yeux, et je me mouchai bruyamment.

Mais la nuit tombait. Je pris donc une grande inspiration et me concentrai sur la tâche que je devais accomplir. C'était un travail d'épouvanteur.

– Papa ! Papa ! appelai-je dans le noir. Es-tu là ? M'entends-tu ?

Trois fois, je lançai mon incantation. Seuls le hurlement du vent dans la haie et l'aboiement lointain d'un chien me répondirent. Je soupirai de soulagement.

Papa n'était pas là ; son esprit n'était pas retenu sur cette Terre. Il n'était pas un spectre errant près de sa tombe. Je voulais croire qu'il était en route vers un monde meilleur.

Je n'avais pas vraiment de conviction quant à l'existence de Dieu. Si toutefois Il existait, daignerait-il m'entendre ? Je n'avais pas non plus l'habitude de prier. Pour papa, je fis une exception.

– S'il te plaît, Dieu, murmurai-je. Il mérite d'être en paix. C'était un honnête travailleur, et je l'aimais.

Puis, le cœur lourd, je retournai à la ferme.

Je restai chez mon frère presque une semaine. Lorsque je décidai de partir, il pleuvait ; la neige, dans la cour, tournait en boue.

Nous n'avions pas de nouvelles de maman, et je me demandais si je la reverrais. Cependant, mon devoir était de retourner à Anglezarke pour voir comment allait mon maître. J'espérais que son état s'améliorait. Je promis à Jack et à Ellie de leur rendre visite au printemps ; nous prendrions alors une décision à propos de la pièce.

Je suivis de nouveau la longue route vers le sud, pensant aux changements qu'entraînait la mort de papa. Hier encore, je vivais à la ferme avec mes frères, et notre père était en pleine santé. À présent, c'était fini.

Même si je revenais, je n'aurais plus le sentiment de rentrer chez moi. Les bâtiments seraient toujours là ; je verrais toujours la colline du Pendu depuis la fenêtre de ma chambre. Mais sans papa, sans maman, ce ne serait plus ma maison.

Tout cela était à jamais perdu.

12
Nécromancie

Plus je descendais vers le sud, plus le froid augmentait. La pluie se changea bientôt en neige. J'étais fatigué, et j'aurais préféré rentrer directement à la maison de l'Épouvanteur ; seulement, j'avais promis à Alice d'aller d'abord la voir, et j'avais l'intention de tenir parole.

Lorsque la ferme de la Lande apparut, il faisait déjà nuit. Le vent était tombé, et le ciel s'était éclairci. La pleine lune, réverbérée par la neige, donnait au paysage un éclat inhabituel. Au-delà du domaine, le lac était un sombre miroir, où se reflétaient les étoiles.

La maison elle-même était plongée dans le noir. En hiver, les fermiers du Comté se couchent de bonne heure, aussi cela ne m'étonna pas. J'espérais cependant qu'Alice aurait pressenti mon retour et qu'elle mettrait le nez dehors pour m'accueillir.

Je sautai une barrière et traversai un champ pour rejoindre le groupe de bâtiments délabrés. Une étable se dressa devant moi ; intrigué par un bruit insolite, je m'arrêtai devant le portail ouvert.

Quelqu'un pleurait.

Je franchis le seuil, et les bêtes s'agitèrent nerveusement. Je fus aussitôt suffoqué par la puanteur. Ce n'étaient pas les chaudes émanations animales, ni celles de la bonne bouse bien saine, mais l'odeur aigre de vaches et de porcs aux intestins dérangés. Ce troupeau était malade et mal soigné. Les choses avaient visiblement empiré depuis les journées que j'avais passées à la ferme.

J'eus soudain conscience que quelqu'un me regardait. Je reconnus M. Hurst, assis sur un tabouret à traire, éclairé par un rayon de lune. Ses joues ruisselaient de larmes. Il leva vers moi un visage bouleversé. Comme je marchai vers lui, il se redressa brusquement.

– Va-t'en ! Laisse-moi ! cria-t-il en me menaçant du poing.

Il tremblait de la tête aux pieds.

Je fus saisi de le voir dans cet état, car il s'était toujours montré débonnaire. Il paraissait désespéré et à bout de nerfs. Je reculai, empli de compassion.

Morgan avait encore dû le traiter avec rudesse. Ne sachant trop que faire, je pensai que le mieux serait de parler à Alice.

Je traversai la cour. Il n'y avait pas la moindre lumière derrière les carreaux, et j'hésitai sur la conduite à tenir. Alice devait dormir profondément, pour n'avoir pas deviné mon arrivée. J'attendis un moment, mon souffle se transformant en vapeur dans l'air froid. Puis j'avançai jusqu'à la porte de derrière et toquai deux fois. Presque aussitôt, la porte pivota sur ses gonds en grinçant, et Mme Hurst passa la tête dans l'entrebâillement, clignant des yeux à la clarté de la lune.

– Il faut que je parle à Alice, dis-je.

– Entre ! Entre vite ! m'invita-t-elle à voix basse.

Je la remerciai et pénétrai dans le hall, secouant de mon mieux la neige collée à mes bottes. Devant moi, je vis les deux portes. Celle de droite était fermée, mais la porte noire était entrouverte, et on devinait à l'intérieur la lueur dansante d'une chandelle. Mme Hurst tendit le doigt :

– Vas-y !

Je marquai un temps d'hésitation, me demandant ce qu'Alice pouvait bien fabriquer dans la chambre de Morgan. Puis je me décidai.

L'air sentait le suif. Une épaisse bougie de cire noire brûlait dans un lourd chandelier de cuivre. À l'extrémité de la table, le visage tourné vers la flamme, se tenait une silhouette encapuchonnée. Un visage se leva vers moi, la bouche étirée en un sourire sarcastique. C'était Morgan.

Là encore, mon premier réflexe fut de m'enfuir. J'entendis alors dans mon dos deux bruits caractéristiques : une porte qu'on claquait et un verrou qu'on tirait. La fenêtre, au fond de la pièce, était dissimulée par un épais rideau noir ; il n'y avait aucune autre issue. J'étais piégé !

Je regardai autour de moi, examinant le carrelage nu, la chaise vide qui semblait m'attendre. Il faisait froid ; je frissonnai. L'âtre ne contenait que des cendres grises.

– Assieds-toi, Tom, fit Morgan. Nous avons à discuter.

Comme je ne bougeais pas, il me désigna le siège, en face de lui.

– Je suis venu parler à Alice, rétorquai-je.

– Elle nous a quittés ; elle est partie voilà trois jours.

– Partie ? Partie où ?

– Elle n'en a rien dit. Ce n'est pas une bavarde, Alice. Elle n'a même pas pris la peine de nous annoncer son départ. La dernière fois que tu es entré dans cette pièce, Tom, c'était en voleur, avec cette fille à tes côtés. Mais oublions ça ; tu es le bienvenu, à présent. Aussi, je t'y invite de nouveau, assieds-toi !

En plein désarroi, j'obéis, gardant mon bâton fermement serré dans ma main gauche. Comment avait-il appris notre intrusion ? Et Alice ? Où était-elle allée ? Elle n'était tout de même pas retournée à Pendle ? J'étais très inquiet pour elle.

Levant les yeux, je rencontrai le regard de Morgan. Il repoussa son capuchon, découvrant sa tignasse emmêlée, qui me parut plus grisonnante que le jour où je l'avais vu à Chipenden. La lueur de la chandelle creusait des lignes profondes sur son visage buriné.

– Je pourrais t'offrir du vin, déclara-t-il, mais j'évite de boire lorsque je travaille.

– Je ne bois pas de vin.

– Non, tu manges plutôt du fromage ! fit-il, moqueur.

Je ne répliquai rien, et il reprit un air grave.

Soudain, il se pencha et souffla la flamme, plongeant la chambre dans une obscurité totale. L'odeur de suif s'intensifia.

– Il n'y a plus ici que toi, moi et le noir. As-tu le courage de le supporter ? Es-tu prêt à devenir mon apprenti ?

Morgan venait d'employer les mêmes paroles que mon maître dans la cave de la maison hantée de Horshaw, où il m'avait emmené le premier jour de mon apprentissage. Il m'avait fait subir cette épreuve pour juger si j'étais ou non du bois dont on fait les épouvanteurs. Lui aussi, il avait prononcé ces mots au moment où la chandelle s'était éteinte.

– Quand tu es descendu dans cette cave, il était assis dans le coin, n'est-ce pas ? Et il s'est levé à l'instant où tu t'es approché ! poursuivit Morgan. Il s'y prend toujours de cette façon, que ce soit pour toi, pour moi, ou pour les deux douzaines d'autres. Le vieux fou ! Il est tellement prévisible ! Rien d'étonnant s'il ne garde pas ses apprentis bien longtemps !

– Vous êtes resté trois ans, murmurai-je.

– Ah ! Tu as retrouvé ta langue ! Tant mieux ! Je vois qu'il t'a parlé de moi. A-t-il employé des termes louangeurs ?

– Pas vraiment...

– Ça ne m'étonne pas. T'a-t-il expliqué pourquoi j'avais abandonné l'apprentissage ?

Mes yeux commençant à s'habituer à l'obscurité, je distinguais les contours de sa tête, en face de moi. J'aurais pu lui rapporter ce que m'avait dit mon maître à son sujet : qu'il manquait de rigueur et n'était pas fait pour ce travail. Au lieu de ça, je l'interrogeai à mon tour :

– Qu'attendez-vous de moi ? Et pourquoi a-t-on verrouillé la porte ?

– Pour que tu ne puisses pas filer ! Ainsi, tu n'as pas le choix : tu dois rester pour écouter ce que je veux te donner à entendre. Ce sera la première leçon de ton nouvel apprentissage. Tu as déjà eu affaire à des morts ; mais je vais enrichir tes connaissances. Considérablement.

– Pourquoi feriez-vous ça ? le défiai-je. M. Gregory m'apprend tout ce que j'ai besoin de savoir.

– Commençons par le commencement, Tom ! répliqua Morgan. D'abord, les fantômes. Que peux-tu dire à leur sujet ?

Je résolus de me montrer docile. Si je lui permettais d'aller au bout de son idée, peut-être me laisserait-il partir retrouver mon maître. Je récitai donc :

– La plupart des fantômes restent à proximité de leurs ossements ; d'autres hantent les lieux où ils ont souffert ou ceux où ils ont commis un crime. Ils ne sont pas libres de leurs mouvements.

– Bonne réponse, fit Morgan, une trace de raillerie dans la voix. Je suis sûr que tu as noté tout cela sur ton cahier, en bon petit apprenti. Il y a cependant une chose que le vieux fou ne t'a pas enseignée. Il n'en a pas fait mention parce que la question le dérange. Où vont les morts après qu'ils ont rendu leur dernier souffle ? Je ne parle pas des spectres ni des fantômes. Je parle des autres, l'immense majorité des morts. Les gens comme ton père.

À ces mots, je me redressai sur ma chaise, le regard fixé sur Morgan.

– Qu'est-ce que vous savez de mon père ? l'interpellai-je avec colère. Comment avez-vous appris qu'il était mort ?

– Chaque chose en son temps, Tom ! Chaque chose en son temps… J'ai des pouvoirs que ton maître ne possédera jamais. Mais tu n'as pas répondu à ma question. Où vont les morts après leur mort ?

– Selon l'Église, le séjour des morts comporte le ciel, l'enfer, le purgatoire et les limbes. Je n'ai pas de certitude là-dessus, et M. Gregory n'en dit jamais mot. Je crois cependant que l'âme survit.

On m'avait enseigné que le purgatoire était un lieu où les âmes attendaient d'être purifiées, avant d'être jugées dignes d'entrer au ciel. Les limbes sont un concept beaucoup plus mystérieux. Selon les prêtres, elles accueillent les âmes des non-baptisés, qui, même s'ils n'ont pas commis de grands péchés, ne sont pas admis au ciel.

– Qu'est-ce que l'Église en sait ? fit Morgan avec mépris. Voilà le seul point sur lequel nous sommes d'accord, le vieux Gregory et moi. Vois-tu, Tom, des quatre lieux que tu as mentionnés, les limbes sont de loin le plus intéressant pour quelqu'un comme moi. Ce nom vient du mot latin *limbus*, qui signifie « bord » ou « marge ». Où qu'ils aillent, les morts doivent d'abord traverser cette frontière entre la vie et la mort, et certains ont du mal à y parvenir. Les faibles, les peureux, les coupables reculent, retombent dans notre monde pour devenir des fantômes. Ce sont les plus faciles à contrôler. Même les forts et les justes doivent lutter pour franchir les limbes. Cela leur prend du temps, ce qui me permet de retenir n'importe quelle âme à mon gré, de la contraindre à m'obéir ; voire, au besoin, de la faire souffrir. Les morts ont eu leur vie ; pour eux, tout est fini. Nous, les vivants, nous pouvons nous servir d'eux. Je veux ce qui me revient. Je veux la maison de Chipenden et sa grande bibliothèque, où sont enfermées tant de connaissances ! Et je veux quelque chose d'encore plus important. Quelque chose que Gregory m'a volé. C'est un grimoire, un livre de sorts et d'incantations, que tu vas m'aider à récupérer. En retour, je t'offre de continuer ton apprentissage, sous ma direction. Je t'enseignerai ce que ton maître n'a même jamais rêvé de savoir. Je mettrai un *réel* pouvoir entre tes mains !

– Je ne serai pas votre apprenti, répliquai-je avec irritation. Je suis heureux de ma situation.

– Qu'est-ce qui te fait croire que tu es libre d'en décider ? rétorqua Morgan d'une voix coupante. Il est temps que je te montre ce dont je suis capable. Pour ta propre sécurité, tu vas écouter avec la plus grande attention et garder une parfaite immobilité. Surtout, quoi qu'il arrive, n'essaie pas de te lever !

Un profond silence tomba dans la pièce ; je me figeai sur ma chaise, comme on me l'avait ordonné. Qu'aurais-je pu faire d'autre ? La porte était fermée à clé, et Morgan était deux fois plus grand et plus fort que moi. L'attaquer avec mon bâton aurait été trop risqué. Autant entrer provisoirement dans son jeu, tout en guettant l'occasion de lui fausser compagnie.

Un bruit léger se fit entendre dans l'obscurité, un froissement, un tapotement, évoquant une cavalcade de souris sous les lattes d'un plancher. Le froid s'intensifia, signe que ce qui approchait n'appartenait pas à ce monde. Il me rappela celui que j'avais ressenti dans la chapelle.

Soudain, loin au-dessus de nos têtes, une cloche se mit à sonner. C'était un glas lugubre, si puissant qu'il faisait vibrer la table et que j'en sentais les trépidations sous mes pieds.

Le silence qui suivit fut presque douloureux, j'eus l'impression que mes tympans se bouchaient. Je retins mon souffle, ne percevant plus que les battements sourds de mon cœur et le sang cognant à mes tempes. La pièce était maintenant glaciale. C'est alors que la voix de Morgan monta dans les ténèbres.

– Ma sœur, ordonna-t-il, approche et écoute bien !

Un clapotis retentit, comme si un trou ouvert dans le plafond laissait dégouliner un filet d'eau au milieu de la table.

Puis une voix s'éleva. Elle ne pouvait sortir que de la bouche de Morgan ; mais c'était celle d'une fille. Aucun homme adulte n'aurait su contrefaire ce timbre aigu et cette modulation plaintive :

« Laisse-moi aller ! Laisse-moi reposer en paix ! »

L'eau parut couler plus fort ; il y eut des bruits d'éclaboussures.

– Obéis, et tu seras en paix ! cria Morgan. Il y a encore quelqu'un à qui je souhaite parler. Amène-le ici, et tu pourras retourner d'où tu viens. Un garçon est avec moi, dans la chambre. Le vois-tu ?

« Oui, je le vois, répondit la voix. *Il vient de perdre un être aimé ; je sens son chagrin. »*

– Ce garçon s'appelle Thomas Ward. Il pleure son père. Convoque ici l'esprit de son père !

Le froid diminua, l'eau cessa de couler. Morgan m'interrogea :

– N'as-tu pas envie de lui parler encore une fois ? J'ai déjà eu l'occasion de m'entretenir avec lui ; il m'a confié que tous tes frères étaient venus lui dire adieu sur son lit de mort, et toi, tu avais même manqué ses funérailles. Il en était très attristé. Je t'offre une chance de le réconforter.

J'étais abasourdi. Comment Morgan pouvait-il savoir cela... ?

Aussi furieux que troublé, je protestai :

– Ce n'était pas ma faute ! Je n'ai pas reçu la lettre en temps voulu.

– Eh bien, c'est le moment de le lui dire toi-même !

Le froid envahit de nouveau la pièce. Puis une voix s'adressa à moi, de l'autre bout de la table.

À mon grand effroi, je reconnus la voix de papa. Impossible de s'y tromper. Personne n'aurait pu l'imiter aussi parfaitement.

« *Il fait si noir !* gémit-il. *Je peux à peine apercevoir ma main devant mon visage. Allumez une chandelle, je vous en prie ! Allumez une chandelle, et je serai sauvé !* »

Imaginer papa, effrayé, seul dans l'obscurité, était insoutenable. J'aurais voulu le rassurer, mais Morgan prit la parole avant moi.

– Comment pourrais-tu être sauvé ? le questionna-t-il d'une voix puissante et impérieuse. Comment un pécheur tel que toi pourrait-il entrer dans la lumière ? Un pécheur qui, toute sa vie, a travaillé le jour du Seigneur ?

« *Pardonnez-moi ! Oh, pardonnez-moi, Seigneur !* supplia mon père. *J'étais fermier, et chaque jour était un jour de labeur. J'ai travaillé à m'en user les mains ; il n'y avait jamais assez d'heures dans une journée. J'avais une famille à nourrir. Cependant, j'ai payé fidèlement la dîme à l'Église. J'ai toujours eu la foi. Et j'ai enseigné à mes fils à distinguer le bien du mal. J'ai accompli tous mes devoirs de père.* »

– Un de tes fils est ici, continua Morgan. Désires-tu lui parler une dernière fois ?

« *Oui ! Oh oui, s'il vous plaît ! Est-ce Jack ? Il y a des choses que j'aurais dû lui révéler de mon vivant. Des choses non dites que je voudrais lui confier.* »

– Non, ce n'est pas Jack ; c'est ton plus jeune fils, Thomas.

« Tom ! Tom ! Tu es là ? C'est bien toi ? »

– Oui, papa, c'est moi ! criai-je d'une voix étranglée. C'est moi !

Je ne pouvais tolérer de le savoir dans un tel état de souffrance, perdu dans les ténèbres. Qu'avait-il fait pour mériter ça ?

– Je ne suis pas arrivé à la maison à temps, repris-je, les larmes aux yeux. Je n'étais pas là pour ton enterrement. La lettre de Jack m'est parvenue trop tard. Si tu as quelque chose à lui dire, je lui porterai ton message.

« Dis-lui simplement que je regrette, pour la ferme, mon fils. Je regrette de ne pas lui avoir tout laissé. Il est mon aîné ; la totalité de mes biens lui revenaient. Mais j'ai écouté ta mère. Dis-lui que je suis désolé pour cette chambre ! »

Les larmes roulaient sur mes joues. J'étais choqué d'apprendre que papa et maman n'avaient pas été d'accord à propos de ma part d'héritage. J'aurais voulu promettre de l'abandonner à Jack ; je devais pourtant tenir compte du désir de maman. Je tentai au moins de rassurer mon père :

– Ne t'inquiète pas, papa ! Tout ira bien. Je vais en parler à Jack. Cela ne causera aucune dispute dans la famille, je te le promets.

« Tu es un bon garçon, Tom », répondit-il avec gratitude.

– Un bon garçon, vraiment ? railla Morgan. C'est le fils que tu as confié à un épouvanteur ! Tu as eu sept fils, et tu n'en as pas offert un seul au service de l'Église !

« Oh, pardon ! Pardon ! Aucun de mes fils n'a ressenti la vocation. Aucun n'a désiré devenir prêtre ! J'ai fait de mon mieux pour leur donner à chacun un métier honnête ; lorsque est venu le tour du plus jeune, sa mère a souhaité qu'il devienne l'apprenti d'un épouvanteur. J'y étais opposé, et nous nous sommes disputés à ce sujet comme jamais auparavant. En fin de compte, j'ai cédé, parce que je l'aimais ; je ne pouvais l'empêcher de réaliser ce qu'elle avait mis tant de cœur à mener à bien. J'ai été faible, j'ai fait passer mon amour humain avant mes devoirs envers Dieu ! »

– Oui, c'est ce que tu as fait ! tonna Morgan. Il n'y a pas de miséricorde pour les pécheurs tels que toi ! Tu vas désormais souffrir les peines de l'Enfer. Sens-tu les flammes commencer à lécher ta chair ? Sens-tu monter la chaleur infernale ?

« Non, Seigneur ! Je vous en supplie ! Épargnez-moi ce supplice ! Je ferai ce que vous voudrez, tout ce que vous voudrez ! »

Je bondis sur mes pieds, fou de colère. C'était Morgan qui tourmentait mon père, qui l'obligeait à se croire en Enfer !

– Ne l'écoute pas, papa ! criai-je. Il n'y a pas de flammes, il n'y a pas de douleur. Va en paix ! Va en paix ! Va vers la lumière !

En trois pas, je fus à l'autre bout de la table. De toutes mes forces, j'abattis mon bâton sur la silhouette encapuchonnée. Elle s'effondra sans un cri, et la chaise renversée rebondit sur les dalles.

Tirant vivement de ma poche mon briquet et mon bout de chandelle, j'allumai la mèche et regardai autour de moi. La chaise gisait sur le sol, un manteau noir étalé dessus. J'en remuai les plis du bout de mon bâton : ils ne dissimulaient rien. Morgan s'était évaporé.

Le bois de la table était sec, sans la moindre flaque d'eau. Appuyée au chandelier de cuivre, il y avait une enveloppe noire. Je m'en saisis. Elle était scellée par un cachet de cire et portait ces mots :

À mon nouvel apprenti, Tom Ward

Je brisai le cachet et dépliai une feuille de papier, sur laquelle je lus :

Tu sais à présent de quoi je suis capable. J'ai piégé ton père dans les limbes. J'ai le pouvoir de l'évoquer chaque fois que je le désire, et de lui faire croire ce qu'il me plaît. Il n'y a pas de limites aux souffrances que je peux lui infliger.

Si tu veux le sauver, obéis à mes ordres. Premièrement, j'ai besoin de quelque chose qui se trouve dans la maison de Gregory. Au grenier, dans un secrétaire fermé à clé, il y a une boîte en bois contenant un grimoire. Dans ce livre sont consignés des sorts et des incantations puissants. Il est relié de cuir vert ; un pentacle d'argent est incrusté sur la couverture : trois cercles concentriques entourant une étoile. Il m'appartient. Rapporte-le-moi !

Deuxièmement, ne parle à personne de ce que tu as vu ! Troisièmement, consens à être mon apprenti et à rester à mon service pendant une période de cinq ans à compter d'aujourd'hui., Si tu refuses, ton père en subira les conséquences. Pour signaler ton accord, frappe trois fois sur la table. La porte est déverrouillée. Quelle que soit ta décision, tu es libre de partir. À toi de choisir !

Morgan G.

Je ne supportais ni l'idée que l'esprit de mon père fût soumis à de tels tourments, ni celle de devenir l'apprenti de Morgan. Néanmoins, lui laisser croire que j'avais accepté éviterait des souffrances à papa et me donnerait le temps de consulter l'Épouvanteur. Lui, il saurait quel parti prendre.

Malgré ma répugnance, je cognai donc trois fois et retins mon souffle. Rien ne se produisit ; la pièce resta silencieuse. Je poussai la porte, qui s'ouvrit. Le verrou avait été tiré sans que je l'eusse entendu. Je revins jusqu'à la table, soufflai ma bougie, ramassai mon briquet et remis le tout dans ma poche. Puis, reprenant mon bâton, je quittai la pièce et sortis de la maison.

Je faillis tomber à la renverse sous l'effet de la surprise : il faisait grand jour ! La neige étincelait au soleil, qui devait être levé depuis un bon moment. Je croyais n'avoir passé qu'une vingtaine de minutes dans cette chambre ; or plusieurs heures s'étaient écoulées !

Je n'avais aucune explication aux phénomènes dont j'avais été témoin. Mon maître m'avait prévenu que Morgan était un homme dangereux, qui frayait avec l'obscur ; je n'avais pas soupçonné qu'il possédait de tels pouvoirs. La perspective d'avoir à l'affronter de nouveau n'était pas pour me rassurer. Je m'élançai dans la neige à grandes enjambées, impatient de regagner la maison de l'Épouvanteur.

13
Tricherie et trahison

La maison se dressa bientôt devant moi. La fumée montant des cheminées m'annonça qu'un bon feu m'attendait à l'intérieur.

Je frappai à la porte de derrière. J'aurais pu utiliser ma clé, mais, après avoir été absent aussi longtemps, j'estimais plus poli qu'on m'invite à entrer. Je dus toquer à trois reprises avant que Meg m'ouvre enfin.

– Viens vite te mettre au chaud, Tom ! s'exclama-t-elle. Cela fait plaisir de te voir de retour.

Une fois dans le hall, j'ôtai mon manteau et ma veste en peau de mouton, appuyai mon bâton contre le mur et tapai des pieds pour débarrasser mes bottes de leur croûte de neige.

– Assieds-toi, dit Meg, en me conduisant devant l'âtre. Tu as l'air gelé. Je vais te servir un bol de soupe avant de te préparer un vrai dîner.

Je frissonnai, autant de froid qu'à cause du trouble où m'avaient plongé les récents événements. Je tendis les mains et les pieds vers le feu, fixant mes bottes qui commençaient à fumer.

– Je suis heureuse de constater que tu as tous tes doigts ! s'écria Meg.

Sa réflexion me tira un sourire.

– Où est M. Gregory ? m'enquis-je.

Peut-être avait-il été appelé au loin pour quelque travail d'épouvanteur. Je m'en serais presque réjoui, car cela aurait signifié qu'il était guéri.

– Il est dans sa chambre. Il lui faut encore beaucoup de sommeil et de repos.

– Il ne va pas mieux ?

– Il se remet lentement. Ce sera long ; nous devrons être patients. Surtout, tâche de ne pas lui causer d'inquiétude !

Elle me tendit une tasse de bouillon fumant. Je la remerciai et bus à petites gorgées, sentant mon corps se dégourdir peu à peu.

– Comment va ton pauvre papa ? demanda-t-elle en s'installant dans son rocking-chair. Sa santé est-elle meilleure ?

Je m'étais replongé dans mes pensées, et la question me fit monter les larmes aux yeux :

– Il est mort, Meg. Il était très malade.

– Quelle tristesse ! Je compatis, Tom. Je sais ce que c'est que de perdre quelqu'un de sa famille...

Le chagrin me tordit de nouveau l'estomac. Je pensai à ce que Morgan avait fait subir à l'esprit de mon père. Je devais absolument empêcher que cela recommence !

Meg contempla un moment les flammes en silence. Puis elle ferma les yeux et se mit à chantonner à voix basse.

Lorsque j'eus fini mon bouillon, j'allai poser la tasse dans l'évier.

– Merci, Meg, dis-je. C'était très bon.

Elle ne répondit pas, et je pensai qu'elle s'était assoupie, comme cela lui arrivait si fréquemment.

Je ne savais que décider. J'avais espéré parler de Morgan à mon maître ; hélas, il n'était pas assez en forme pour que je le tracasse avec ça. Je ne voulais pas retarder son rétablissement. Peut-être, pendant qu'il dormait, pourrais-je jeter un coup d'œil sur le grimoire ? Voir s'il était bien où Morgan l'avait dit ? Peut-être y découvrirais-je une indication qui m'aiderait ? De toute façon, mon maître étant malade, et Alice partie on ne sait où, je me retrouvais seul, et c'était à moi de secourir mon père. Tout ce qui m'importait, pour l'heure, c'était de le délivrer des griffes de Morgan. Je résolus donc de consulter le grimoire.

À l'instant où je quittais la cuisine, Meg ouvrit les yeux et se pencha pour tisonner le feu.

– Je monte voir M. Gregory, prétendis-je.

– Non, Tom, ne le dérange pas ! Reste plutôt assis près de la cheminée ! Après cette longue marche dans le froid, tu as besoin de te réchauffer.

– Alors, je vais chercher mon cahier.

Au lieu de me rendre dans le bureau, j'entrai au salon. Si mon maître était au lit, cela signifiait que Meg n'avait pas eu sa tisane. Or, il fallait qu'elle dorme, le temps que je trouve le grimoire. Je tirai la bouteille du placard et versai une bonne dose de potion dans une tasse. Je retournai ensuite à la cuisine et préparai le breuvage.

– Qu'est-ce que c'est ? me demanda Meg en souriant lorsque je lui tendis la tasse.

– C'est votre tisane, Meg. Buvez ! Ça vous fera du bien, par ce temps.

Son sourire s'effaça brusquement. Avant que j'eusse le temps de réagir, elle m'arracha la tasse des mains et la jeta sur le carrelage, où elle se brisa. Puis, sautant sur ses pieds, elle m'attrapa par le poignet et me tira vers elle. J'essayai de me dégager, sans succès ; elle me tenait avec une telle vigueur qu'elle aurait pu me casser le bras.

– Menteur ! Menteur ! gronda-t-elle. J'attendais autre chose de toi ! Je t'ai donné une chance, et tu ne vaux pas mieux que John Gregory ! Toi aussi, tu veux m'ôter la mémoire, n'est-ce pas ? Sache qu'à présent je me souviens de tout ! Je sais qui j'étais, et je sais qui je suis !

Son visage touchant presque le mien, Meg me renifla bruyamment, puis elle ajouta d'une voix si basse que c'était à peine un chuchotement :

– Et je sais qui tu es. Je sais ce que tu penses. Je devine tes pensées les plus secrètes, celles que tu n'oserais même pas confier à ta mère.

Ses yeux plongeaient droit dans les miens, ses pupilles paraissaient étrangement dilatées. Meg était une sorcière lamia, ses forces excédaient de très loin les miennes, et son esprit commençait à contrôler le mien.

– Je sais aussi ce que tu deviendras peut-être un jour, Tom Ward, siffla-t-elle. Mais ce jour n'est pas près d'arriver ! Tu n'es encore qu'un gamin, alors que moi, j'arpente cette Terre depuis tant d'années que je n'ose en faire le compte. Aussi, ne tente contre moi aucun des tours de John Gregory, car je les connais tous.

Elle me força à pivoter de sorte que je lui tournai le dos ; sa main lâcha mon poignet pour se refermer sur ma nuque.

– Je vous en prie, Meg, gémis-je. Je ne voulais pas vous faire de mal, seulement vous aider. J'en ai parlé à Alice, elle aussi le désirait...

– C'est trop facile ! Était-ce pour m'aider que tu

me proposais cette mixture infecte ? Je ne le crois pas ! Cesse de mentir, sinon, tu le regretteras !

– Je ne mens pas, Meg ! Rappelez-vous ! Alice vient d'une famille de sorcières. Elle vous comprend et se désole du traitement qu'on vous fait subir. J'avais l'intention de parler de vous à M. Gregory, et...

– Ça suffit, petit ! aboya-t-elle. Assez d'excuses ! La cave, voilà ce que tu mérites ; on va voir si tu apprécies d'être enfermé dans le noir. Tu comprendras ce que j'ai enduré. Je ne dormais pas, vois-tu. J'étais éveillée et passais des heures interminables, seule dans l'obscurité avec mes pensées, trop faible pour me lever, essayant désespérément de me rappeler tout ce que John Gregory souhaitait tant que j'oublie ! Je savais qu'il s'écoulerait de longs mois d'ennui et de solitude avant que quelqu'un ouvre enfin la porte pour me laisser sortir.

Au début, je me débattis, tâchant de me libérer de son étreinte ; je fus forcé de capituler. Me tenant toujours par le cou, elle me conduisit dans l'escalier de la cave. Elle tira de sa poche la clé de la grille de fer, et nous continuâmes notre descente.

Elle ne s'était pas encombrée d'une chandelle, et bien que je fusse capable d'y voir dans le noir mieux que la plupart des gens, j'avais de plus en plus de mal à percer les ténèbres du regard. Ce que contenait la cave, tout en bas, me terrifiait. Pour rien au monde je n'aurais voulu me trouver près de la lamia sauvage emprisonnée au fond du puits...

À mon grand soulagement, Meg s'arrêta au palier où s'ouvraient les trois portes.

Avec une autre clé, elle ouvrit celle de gauche, me poussa dans la cellule et verrouilla la serrure. Je l'entendis ensuite ouvrir la porte de la cellule voisine et y entrer. Elle n'y resta pas longtemps. La porte claqua bientôt, et Meg remonta l'escalier. Un son métallique résonna – la grille de fer se refermait –, puis les pas s'éloignèrent, et ce fut le silence.

J'attendis quelques instants, au cas où Meg redescendrait pour une raison quelconque. Puis je fouillai mes poches à la recherche de mon briquet et de mon bout de chandelle. Une minute plus tard, j'examinais ma cellule à la lumière de la flamme. Elle mesurait tout juste huit pieds de long sur quatre de large ; un tas de paille, dans un coin, servait de lit. C'était une construction en pierre de taille, fermée par une solide porte en chêne. Une ouverture rectangulaire, découpée dans la partie supérieure du battant, était garnie de gros barreaux.

Je m'assis sur le sol dallé pour réfléchir. Que s'était-il passé en mon absence ? J'étais convaincu que l'Épouvanteur était emprisonné dans la cellule voisine, celle où Meg avait passé tant de mois à l'attendre. Sinon, pourquoi y serait-elle entrée ?

Comment mon maître était-il tombé entre les mains de la lamia ? Il était encore souffrant le jour où j'avais quitté la maison. Sans doute avait-il oublié de lui donner sa potion, et elle avait retrouvé la mémoire. À moins que ce ne soit *elle* qui l'ait drogué, introduisant dans sa nourriture une de ces substances qui l'avaient rendue docile pendant tant d'années.

Devait-on y voir l'influence d'Alice ? Elle n'avait cessé de bavarder avec Meg, lors de son séjour. Plus d'une fois, je les avais surprises en train de chuchoter ; que se racontaient-elles ? Si Alice avait pu agir librement, elle aurait diminué peu à peu la dose de tisane. Je ne la blâmais pas pour ce qui était arrivé ; cependant sa présence ici n'avait sûrement pas arrangé la situation.

À mon retour, Meg avait joué son rôle, faisant mine de s'assoupir, comme avant. M'avait-elle réellement donné une chance, ainsi qu'elle l'avait prétendu ? Si je ne lui avais pas préparé cette potion, m'aurait-elle traité différemment ?

C'est alors que j'eus une révélation. En revenant, j'étais si tourmenté de savoir mon père à la merci de Morgan que l'étrangeté de la chose ne m'avait pas frappé : pour la première fois, Meg m'avait appelé « Tom », et non « Billy » ! Et elle s'était rappelé la raison de mon absence ! Pourquoi n'y avais-je pas prêté attention ? Je me serais tenu sur mes gardes.

J'avais laissé mon cœur diriger ma tête, et, à cause de moi, tout le Comté était en danger. Une sorcière lamia était en liberté, et ni l'Épouvanteur ni son apprenti n'étaient en mesure de contrecarrer ses projets !

« Ce qui est fait est fait, songeai-je. Il ne me reste qu'à trouver le moyen de réparer les dégâts que j'ai causés... »

J'entrepris de trier le positif et le négatif. Le négatif l'emportait : Meg m'avait mis hors de sa route en utilisant ses pouvoirs de sorcière, et elle en savait beaucoup sur moi. Néanmoins, elle n'avait pas eu l'idée de me fouiller ; j'avais toujours mon briquet et la chandelle. J'avais également la clé – celle qui ne me quittait jamais et qui ouvrait n'importe quelle serrure, à condition que son mécanisme ne fût pas trop complexe. Ça, c'était le positif. Je pouvais sortir de ma cellule. Je pouvais aussi ouvrir celle de l'Épouvanteur.

En revanche, mon passe-partout ne déverrouillerait pas la grille de fer, sinon mon maître n'aurait pas conservé une clé spéciale au sommet de son étagère. À présent, Meg était en possession de cette clé. Même si nous quittions nos cellules, nous serions encore enfermés dans la cave.

La première chose à faire était de parler à l'Épouvanteur ; il saurait quelle décision prendre. J'introduisis ma clé dans la serrure. Elle tourna sans bruit.

La porte, malheureusement, était dure ; je dus pousser de toutes mes forces sur le battant, qui se décoinça d'un coup avec un grincement effroyable. J'espérai que Meg, dans la cuisine, ne l'entendrait pas.

Sur la pointe des pieds, je gagnai la porte de l'autre cellule et levai ma chandelle pour regarder à l'intérieur par le judas. Je ne vis qu'une masse sombre, étendue sur une paillasse, dans un coin. Était-ce mon maître ?

Dans un chuchotement, j'appelai à travers les barreaux :

– Monsieur Gregory ! Monsieur Gregory !

Un grognement me répondit, tandis que la masse allongée remuait vaguement. Je crus reconnaître la voix de l'Épouvanteur. J'allais réitérer mon appel quand un bruit m'alerta. Il venait du bas de l'escalier. Je prêtai l'oreille. Plus rien. Cela recommença ; on montait des profondeurs de la cave !

Un rat ? Non, c'était plus gros qu'un rat. Le bruit cessa. Peut-être m'étais-je fait des idées ? La peur vous joue parfois des tours. Mon maître disait toujours qu'un épouvanteur devait savoir s'il rêvait ou s'il était éveillé.

Je m'aperçus que j'avais arrêté de respirer, et je vidai doucement mes poumons. Ça bougea de nouveau dans l'escalier. Ne voyant pas au-delà du tournant, je ne pouvais qu'extrapoler : quelqu'un se hissait péniblement. *Ça* remuait, *ça* s'arrêtait, puis *ça* recommençait. Je compris soudain que *ça* devait avoir plus que deux jambes ! *Ça* ne pouvait être que… la lamia sauvage ! Après tant d'années à croupir au fond d'une fosse, elle avait une soif insatiable de sang humain. Et j'étais la proie idéale !

Pris de panique, je me réfugiai dans ma cellule, tirai la porte et tournai vivement la clé dans la serrure. Après quoi, je soufflai ma chandelle, afin que la lumière ne l'attire pas. Étais-je pour autant en sécurité ? Si elle avait été capable de sortir de sa fosse, c'était qu'elle avait réussi à tordre les barres de fer. Puis je me fis la réflexion qu'elle avait pu être délivrée par sa sœur. L'espace d'un instant, cette idée me rassura. Je me rappelai alors ce que l'Épouvanteur m'avait dit à propos de la grille : « Le fer empêchera la plupart de ces créatures de franchir l'obstacle… »

La sorcière lamia était de loin la plus dangereuse de celles enfermées dans la cave. Si elle s'était mis en tête de s'évader, la grille de fer ne l'arrêterait pas longtemps. Quant aux barreaux de ma porte, autant ne pas compter dessus ! Mon seul espoir était que la sorcière fût encore relativement affaiblie.

Je gardai la plus parfaite immobilité, osant à peine respirer. Et *ça* rampait, *ça* se rapprochait…

Je m'aplatis contre le mur, retenant mon souffle.

Ça gratta à ma porte ; des griffes acérées mordirent le bois comme pour le déchirer. Je m'étais enfermé dans ma propre cellule sans réfléchir. Pourquoi ne m'étais-je pas réfugié dans l'autre, avec mon maître ? J'aurais peut-être pu le réveiller, lui demander conseil !

Il faisait noir. Très noir. Si noir que je ne distinguais même pas l'encadrement de la porte. Seul le judas dessinait un vague rectangle plus pâle, barré de quatre traits. J'en conclus qu'une faible lueur éclairait l'escalier.

Une forme bougea devant l'ouverture, qui ressemblait à une main. Elle agrippa l'un des barreaux. Cela produisit un bruit râpeux, aussitôt suivi d'un sifflement de douleur et de colère. La lamia avait touché le fer, et elle ne supportait pas ce contact. Seule sa ténacité l'empêchait de lâcher prise. Une forme plus large, tel un sombre disque lunaire, se colla au judas, occultant le peu de clarté venant de l'extérieur. Ce ne pouvait être que la tête de la créature. Elle me fixait à travers les barreaux, mais l'obscurité était telle que je ne distinguais même pas ses yeux.

Soudain, la porte craqua. Un frisson de terreur me parcourut, car je savais ce qui se passait : la sorcière tentait de tordre les barreaux ou de les arracher !

Si au moins j'avais eu mon bâton en bois de sorbier ! J'aurais pu la repousser à travers l'ouverture. Ma chaîne d'argent était en haut, au fond de mon sac. Je n'avais rien, absolument rien pour me défendre !

La porte craqua encore, gémit sous la pression. Le bois pliait. La sorcière siffla de nouveau, émit une sorte de croassement dépité. Elle voulait entrer, follement assoiffée de sang.

Un bruit métallique retentit alors. La lamia lâcha les barreaux et disparut de ma vue. J'entendis l'écho de pas qui approchaient, et la lumière d'une chandelle dansa derrière le judas.

– Arrière ! Arrière ! lança la voix de Meg.

La créature recula bruyamment vers l'escalier, et le cliquètement de souliers pointus l'accompagna vers les profondeurs de la cave. Je restai blotti dans mon coin. Au bout d'un moment, les pas remontèrent. On posa un seau sur le sol, et une clé tourna dans la serrure de ma porte.

Je n'eus que le temps de remettre dans ma poche le briquet et la chandelle. J'étais bien content de ne pas m'être réfugié dans la cellule de l'Épouvanteur ! Meg aurait découvert ma clé...

Elle resta debout dans l'embrasure, levant d'une main son chandelier. De l'autre, elle me fit signe d'avancer.

– Viens ici, petit, fit-elle. N'aie pas peur, je ne mords pas !

Je me redressai sur les genoux ; j'avais les jambes si flageolantes que je n'arrivai pas à me lever.

– Tu viens ? Ou faut-il que j'aille te chercher ? Je te conseille la première solution, ce sera moins douloureux...

Cette fois, l'effroi me fit bondir sur mes pieds. Meg avait beau être une lamia domestique, sa nourriture préférée restait le sang. La potion le lui avait fait oublier. Cependant, à cette heure, elle savait très bien qui elle était et ce qu'elle voulait. Il y avait dans sa voix une inflexion impérieuse, à laquelle j'étais incapable de résister, qui m'obligea à traverser la cellule et à m'approcher.

– Tu as eu de la chance que je sois venue nourrir Marcia, dit-elle en désignant le seau.

J'y jetai un coup d'œil ; il était vide. J'ignorais ce qu'il avait contenu, mais des traces sanglantes en poissaient le fond.

– J'ai failli repousser la chose à plus tard. Puis je me suis rappelé l'effet qu'un être jeune aurait sur elle. John Gregory est loin d'être aussi appétissant que toi, ajouta-t-elle avec un sourire ironique.

Elle eut un geste du menton vers la cellule voisine, me confirmant que mon maître y était bien enfermé.

– Ne le traitez pas ainsi ! la suppliai-je. Vous êtes tout pour lui. Il vous aime ; il vous a toujours aimée. Il l'a écrit dans son journal. Je n'aurais pas dû le lire, seulement je l'ai lu. C'est la vérité.

Je me souvenais mot pour mot de ce texte : « *Comment aurais-je pu l'enfermer dans ce trou, alors que, je le comprenais à présent, je l'aimais plus que mon âme ?* »

– L'amour ! railla Meg. Qu'est-ce qu'un homme comme lui connaît de l'amour ?

– C'était après votre rencontre, le jour où il était sur le point de vous enfermer dans une fosse, parce que c'était son devoir de le faire. Et il n'a pas pu, Meg ! Il n'a pas pu parce qu'il vous aimait ! Il a transgressé tout ce à quoi il croyait, tout ce qu'il avait appris. Et il continue ! S'il vous a fait boire cette potion, c'est qu'il n'avait pas d'autre solution. C'était la tisane ou la fosse. Il a choisi ce qui lui semblait le moins cruel, car vous êtes tout pour lui !

Meg siffla de colère et fixa le fond du seau comme si elle avait voulu lécher les dernières gouttes de sang.

– Il a une curieuse façon de prouver son amour ! Peut-être va-t-il comprendre ce que l'on ressent à moisir ici la moitié de l'année ! J'ai le temps, désormais, tout le temps de décider de son sort. Toi, tu n'es qu'un gamin, et je ne te blâme pas. Tu as été marqué par son enseignement ; tu t'es lancé dans une vie rude, une tâche difficile.

Elle marqua une pause avant de continuer :

– J'aimerais te laisser partir. Seulement, tu n'abandonnerais pas ! Tu es ainsi fait. Tu t'efforcerais de le sauver. Tu trouverais de l'aide auprès des gens du pays, qui n'ont guère d'affection pour moi ! Je leur ai sûrement offert de bonnes raisons de me haïr, autrefois. Quoique la plupart n'aient eu que ce qu'ils méritaient. Ils m'ont pourchassée telle une meute de chiens harcelant un gibier. Non, si je te rendais la liberté, ce serait ma fin. Je te promets quand même une chose : je ne te livrerai pas à ma sœur.

Sur ces mots, elle me fit signe de reculer ; elle ferma la porte et la verrouilla.

– Je t'apporterai à manger plus tard, me dit-elle à travers les barreaux. Peut-être saurai-je alors ce que je vais faire de toi.

De longues heures s'écoulèrent avant qu'elle revienne, ce qui me donna amplement le loisir d'établir une stratégie.

Je n'avais cessé de guetter le moindre bruit, et, lorsque Meg s'engagea dans l'escalier, je le sus aussitôt. Dehors, la nuit devait commencer à tomber ; je supposai qu'elle m'apportait mon souper. J'espérais que ce ne serait pas le dernier...

J'entendis le cliquetis d'une clé, le grincement de la grille. Fortement concentré, je comptai les secondes entre le choc métallique signalant que la grille se refermait et le *clac-clac* des souliers pointus sur les degrés de pierre.

J'avais deux plans. Je souhaitais que le premier marche, le deuxième étant plus que périlleux.

La lumière d'une chandelle dansa derrière le judas. Meg déverrouilla la serrure et ouvrit ma porte. Elle portait sur un plateau deux bols de soupe fumante et deux cuillères.

Je mis en œuvre mon premier plan, consistant à l'amadouer avec un beau discours :

– J'ai réfléchi à quelque chose, Meg. Quelque chose qui nous arrangerait tous les deux. Pourquoi ne pas me laisser le soin de m'occuper de la maison ? J'allumerais les feux, j'irais puiser l'eau et vous rendrais bien des services. Qu'arrivera-t-il quand Shanks viendra livrer les provisions ? Si c'est vous qui le recevez, il comprendra que vous êtes libre. Si c'est moi, il ne se doutera de rien. Et, si quelqu'un vient requérir les services de l'Épouvanteur, je prétendrai qu'il est toujours malade. De la sorte, il s'écoulera des jours avant que quiconque découvre la vérité. Des jours que vous mettrez à profit pour régler le problème avec M. Gregory.

Meg se contenta de sourire :

– Sers-toi, Tom !

Je m'approchai, pris un bol et une cuillère sur le plateau. Me faisant alors signe de reculer, elle tira la porte.

– C'était bien imaginé, petit, dit-elle. Mais tu aurais vite fait de tirer avantage de la situation pour libérer ton maître.

Et elle m'enferma de nouveau.

Mon premier plan ayant échoué, il ne me restait plus qu'à tenter le deuxième. Posant mon bol de soupe sur le sol, je sortis ma clé de ma poche. Meg fourgonnait dans la serrure d'à côté. Je tendis l'oreille, espérant contre toute espérance.

Gagné ! Elle entra dans le cachot de l'Épouvanteur. J'avais présumé qu'il était trop faible ou trop engourdi pour venir chercher son bol et manger seul. Meg devait l'alimenter. Aussi, sans perdre une seconde, j'ouvris ma porte – qui, cette fois, par chance, ne grinça pas ! – et sortis avec précaution.

J'avais tout envisagé avec soin, pesant chaque risque. Une option consistait à pénétrer directement dans la cellule de l'Épouvanteur et à passer un marché avec Meg. En temps normal, mon maître et moi aurions fait le poids face à elle. Malheureusement, dans l'état où il se trouvait, il n'était pas en mesure de me soutenir. D'autant que nous n'avions, pour la combattre, ni bâton de sorbier ni chaîne d'argent.

J'avais prévu de m'évader, filer jusqu'au bureau, prendre ma chaîne d'argent dans mon sac et entraver Meg. Deux conditions étaient nécessaires à ma réussite : que la lamia sauvage ne surgisse pas de la cave pour me sauter dessus avant que j'aie franchi la grille de fer ; et que Meg n'ait pas verrouillé la grille derrière elle. Voilà pourquoi j'avais analysé les bruits avec autant d'attention. La grille avait claqué après le passage de notre geôlière, et le bruit de ses talons avait repris aussitôt. Elle n'avait donc pas eu le temps de tourner la clé. Du moins, je ne le pensais pas.

J'avançai sur la pointe des pieds en jetant des regards inquiets derrière moi : vers la cellule, pour vérifier si Meg ne sortait pas, et vers l'escalier descendant à la cave, au cas où la lamia sauvage surgirait. J'espérais qu'elle serait repue, après son repas du matin, ou du moins qu'elle n'oserait pas monter tant que Meg était dans les parages. À la façon dont elle avait obéi à sa sœur, je supposais qu'elle lui était soumise.

Enfin j'atteignis la grille et empoignai le montant de fer. À mon profond soulagement, elle s'ouvrit à la première tentative. Je m'efforçai de la refermer sans bruit. Mais l'Épouvanteur savait ce qu'il faisait en la construisant : elle sonna comme le battant d'une cloche. L'écho se répercuta dans toute la maison.

Meg jaillit aussitôt et grimpa les marches en quelques enjambées, les bras tendus vers moi, les doigts recourbés telles des griffes. Un bref instant, je restai pétrifié. Comment pouvait-elle se déplacer à une telle vitesse ? Une seconde de plus m'aurait été fatale. Je m'élançai à mon tour ; je courus, courus, sans un regard en arrière. Arrivé en haut, je traversai la cuisine en trombe, Meg sur mes talons. Je m'attendais à tout instant à sentir ses ongles me transpercer la peau. Je ne passai pas par le bureau pour prendre mon sac ; je n'aurais pas eu le temps de l'ouvrir et d'en sortir la chaîne d'argent. Dans le hall, j'attrapai au passage ma veste, mon manteau et mon bâton, ouvris la porte et me jetai dehors.

Comme je l'avais calculé, le crépuscule tombait ; on y voyait encore suffisamment. Un coup d'œil par-dessus mon épaule m'informa que personne ne me pourchassait. Je dévalai le chemin menant hors de la faille, dérapant sur les plaques de verglas.

Arrivé en bas de la pente, je m'arrêtai, à bout de souffle. Meg ne m'avait pas suivi. Le froid était mordant ; le vent soufflait du nord. J'enfilai ma veste en peau de mouton et mis mon manteau pardessus. Puis, mon souffle montant en buée dans l'air glacial, je m'accordai une pause pour réfléchir.

Je n'étais pas fier de m'être enfui en laissant l'Épouvanteur à la merci de Meg ; il me fallait à présent prendre la bonne décision et trouver un moyen de tirer mon maître de ce guêpier. Je n'y réussirais pas seul, et je savais à qui m'adresser : Andrew, le serrurier. C'était lui qui avait fabriqué la clé de la Grille d'Argent fermant les catacombes de

Priestown. Il m'en procurerait une pour la grille de fer de la cave.

J'allais devoir m'introduire de nouveau dans la maison d'hiver, franchir la grille et libérer l'Épouvanteur. C'était plus facile à dire qu'à faire. D'autant que, en plus de Meg, une lamia sauvage se promenait librement dans la cave...

Refusant de me décourager à l'avance, je pris la direction d'Adlington. Marcher dans la neige épaisse était pénible ; par chance, le chemin descendait tout du long. Au retour, bien sûr, ce serait différent...

14
Bloqué par la neige

Les rues pavées d'Adlington étaient ensevelies sous un édredon blanc de six pouces d'épaisseur. Dans les dernières lueurs du jour, des enfants aux joues rougies glissaient sur des luges et se bombardaient de boules de neige en poussant des cris stridents. Les passants semblaient moins ravis. Devant moi, des femmes enveloppées dans des châles avançaient d'un pas hésitant, les yeux fixés sur le sol. Un panier au bras, elles se dirigeaient vers la rue de Babylone pour quelque course. Je les suivis jusqu'à la boutique d'Andrew.

Lorsque je poussai la porte, une clochette tinta. Il n'y avait personne, mais des pas retentirent dans la pièce de derrière. Je reconnus le tapotement de souliers pointus. Alice apparut, le visage éclairé par un large sourire :

– Contente de te revoir, Tom ! Je me demandais combien de temps tu mettrais à me retrouver.

– Que fais-tu ici ? fis-je, interloqué.

– Je travaille pour Andrew, pardi ! Il m'a offert un abri et un emploi. Je tiens la boutique, ça lui permet de rester dans son atelier ou de démarcher ses clients. Je fais aussi le ménage et la cuisine. C'est un brave homme, cet Andrew.

Je restai un instant silencieux, et Alice dut lire le trouble sur mon visage, car son sourire s'effaça :

– Oh... Ton père... ?

– Quand je suis arrivé, papa était mort.

Je ne pus en dire plus, une boule s'était formée dans ma gorge. Alice était déjà près de moi et m'entourait les épaules de son bras :

– J'ai beaucoup de peine pour toi, Tom ! Viens ! Viens te réchauffer !

Elle me mena dans l'habitation. Le salon était une pièce confortable, meublée d'un canapé et de deux grands fauteuils. Un feu généreux crépitait dans l'âtre.

– J'aime les bonnes flambées, dit Alice avec entrain. Andrew, lui, économise le charbon ; par chance, il est presque tout le temps occupé et ne rentre qu'à la nuit. Quand le chat n'est pas là...

J'appuyai mon bâton contre le mur et me laissai tomber sur le canapé, face à la cheminée. Au lieu de s'asseoir à côté de moi, Alice s'agenouilla près de l'âtre, sur le tapis, me présentant son profil.

– Pourquoi as-tu quitté les Hurst ?

– Je ne voulais plus rester, fit-elle avec une moue. Morgan me harcelait pour que je l'aide, sans me dire exactement à quoi. Il a une dent contre le vieux Gregory, c'est sûr. Il mijote un projet pour lui reprendre quelque chose.

J'en savais plus qu'elle à ce propos ; je décidai cependant de ne rien lui révéler dans l'immédiat. J'avais promis à Morgan de garder le silence, je ne pouvais prendre de risques. S'il découvrait que j'avais parlé à Alice, il se vengerait sur mon père.

– Il ne me laissait jamais en paix, c'est pourquoi je me suis enfuie. Je ne le supportais plus. Alors, j'ai pensé à Andrew. Mais assez parlé de moi, Tom ! Je suis désolée pour ton père.

– Ce fut très dur, soupirai-je. J'ai même manqué l'enterrement. Quant à maman, elle était partie on ne sait où. Peut-être est-elle déjà retournée dans son pays ; en ce cas, je ne la reverrai pas. Je me sens tellement seul...

– J'ai vécu seule presque toute ma vie, je comprends ce que tu ressens.

Elle posa sa main sur la mienne :

– Maintenant, je t'ai, et tu m'as, n'est-ce pas ? Nous serons toujours là l'un pour l'autre. Même le vieux Gregory ne pourra empêcher cela.

– L'Épouvanteur n'est pas en état d'empêcher quoi que ce soit, en ce moment, lâchai-je. En mon absence, Meg avait retourné la situation. C'est lui qui est enfermé, à présent. J'ai besoin qu'Andrew me fasse une clé, pour le sortir de là. Et j'ai besoin de ton aide. Toi et Andrew, vous êtes mon unique recours.

Alice ôta sa main, et un léger sourire étira les coins de sa bouche :

– Il n'a eu que ce qu'il méritait, une bonne dose de sa propre médecine !

– Je ne peux pas l'abandonner, Alice ! Et puis, il y a l'autre lamia, la sauvage, la sœur de Meg ! Elle s'est extirpée de sa fosse et traîne dans les escaliers, derrière la grille de fer. Imagine, si elle sortait de la maison ! Plus personne ne serait en sécurité, au village. Avec tous les enfants qui habitent ici...

– Ce n'est pas si simple ! répliqua Alice. Faudrait-il que Meg soit enfermée au fond d'une fosse ? Ou qu'elle passe le reste de sa vie abrutie par cette tisane d'oubli ? D'une façon ou d'une autre, les choses devaient changer.

– Donc, tu refuses de m'aider ?

– Je n'ai pas dit ça, Tom. Je dois réfléchir, voilà tout.

Quand Andrew rentra, en fin de journée, je l'attendais dans la boutique.

– Qu'est-il arrivé, Tom ? demanda-t-il en tapant des pieds pour faire tomber la neige de ses bottes. Que veut encore mon cher frère ?

Grand et dégingandé, il ressemblait plus que jamais à un épouvantail endimanché. Ça ne l'empêchait pas d'être un homme affable et un excellent serrurier.

– Il a de gros ennuis, expliquai-je, tandis qu'Andrew se frottait vigoureusement les mains. Je voudrais que vous me fabriquiez une clé pour le tirer de là ; c'est urgent.

– Une clé ? Une clé pour ouvrir quoi ?

– La grille de fer qui barre l'escalier de sa cave. Meg a enfermé John Gregory en bas.

Le serrurier fit claquer sa langue :

– Tss, tss ! Ça devait arriver. Je m'étonne seulement que ça ait pris autant de temps. J'ai toujours pensé que Meg finirait par le rouler. Elle compte beaucoup trop pour lui, et depuis trop d'années. Il a dû baisser sa garde, et voilà !

– L'aiderez-vous ?

– Bien sûr, je l'aiderai ! C'est mon frère, non ? Mais j'ai été dehors toute la journée, je suis gelé. Je ne pourrai rien faire avant d'avoir rempli mon ventre d'un bon ragoût bien chaud. Tu me raconteras les détails pendant que nous dînerons.

Rien ne m'avait permis jusque-là de juger des talents de cuisinière d'Alice, à part quelques lapins rôtis sur la braise lorsque nous étions en chemin. L'appétissant fumet montant de la marmite nous promettait un excellent repas.

Je ne fus pas déçu.

– C'est délicieux, Alice, dis-je en jouant de la fourchette avec appétit.

– Oui, meilleur que le truc racorni que tu nous as servi chez ton maître, fit-elle, moqueuse.

Tout en mangeant, je mis Andrew au courant des événements. Quand la dernière trace de sauce eut disparu de nos assiettes, il déclara :

– Je ne possède pas le modèle pour cette grille. La serrure et la clé ont été fabriquées par un serrurier de Blackrod, il y a plus de quarante ans. Cet homme est mort, maintenant. Or, pas un artisan ne lui arrivait à la cheville, à ce qu'on dit. Nous avons affaire à un mécanisme des plus complexe. Je devrai aller là-bas pour voir. Le plus simple serait que je tente de crocheter la serrure.

– Cette nuit ?

– Le plus tôt sera le mieux. Je voudrais cependant savoir à quoi m'attendre. Où Meg se trouvera-t-elle ?

– D'habitude, elle dort sur un rocking-chair, devant le feu, dans la cuisine. Mais, même si nous réussissons à passer sans attirer son attention, il y aura un autre problème...

Je lui parlai de la lamia sauvage, en liberté dans la cave. Il secoua la tête d'un air atterré :

– Comment as-tu l'intention de te débarrasser d'elle ? Tu vas utiliser ta chaîne d'argent ?

– Je ne l'ai pas ; elle est restée dans mon sac. Heureusement, j'ai pu emporter mon bâton en bois de sorbier. Avec un peu de chance, il tiendra la lamia à distance.

La mine d'Andrew s'assombrit :

– Ce plan me paraît beaucoup trop risqué, Tom. Je ne pourrai pas crocheter une serrure pendant que tu affronteras deux sorcières ! Il y a peut-être un autre moyen. Si on rassemblait une douzaine d'hommes du village, on réglerait son compte à Meg une fois pour toutes.

– Non ! s'interposa Alice avec fermeté. Vous ne ferez pas ça, ce serait cruel !

Je comprenais sa réaction. Des gens de Chipenden avait incendié la maison où elle habitait avec sa tante, Lizzie l'Osseuse. Elles s'étaient échappées à temps, mais tout ce qu'elles possédaient était parti en fumée. Alice ne l'avait pas oublié.

J'enchéris :

– M. Gregory s'y opposerait, j'en suis sûr.

– Tu as raison, admit Andrew. John ne me le pardonnerait jamais. Ce serait pourtant la meilleure solution... Très bien ; envisageons donc la tienne !

– Encore une chose ! intervint Alice. Une sorcière de ce genre ne peut sentir ta présence, Tom, parce que tu es le septième fils d'un septième fils. Elle ne sentirait pas plus la mienne, au cas où je déciderais de vous accompagner. Andrew, c'est différent. Dès qu'il sera à proximité de la maison, elle le saura, elle se tiendra prête.

– Sauf si elle dort..., rétorquai-je, sans grande conviction, je dois le reconnaître.

– Même endormie, elle représente un danger, insista Alice. Nous devrions y aller, juste toi et moi. Inutile de crocheter la serrure, nous trouverons bien la clé. Où l'Épouvanteur la cachait-il ?

– En haut de sa bibliothèque. Seulement, Meg la garde sans doute sur elle.

– Dans ce cas, tu pourras au moins récupérer la chaîne d'argent dans ton sac et entraver la sorcière. Il sera facile, alors, de lui prendre la clé. Vous voyez, nous n'aurons pas besoin de vous, Andrew. Tom et moi, nous y arriverons.

Andrew sourit :

– Ça me convient ! J'aime autant rester à distance de cette maison et de sa sinistre cave ! Mais je ne vous laisserai pas faire tout le travail sans vous donner un petit coup de main. Si vous n'êtes pas de retour dans trois heures, je rassemblerai une douzaine de gars du village. Tant pis pour John, il devra en assumer les conséquences.

– Soit ! dis-je. Seulement, plus j'y réfléchis, plus il me paraît dangereux d'entrer par la porte de derrière. La nuit, Meg dort dans la cuisine ; elle nous entendra. Si on emprunte la porte de devant, on risque aussi de la réveiller. Il y a une meilleure solution : nous introduire dans la maison par la fenêtre de derrière, à l'étage ; comme les autres, elle est plutôt délabrée. À cet endroit, la falaise est à trois pas du mur. Je pourrais sauter sur le rebord, forcer l'ouverture et pénétrer dans la chambre.

– Ce serait de la folie ! s'écria Andrew. Un tel saut serait bien trop dangereux. D'autre part, si tu crains que le bruit d'une clé tournant dans la serrure réveille Meg, imagine le raffut que tu feras en forçant une fenêtre !

Alice me regardait comme si j'avais proféré une stupidité. Ce que je déclarai ensuite effaça son sourire railleur :

– Meg ne s'apercevrait de rien si quelqu'un tambourinait à la porte au même moment !

Andrew en resta bouche bée, comprenant peu à peu ce que je suggérais.

– Tu veux dire que... ? Non !

– Pourquoi pas, Andrew ? Vous êtes le frère de M. Gregory ; vous avez une bonne raison de lui rendre visite.

– C'est ça ! Pour me retrouver à la cave, prisonnier avec John !

– Je ne le pense pas. Je crois que Meg ne viendra même pas ouvrir. Elle ne veut pas que l'on sache, au village, qu'elle est en liberté. Elle craint la fureur des gens. Si vous frappiez à plusieurs reprises, ça me laisserait le temps dont j'ai besoin.

– Ce n'est pas une mauvaise idée..., approuva Alice.

Andrew repoussa son assiette vide et demeura pensif.

– Une dernière chose me tourmente, dit-il enfin. Tu n'auras pas le recul nécessaire pour prendre de l'élan avant de sauter. D'autant que le sol gelé est glissant. Tu n'y arriveras pas.

– Ça vaut le coup d'essayer. Si je constate que c'est impossible, nous reviendrons plus tard et tenterons de passer par la porte.

Après réflexion, Andrew proposa :

– Ce qui te faciliterait l'accès, c'est une planche. J'en ai une qui fera l'affaire. Alice la maintiendra pendant que tu traverseras. J'ai aussi un petit pied-de-biche ; il te sera utile.

– Ça devrait marcher ! lançai-je, m'efforçant de paraître plus sûr de moi que je ne l'étais.

Le plan fut donc adopté. Andrew alla chercher la planche dans son appentis. Malheureusement, alors que nous allions partir, le blizzard se déchaîna. Andrew secoua la tête :

– C'est le souffle de Golgoth en personne ! Traverser la lande dans ces conditions serait suicidaire. On risque de se perdre et de mourir gelé. Mieux vaut attendre le matin.

Voyant ma mine dépitée, il me tapota l'épaule :

– Ne t'inquiète pas ! Ce vieux John est coriace, tu le sais aussi bien que moi. Sinon, comment aurait-il survécu si longtemps ?

Il n'y avait que deux chambres, à l'étage, une occupée par Andrew, l'autre par Alice. Je m'installai dans le salon, sur le canapé, roulé dans une couverture. Lorsque le feu mourut dans l'âtre, la pièce devint glaciale. Je dormis d'un mauvais sommeil entrecoupé. La dernière fois que j'ouvris les yeux, l'aube montait derrière les rideaux, et je décidai de me lever.

Je bâillai, m'étirai et marchai de long en large pour assouplir mes articulations. J'entendis alors un bruit, dans la rue, comme si quelqu'un frappait contre une fenêtre.

Je pénétrai dans la boutique, éclairée par la réverbération de la neige. Pendant la nuit, des congères s'étaient formées, qui montaient jusqu'à la base de la vitrine. Là, appuyée au carreau, je vis une enveloppe noire. Elle avait été placée de sorte qu'on pût lire de l'intérieur le nom écrit dessus. J'en étais le destinataire ; et elle ne pouvait provenir que de Morgan.

Je fus tenté de la laisser où elle était. Puis je réalisai que la rue serait bientôt pleine d'activités, et que n'importe quel passant pourrait voir cette lettre, la prendre, la lire. Pas question que quiconque se mêle de mes affaires !

Il y avait tant de neige entassée devant la porte que je ne pus l'ouvrir. Je dus passer par celle de derrière, traverser la cour et contourner la maison. J'allais plonger dans le tas de neige quand je remarquai un détail très étrange : devant la boutique, il n'y avait aucune trace de pas. La couche blanche était parfaitement lisse. Comment la lettre était-elle arrivée là ?

Je m'en emparai, creusant pour ce faire un profond sillon dans la neige. Je fis le chemin en sens inverse, entrai dans la cuisine et déchirai l'enveloppe.

Je t'attends dans le cimetière de l'église Saint George, à l'ouest du village. Pour le bien de ton père et de ton vieux maître, ne m'oblige pas à venir te chercher, tu n'apprécierais pas.

Morgan G.

Je n'avais pas prêté attention à la signature, sur sa première lettre. À présent, elle me sautait aux yeux. Morgan avait-il pris un autre nom ? L'initiale aurait dû être un *H*, pour *Hurst*...

Perplexe, je repliai le papier et le glissai dans ma poche. J'étais tenté de réveiller Alice et de lui montrer la lettre ; peut-être aurait-elle pu m'accompagner. Mais je savais que pour rien au monde elle ne désirait revoir Morgan. Elle avait quitté la ferme de la Lande parce qu'elle ne le supportait plus. Je savais aussi que je ne dirais rien à Alice, malgré l'envie que j'en avais : je craignais trop les représailles que Morgan ferait subir à mon père. En vérité, j'avais également très peur de ce qui m'attendait si je lui désobéissais. Ses pouvoirs le rendaient terriblement dangereux. J'enfilai donc mon manteau, empoignai mon bâton et partis aussitôt en direction du cimetière.

Je découvris une vieille église, à demi cachée derrière des ifs centenaires. Sur la plupart des pierres tombales qui l'entouraient étaient gravés les noms de villageois morts depuis plusieurs siècles.

J'aperçus Morgan, silhouette noire se détachant contre le ciel gris. Le bâton à la main, le capuchon rabattu sur la tête, il se tenait dans la partie neuve du cimetière, qui abritait les défunts récents.

Il ne remarqua pas tout de suite ma présence. La tête baissée, les yeux clos, il semblait se recueillir devant une tombe. Je m'arrêtai, stupéfait. Après la tempête de la nuit, le cimetière était enseveli sous une épaisse couche de neige ; or, cette tombe-là, long rectangle de terre nue, était entièrement dégagée. À croire qu'elle venait juste d'être comblée. Jetant un coup d'œil autour de moi, je ne vis ni pelle ni aucun autre outil qu'on aurait pu utiliser pour enlever la neige.

– Lis l'inscription sur la stèle ! m'ordonna Morgan, me regardant enfin.

J'examinai la pierre dressée. Quatre corps étaient enterrés dans cette fosse, empilés les uns sur les autres. Telle était la coutume, dans le Comté : on gagnait de la place, et les membres d'une même famille étaient réunis dans la mort. Trois étaient des enfants. Le dernier nom était celui de leur mère. Les enfants reposaient là depuis environ cinquante ans, décédés respectivement à deux, un et trois ans. La mère était morte depuis peu. Son nom était Emily Burns. C'était la femme à qui mon maître avait été autrefois fiancé, celle qu'il avait prise à l'un de ses frères, le père Gregory.

– Elle a eu une existence bien pénible, dit Morgan. Elle a presque toujours vécu à Blackrod. Quand elle a su qu'elle allait mourir, elle est venue passer ses derniers mois ici, auprès de sa sœur. La perte de trois fils lui avait brisé le cœur ; même après tant d'années, elle ne s'en était pas vraiment remise. Quatre autres sont encore vivants, pourtant. Deux d'entre eux travaillent à Horwich, où ils ont fondé une famille. L'aîné a quitté le Comté il y a dix ans, je n'ai plus entendu parler de lui. J'étais le septième, et le dernier...

Il fallut quelques secondes pour que l'information parvînt à mon cerveau. Je me souvins alors de ce que l'Épouvanteur avait dit à Morgan, lorsqu'il était alité chez les Hurst : *« Je me soucie de toi et de ta mère. Je l'ai aimée, autrefois, comme tu le sais... »* Il parlait d'Emily Burns, pas de Mme Hurst !

– Peu après ma naissance, continua Morgan, mon père a quitté la maison définitivement. Il n'a jamais épousé ma mère. Il ne nous a jamais donné son nom, c'est moi qui ai décidé de le prendre.

Je le contemplais, stupéfait.

– Eh oui, fit-il avec un sourire sinistre. Emily Burns était ma mère ; je suis le fils de John Gregory.

Morgan reprit, le regard au loin :

– Il nous a abandonnés. Il a abandonné ses enfants. Est-ce ainsi qu'agit un bon père ?

J'aurais voulu prendre la défense de mon maître, mais je ne savais pas quoi dire.

– Certes, il nous a soutenus financièrement, je le lui accorde, continua Morgan. Nous nous en sommes sortis un certain temps. Puis ma mère a eu une attaque et s'est trouvée incapable de s'occuper de nous. On nous a dispersés dans des familles d'accueil. J'ai tiré le plus court brin de paille, et j'ai échoué chez les Hurst. Quand j'ai eu dix-sept ans, mon père est venu me chercher et m'a pris comme apprenti.

Je ne m'étais jamais senti aussi heureux qu'à cette époque. J'avais si longtemps désiré un père ! Je cherchais désespérément à lui complaire. Je faisais de grands efforts, mais je n'arrivais pas à oublier combien ma mère avait souffert à cause de lui. Je commençais également à le percer à jour. Au bout de trois ans, il ne faisait plus que se répéter. Je pouvais prévoir chacune de ses décisions. J'ai compris que j'allais devenir beaucoup plus puissant que lui. Je suis le septième fils du septième fils d'un septième fils ; la troisième génération de septièmes fils.

Je perçus dans sa voix une note d'arrogance qui m'irrita.

– Est-ce pour cela que vous n'avez pas gravé votre nom sur les murs de la chambre, à Chipenden, comme les autres apprentis ? lâchai-je. Est-ce que vous vous croyez meilleur que nous tous ? Meilleur que l'Épouvanteur ?

Morgan ricana :

– Je ne le nie pas. Et c'est pour cette raison que j'ai décidé de suivre ma propre voie. Je suis capable de choses que le vieux fou aurait peur de tenter. Penses-y, Tom Ward ! Des connaissances et un pouvoir tels que les miens – et l'assurance que ton père reposera en paix –, voilà ce que je t'offre en échange d'un tout petit service.

J'étais abasourdi. Si ce que Morgan disait était vrai, cela montrait mon maître sous un bien mauvais jour. Je savais déjà qu'il avait quitté Emily Burns pour Meg. Je découvrais à présent qu'il était père de sept fils, qu'il avait abandonnés. Je me sentais profondément choqué. Je pensai à mon propre père, qui avait travaillé si dur toute sa vie pour nourrir sa famille. Et voilà qu'il était soumis aux caprices cruels de Morgan ! J'étais bouleversé et furieux. Il me sembla que le sol tanguait sous mes pieds, et je faillis perdre l'équilibre.

– Eh bien, mon jeune apprenti ! L'as-tu avec toi ?

Je le fixai, interloqué.

– Le grimoire ! Je t'ai ordonné de me l'apporter. J'espère que tu m'as obéi, sinon ton pauvre père en pâtira.

– Je n'ai pas pu le prendre. M. Gregory a des yeux derrière la tête, prétendis-je en baissant le nez.

Je n'allais sûrement pas révéler à Morgan que mon maître était entre les griffes de Meg ! S'il avait su que l'Épouvanteur était neutralisé, il serait allé lui-même chercher le grimoire. John Gregory avait peut-être de noirs et terribles secrets, j'étais toujours *son* apprenti ; je le respectais. Il me fallait du temps. Du temps pour sauver mon maître et le prévenir des agissements de Morgan. Ensemble, nous étions venus à bout du lanceur de cailloux ; ensemble, nous réussirions bien à empêcher Morgan de nuire.

– J'ai besoin d'un délai pour saisir le moment opportun, dis-je.

– Soit, mais ne me fais pas attendre trop longtemps ! Je veux avoir ce livre mardi prochain, au coucher du soleil. Tu te souviens de la chapelle, dans l'autre cimetière ?

Je fis signe que oui.

– C'est là que je t'attendrai.

– Je n'aurai peut-être pas le....

– Débrouille-toi ! me coupa-t-il. Et arrange-toi pour que Gregory ne se doute de rien !

– Que ferez-vous de ce grimoire ?

– Tu l'apprendras quand tu me l'auras remis. Et ne manque pas à ta parole ! Si tu tergiverses, pense à ton pauvre père et aux souffrances que je lui infligerai...

J'avais vu les larmes de M. Hurst, je connaissais la cruauté de Morgan. S'il avait le pouvoir de tourmenter mon père, il ne s'en priverait pas.

Alors que je me tenais là, frissonnant, l'air frémit autour de moi, et j'entendis soudain dans ma tête la voix angoissée de mon père :

« Je t'en supplie, mon fils, fais ce qu'il te demande, sinon, je subirai éternellement les supplices de l'Enfer ! S'il te plaît, mon fils, remets-lui ce grimoire ! »

La voix se tut, tandis qu'un sourire sinistre étirait la bouche de Morgan :

– Tu as entendu ? Prouve que tu es un fils aimant !

Tournant les talons, il quitta le cimetière.

Ce serait une mauvaise action que de voler ce grimoire, j'en avais conscience. En regardant Morgan s'éloigner, je compris que je n'avais malheureusement pas d'autre solution.

Je devais m'en emparer quand nous tenterions de libérer l'Épouvanteur.

15
À la cave

De retour chez Andrew, je trouvai Alice à la cuisine, en train de préparer des œufs au jambon à l'odeur appétissante.

– Tu t'es levé bien tôt, Tom, fit-elle remarquer.

– J'étais courbaturé d'avoir dormi sur le canapé, mentis-je. J'avais besoin de me dégourdir les jambes.

– Tu te sentiras mieux après le petit déjeuner.

– Je ne dois rien avaler, Alice. Il faut jeûner quand on s'apprête à affronter l'obscur.

– Ce ne sont pas quelques bouchées qui te feront du mal !

Je ne tentai pas de discuter. Il y avait, dans sa conception de la sorcellerie, des idées que je ne partageais pas ; inversement, certains préceptes de l'Épouvanteur lui tiraient un sourire de mépris. Je la regardai donc manger avec Andrew, salivant en silence.

Nous nous mîmes ensuite en route vers la maison d'hiver. On n'était qu'en début de matinée ; pourtant la lumière faiblissait à mesure que le ciel s'assombrissait. Nous aurions encore de la neige.

Nous abandonnâmes Andrew à l'entrée du Bec de Lièvre. Il attendrait là une dizaine de minutes, pour nous donner le temps d'arriver. Ensuite, après être venu frapper à la porte, il se sauverait et attendrait notre retour, espérant nous voir resurgir victorieux.

– Bonne chance ! lança-t-il. Et ne me laissez pas poireauter des heures, je ne tiens pas à mourir de froid !

J'acquiesçai d'un signe de tête. Je me chargeai de la planche, fourrai le pied-de-biche dans la poche intérieure de ma veste et, mon bâton à la main, m'engageai dans la faille, Alice sur mes talons. La neige craquait sous nos pas ; il gelait de plus en plus fort. L'angoisse me serra la poitrine : pénétrer dans la maison comme je l'avais prévu allait être malaisé et dangereux.

Nous empruntâmes un sentier, sorte de corniche verglacée coupant la paroi de la falaise.

– Regarde où tu marches, Alice ! lui recommandai-je.

Un dérapage, et c'était la chute assurée. On récupérerait nos morceaux à la petite cuillère...

Enfin arrivés, nous fîmes halte pour guetter l'arrivée d'Andrew. Au bout de cinq minutes, nous entendîmes le bruit de ses bottes écrasant la neige gelée en contrebas. Bientôt, il contournait la maison d'une démarche incertaine pour atteindre la porte de derrière. Je m'agenouillai alors et m'efforçai de mettre la planche en place. Dès la première tentative, je réussis à appuyer son extrémité contre le rebord de la fenêtre. Toutefois, le sentier où nous nous tenions était très étroit ; je craignais que mon poids ne fasse glisser la planche et que je ne tombe dans le passage entre la maison et la paroi.

– Tiens-la bien ! soufflai-je à Alice.

Je lui tendis mon bâton et m'apprêtai à entamer la traversée à quatre pattes. Je n'avais pas deux mètres à parcourir, mais je tremblais si fort que mes muscles refusèrent de m'obéir. Les pavés couverts de neige me paraissaient à une distance vertigineuse. Je me mis finalement à ramper. Agenouillé sur la planche branlante devant le rebord de la fenêtre, je tirai le pied-de-biche de ma poche et en glissai le bec sous l'encadrement. À cet instant, j'entendis Andrew cogner contre la porte. Trois coups violents, qui résonnèrent dans toute la faille. À chacun, j'exerçai une pression sur mon levier, m'efforçant de soulever la guillotine. Le silence retomba, et je ne bougeai plus.

Bang ! Bang ! Bang !

Je recommençai en cadence, sans le moindre résultat. Je me demandai combien de fois Andrew oserait frapper avant que ses nerfs lâchent. Et si la sorcière allait ouvrir ? En ce cas, je n'aurais pas voulu être à la place du serrurier !

Bang ! Bang ! Bang !

Cette fois, la fenêtre se souleva un peu. Dès que l'interstice fut suffisant, je la forçai à deux mains.

Bang ! Bang ! Bang !

J'évitais de regarder en bas, les yeux fixés sur mon but. Je me glissai par l'ouverture et sautai dans la pièce, avant de ranger l'outil dans ma poche. Alice se pencha au maximum et me tendis mon bâton. Puis elle traversa notre passerelle improvisée avec beaucoup plus d'agilité que moi. Dès qu'elle m'eut rejoint, nous tirâmes la planche à l'intérieur, pour que Meg ne la remarque pas si jamais elle sortait. Puis nous refermâmes la fenêtre.

Assis l'un près de l'autre sur le plancher, nous attendîmes, l'oreille aux aguets. Andrew ne cognait plus contre la porte, et je n'avais pas entendu la sorcière lui ouvrir. J'espérai qu'il s'était éloigné sain et sauf. Ce que je craignais, à présent, c'était de percevoir les pas de Meg dans l'escalier. Les coups avaient-ils couvert les craquements de la fenêtre ?

Nous étions convenus, Alice et moi, que, si nous pénétrions dans la maison, nous patienterions une quinzaine de minutes avant de bouger. La première étape consisterait à aller chercher mon sac dans le bureau. Que j'aie la chaîne d'argent en main augmenterait notablement nos chances de succès.

Cependant Alice ignorait ce que Morgan exigeait de moi. Je ne lui avais pas parlé du grimoire ; je savais ce qu'elle dirait : ce serait folie de le lui remettre ! Mais la voix de papa me suppliant dans la solitude du cimetière ne cessait de me hanter.

Si, d'une manière ou d'une autre, j'arrivais à secourir l'Épouvanteur et à entraver Meg, je monterais au grenier. Il le fallait. Tant pis si je trahissais la confiance de mon maître ; je ne laisserais pas mon père souffrir davantage.

Nous attendions donc, sursautant nerveusement au moindre bruit.

Au bout d'un quart d'heure, je pressai l'épaule d'Alice, me relevai avec précaution, empoignai mon bâton et me dirigeai vers la porte sur la pointe des pieds.

Elle n'était pas fermée à clé. Je la poussai et m'aventurai sur le palier. L'escalier, plongé dans l'ombre, descendait vers un puits de ténèbres. J'avançai lentement, m'arrêtant à chaque pas pour écouter. Une marche grinça, et je me figeai, craignant d'avoir alerté la sorcière. Quand Alice passa à son tour, la même marche émit le même gémissement, et nous restâmes immobiles, le souffle court. Il nous fallut un temps infini pour gagner le rez-de-chaussée et deux secondes pour pénétrer dans le bureau. Il y faisait plus clair ; j'aperçus mon sac dans le coin où je l'avais déposé. Je pris la chaîne d'argent et l'enroulai autour de ma main et de mon poignet gauches. Lorsque je m'entraînais dans le jardin de mon maître, j'atteignais ma cible à huit pas de distance neuf fois sur dix. Face à Meg ou à la lamia sauvage, j'avais une possibilité de m'en sortir. En revanche, si elles surgissaient toutes les deux en même temps, ce serait une autre histoire...

La bouche contre l'oreille d'Alice, je chuchotai :

– Va voir si la clé est en haut de la bibliothèque !

J'espérais que Meg ne l'avait pas gardée. Je me souvenais de ce que m'avait dit l'Épouvanteur : elle était organisée et méticuleuse, elle rangeait chaque objet à sa place, les casseroles dans le placard, les couverts dans le tiroir... Avait-elle fait de même avec la clé ? Cela valait le coup de vérifier.

Tandis qu'Alice transportait une chaise près de la bibliothèque, je montai la garde devant la porte, prêt à lancer ma chaîne. Alice grimpa sur la chaise, passa la main sur le dessus de la bibliothèque... Avec un large sourire, elle brandit l'objet.

J'avais eu raison ! Nous pouvions ouvrir la grille de fer !

La chaîne autour de la main, mon bâton serré dans l'autre, je sortis du bureau et me dirigeai vers l'escalier de la cave. J'avais craint que Meg soit réveillée. Ses ronflements réguliers en provenance de la cuisine m'apprirent qu'elle dormait profondément ; c'était le moment ou jamais de tenter notre chance.

J'aurais pu profiter du sommeil de Meg pour l'entraver ; je préférais cependant garder la chaîne, au cas où je devrais affronter sa sœur, au fond de la cave. Nous descendîmes lentement jusqu'à la grille. C'était le moment crucial. J'avais prévenu Alice que le grincement du portail de fer résonnerait dans toute la maison. Elle fit jouer la clé dans la serrure avec habileté et poussa le battant sans produire le moindre son. Nous laissâmes le passage entrebâillé ; il nous faudrait peut-être quitter la cave en catastrophe...

Il faisait très sombre. Je tapotai l'épaule d'Alice, qui ouvrait la marche, pour lui demander de s'arrêter. Appuyant avec précaution mon bâton contre le mur, je tirai mon briquet de ma poche, allumai ma chandelle et la lui tendis. Puis nous reprîmes notre descente. La lumière risquait d'alerter la lamia sauvage, malgré les détours de l'escalier. Mais nous en aurions besoin pour sortir l'Épouvanteur de sa cellule. J'eus bientôt confirmation que c'était une sage décision...

Alice tressaillit et se raidit soudain, le doigt pointé. Un courant d'air venu des profondeurs de la cave agitait la flamme de la bougie. J'aperçus alors une silhouette qui grimpait vers nous. Mon cœur s'accéléra ; je crus que c'était la lamia. Je me postai sur la même marche qu'Alice, levai la main gauche et m'apprêtai à lancer ma chaîne.

Le courant d'air cessa, la flamme monta, toute droite, et je compris que ce n'avait été qu'une illusion, due à la danse des ombres sur le mur.

Toutefois, un bruit nous apprit que quelque chose montait *vraiment* vers nous ! *Ça* rampait, *ça* se traînait, avec une telle lenteur que *ça* n'atteindrait pas de sitôt la grille de fer...

La créature apparut au tournant : c'était Bessy Hill, l'autre sorcière vivante, dont la fosse était contiguë à celle de la lamia. Sa longue chevelure grise grouillait d'insectes noirs ; sa robe en lambeaux était maculée de vase et de moisissures. Elle se hissait péniblement, marche après marche. Bien qu'elle eût réussi à s'extirper de sa fosse, des années d'un régime à base de vers, de limaces et autres dégoûtantes bestioles l'avaient considérablement affaiblie. N'empêche, la situation aurait été tout autre si nous l'avions heurtée dans le noir !

Nous restâmes immobiles. Qu'elle nous agrippe par une cheville, et il serait extrêmement difficile de l'obliger à lâcher prise ! Elle avait désespérément soif de sang ; elle planterait ses dents dans la première chair tiède à sa portée. Une seule gorgée la rendrait aussitôt plus forte et plus dangereuse. Pourtant, aussi effrayant que ce fût, nous devions passer près d'elle.

Je fis signe à Alice de se placer derrière moi. À cet endroit, les marches étaient très larges ; nous pouvions éviter la sorcière. Je me demandais comment elle était sortie de la fosse. Était-ce la lamia sauvage qui avait tordu les barres ? Était-ce Meg qui l'avait libérée ?

En la croisant, je ne lui accordai qu'un bref coup d'œil. Elle levait le visage vers nous, mais ses paupières restaient closes. Sa longue langue rouge léchait avidement les marches humides. Elle flairait, reniflait, tordant le cou, balayant l'air de la main. Soudain, elle ouvrit les yeux. Deux pointes de feu brûlèrent dans le noir.

Nous nous élançâmes vers le bas, la laissant derrière nous.

Arrivé sur le palier aux trois portes, je tendis mon bâton à Alice. Elle le prit avec une grimace. Elle n'aimait pas le contact du bois de sorbier. Je tirai le passe-partout de ma poche pour déverrouiller la cellule de l'Épouvanteur.

Jusqu'à cet instant, j'avais craint de ne pas l'y trouver. Meg aurait pu l'enfermer ailleurs, voire même dans une fosse, au fond de la cave. Heureusement, il était là, assis sur sa paillasse, la tête dans les mains. Quand la lumière de la chandelle éclaira son réduit, il se redressa et nous regarda, ahuri. Après m'être assuré que la lamia sauvage n'était pas embusquée quelque part, je pénétrai dans la cellule avec Alice ; nous l'aidâmes à se lever. Nous le conduisîmes vers la porte sans qu'il oppose de résistance. Il ne semblait pas nous reconnaître ; je supposai que Meg lui avait administré une forte dose de potion.

Ayant besoin de mes deux mains, j'avais remis la chaîne dans ma poche – en dépit du danger au cas où la lamia nous aurait attaqués.

Remonter l'escalier fut lent et pénible ; l'Épouvanteur traînait les pieds. Nous le soutenions de notre mieux. Je ne cessais de jeter des coups d'œil en arrière ; par chance, je ne perçus aucune manifestation inquiétante. Nous croisâmes de nouveau la sorcière, qui dormait sur les marches en ronflant. Son escalade l'avait exténuée.

Nous franchîmes bientôt la grille. Alice la referma silencieusement derrière nous. Je repris la clé et la glissai dans ma poche. Nous montâmes ensuite jusqu'au rez-de-chaussée. La respiration sonore et régulière de Meg nous apprit qu'elle dormait toujours. J'avais maintenant une importante décision à prendre. Soit j'aidais Alice à conduire l'Épouvanteur hors de la maison, soit j'entrais dans la cuisine pour entraver Meg.

Si je réussissais, la maison serait à nous, mais c'était risqué. Meg pouvait se réveiller brusquement. Or, atteindre une cible avec la chaîne d'argent neuf fois sur dix ne signifiait pas dix fois sur dix... Meg avait une force incroyable ; l'Épouvanteur n'était pas en état de m'aider. Si je ratais mon coup, nous nous retrouverions tous les trois à la merci de la sorcière.

Je désignai donc à Alice la porte d'entrée.

Ayant ouvert le battant, je l'aidai à conduire mon maître dehors. Puis je lui repris la chandelle, abritant la flamme de mon corps pour que le vent ne l'éteigne pas.

– J'ai un dernier détail à régler dans la maison, dis-je. Ce ne sera pas long. Emmène M. Gregory. Andrew doit nous attendre à l'entrée de la faille, et...

– Ne sois pas stupide, Tom ! souffla Alice, le visage crispé par l'inquiétude. Qu'y a-t-il de si important qui t'oblige à retourner là-dedans ?

– Il le faut. Je vous retrouverai chez Andrew. Fais-moi confiance, Alice !

– Tom, gémit-elle, tu me caches quelque chose !

– Je t'en prie, Alice, va-t-en ! Je t'expliquerai tout plus tard.

Elle s'éloigna à contrecœur, guidant l'Épouvanteur par le bras. Elle ne se retourna pas ; je voyais bien qu'elle était furieuse contre moi.

16
Au grenier

Une fois seul, je refermai la porte derrière moi et me dirigeai vers l'escalier. Dans ma main droite, je tenais la chandelle ; dans la gauche, mon bâton de sorbier. La chaîne d'argent était roulée dans la poche gauche de ma veste. J'escaladai les marches avec autant de hâte que de précaution. Il ne fallait surtout pas alerter Meg ! J'avais aussi une inquiétude : mon passe-partout serait trop gros pour ouvrir le secrétaire. Je devrais le forcer à l'aide du pied-de-biche, et ce serait bruyant...

Plus je montais, plus je me sentais mal. Meg pouvait se réveiller d'un moment à l'autre. Si elle me suivait, je n'aurais plus qu'à abandonner mon plan et tâcher de m'échapper par la fenêtre de derrière.

En supposant que je l'entende... Alice avait raison, cette entreprise était insensée... Mais je pensai à mon père et forçai mes jambes à continuer.

Je fus bientôt devant la porte du grenier. J'allais l'ouvrir et entrer quand j'entendis un faible bruit, une sorte de grattement...

Tendu, je collai mon oreille contre le battant. Le grattement reprit. Qu'est-ce que ça pouvait bien être ? Il était trop tard pour renoncer ; je devais prendre ce grimoire. Je tournai lentement la poignée.

À l'instant où la porte s'ouvrit, je compris que j'aurais dû quitter la maison avec Alice et l'Épouvanteur quand il en était encore temps. J'aurais dû raconter à mon maître ma première rencontre avec Morgan et suivre ses conseils. Lui, il aurait su quoi faire pour aider mon père. Tout en moi me criait de partir en courant. Une voix hurlait dans mon crâne : *Danger ! Danger ! Danger !*

Lorsque je pénétrai dans le grenier, une force puissante m'obligea à refermer la porte derrière moi. Il faisait très sombre, et je levai ma chandelle. Un courant d'air l'éteignit aussitôt.

Au-dessus de ma tête se découpait le rectangle pâle de la lucarne. Un vent glacial soufflait par le carreau ouvert. Six petits oiseaux perchés sur le rebord, silencieux, paraissaient attendre. Je baissai les yeux et décrouvris un spectacle d'horreur.

Le plancher était jonché de plumes, éclaboussé de sang et parsemé des restes d'oiseaux morts. On aurait dit le carnage perpétré par un renard dans un poulailler. On distinguait des ailes, des pattes, des têtes. Les plumes, balayées par le vent, tourbillonnaient autour de moi.

Ce que je vis ensuite ne me surprit pas, même si cette vision me gela jusqu'aux os. Accroupie dans un coin, tout près du secrétaire, se tenait la lamia sauvage. Son corps me parut plus petit qu'avant ; son visage, en revanche, était bouffi, et ses joues ressemblaient à deux poches gonflées. Un filet rouge lui dégoulinait sur le menton et gouttait sur le plancher. Elle se lécha les lèvres et me regarda tranquillement, comme si elle avait l'éternité devant elle.

Elle avait ouvert la lucarne et convoqué les oiseaux, les contraignant à venir à portée de ses griffes. Elle s'était abreuvée jusqu'à plus soif du sang de ces bêtes, les vidant l'une après l'autre. Les derniers à être encore en vie étaient immobilisés par quelque sortilège : s'ils avaient toujours des ailes, ils avaient perdu la volonté de s'envoler.

Je n'avais pas d'ailes ; j'avais des jambes... qui refusaient de m'obéir. Je restai donc là, pétrifié par la peur. La lamia s'avança avec lenteur : peut-être tout ce sang l'avait-il alourdie ; peut-être n'était-elle simplement pas pressée...

Si elle s'était jetée sur moi, je ne lui aurais pas échappé ; jamais je n'aurais quitté le grenier. Mais l'horreur émanant de cette approche lente, si lente, brisa le maléfice. D'un coup, je fus libre.

L'idée de me servir de ma chaîne ou de mon bâton ne m'effleura même pas. Mes pieds réagirent plus vite que ma pensée. Je me ruai vers la porte. Je perçus un froissement d'ailes derrière moi : ma fuite avait délivré les oiseaux du sortilège. Terrifié, le cœur battant comme un tambour, je dévalai les escaliers dans un vacarme à réveiller un mort. Je ne voulais qu'une chose : m'échapper. Rien d'autre ne comptait. Tout courage m'avait abandonné.

Or, quelqu'un m'attendait dans l'ombre, au bas des marches.

Meg.

Pourquoi ne m'étais-je pas précipité dans la chambre de derrière ? J'aurais dû me ressaisir, réfléchir une seconde ! Au lieu de ça, j'avais cédé à la panique et laissé passer mon unique chance de salut. La lamia sauvage était trop engourdie par son orgie de sang pour se déplacer rapidement. J'aurais eu le temps d'ouvrir la fenêtre, de positionner la planche et de rejoindre sain et sauf le sentier de la falaise. Et voilà que ma bruyante cavalcade avait alerté Meg !

Elle me barrait l'accès à la porte, alors que, dans mon dos, la lamia sauvage entamait probablement la descente. Meg me dévisagea, son beau visage éclairé d'un sourire. Même dans la pénombre, il était aisé de voir que ce sourire n'avait rien d'amical.

Soudain, elle se pencha vers moi et me renifla bruyamment à trois reprises.

– Je t'avais promis de ne pas te livrer à ma sœur, gronda-t-elle. Mais tout est changé ! Je sais ce que tu as fait. Et le prix à payer est celui du sang !

Je ne répondis pas, trop occupé à remonter pas à pas, à reculons. Je tenais toujours ma chandelle éteinte. Je la fourrai dans une poche, fis passer mon bâton dans ma main droite, et sortis la chaîne de mon autre poche.

Meg dut sentir l'argent, car elle escalada les marches et se jeta sur moi, les doigts tendus comme pour m'arracher les yeux. Affolé, je tentai un lancer. J'avais mal visé ; je manquai sa tête. Par chance, la chaîne la frappa à l'épaule et à la hanche. Elle poussa un hurlement de douleur et fut projetée contre le mur.

Saisissant l'occasion, je sautai en bas de l'escalier et pivotai pour lui faire face. Au moins, je n'aurais plus sa charmante sœur dans mon dos ! La chaîne était tombée trop haut pour que je la ramasse. Ma seule arme, à présent, était mon bâton. Le sorbier avait un puisant effet contre les sorcières. Mais Meg n'était pas originaire du Comté ; elle venait d'une terre étrangère. Ce bois agirait-il sur elle ?

Elle avait retrouvé son équilibre, et elle tournait vers moi un visage furibond :

– Le contact de l'argent m'est une torture, tu le sais ! Veux-tu que je te fasse sentir la douleur que tu m'as infligée ?

Tout en parlant, elle descendait, griffant de ses longs ongles le plâtre du mur, y creusant de profonds sillons. C'était un plâtre ancien, très dur. Elle me laissait imaginer ce que ses ongles feraient sur ma chair. Je pointai mon bâton, prêt à la frapper à la tête ou au flanc.

J'avais repris le contrôle de mon esprit. Je me concentrai. Et, lorsqu'elle passa à l'attaque, j'abaissai le bâton vers ses jambes. Ses yeux s'élargirent quand elle comprit ma ruse. Trop tard ! Elle n'eut pas le temps de ralentir. Elle s'emmêla les pieds dans l'obstacle et s'étala de tout son long sur les dalles du rez-de-chaussée. Le choc m'arracha le bâton des mains ; j'avais toutefois l'opportunité de récupérer la chaîne. J'enjambai la sorcière et remontai l'escalier d'un même élan.

Je ramassai la chaîne, l'enroulai autour de mon poignet gauche et me préparai à la lancer. Cette fois, je ne raterais pas mon coup.

Meg m'adressa un sourire railleur :

– Tu m'as déjà manqué une fois. Ce n'est pas aussi facile ici que dans le jardin du vieux Gregory, hein ? Tes mains sont-elles moites, petit ? Commencent-elles à trembler ? Il te reste une dernière chance. Après, ce sera mon tour...

Je savais qu'elle cherchait à me déstabiliser. Je respirai donc profondément et me rappelai les gestes tant de fois répétés au cours de mon entraînement. Neuf fois sur dix, ma chaîne s'entortillait autour du poteau ; jamais je ne l'avais raté deux fois d'affilée. Seule la peur pouvait m'ôter mes moyens. La peur et le doute.

Je me concentrai de nouveau. Lorsque Meg se remit sur ses pieds, je visai soigneusement.

La chaîne siffla comme la lanière d'un fouet et s'enroula autour de la sorcière en une spirale parfaite, la ligotant de la tête aux pieds. Elle poussa un cri strident, qui s'interrompit net quand le lien d'argent lui ferma la bouche. Puis elle tomba lourdement sur le sol.

Je redescendis à pas prudents et observai le résultat. À mon grand soulagement, je constatai qu'elle était bien entravée. Je lus de la douleur dans son regard, et aussi du défi. Soudain, un léger changement dans son expression m'alerta. Elle fixait quelque chose derrière moi. Je perçus un grattement ; je me retournai d'un bloc : Marcia descendait l'escalier.

Une fois de plus, le fait qu'elle soit repue me sauva. Elle était encore amollie et toute gorgée de sang. Autrement, elle m'aurait sauté dessus en un clin d'œil.

Ramassant mon bâton, j'escaladai les marches. La haine flambait derrière les lourdes paupières à demi fermées. Ses quatre bras semblables à des tentacules se replièrent, prêts à se propulser vers moi. Ce n'était pas le moment de céder à la peur. Je la frappai à deux reprises, en pleine face, avec la pointe de mon bâton. Le contact du sorbier lui tira un gémissement de douleur. Mon troisième coup l'atteignit sous l'œil. Elle siffla de fureur et commença à reculer. Ses longs cheveux gras, qui balayaient les marches, laissaient sur le sol une traînée humide et poisseuse.

Je ne sais si la lutte fut longue ou courte ; le temps s'était suspendu. La sueur me dégoulinait devant les yeux, je haletais, mon cœur palpitait, autant d'effroi que d'effort. À tout instant, la créature pouvait tromper ma vigilance. Une seule erreur, et elle serait sur moi, ses dents pointues plantées dans ma chair...

Je l'acculai pas à pas à l'entrée du grenier. À coups redoublés, je la forçai à y pénétrer. Je claquai aussitôt la porte et verrouillai la serrure avec ma clé. Je savais que cela ne l'arrêterait pas longtemps. Tandis que je redescendais, j'entendais déjà ses ongles s'attaquer au battant de bois. Il fallait fuir ! Je rejoindrais mes compagnons à la boutique d'Andrew. Dès que l'Épouvanteur aurait retrouvé ses esprits, nous reviendrions ici pour reprendre les choses en main.

Mais, lorsque je me risquai au-dehors, le blizzard s'était de nouveau déchaîné, m'envoyant des paquets de neige au visage. Je pouvais tout au plus atteindre la sortie de la faille ; m'aventurer au-delà serait pure folie. À supposer que je réussisse à traverser la lande, je serais mort de froid avant d'arriver à Adlington. Je refermai la porte. Il ne me restait qu'une solution.

Meg était à peine plus grande que moi et ne pesait presque rien. Je décidai de la descendre à la cave et de la mettre dans la fosse creusée pour elle. Cela fait, je pourrais rester derrière la grille de fer, qui me tiendrait hors d'atteinte des attaques de la lamia. Au moins pour un temps. Car elle n'arrêterait pas Marcia éternellement.

De plus, je devais compter avec l'autre sorcière, Bessy Hill. Je déposai Meg à l'entrée de la cave et me mis à la recherche du sac de mon maître. Je finis par le trouver dans la cuisine. J'emplis en hâte mes poches de sel et de limaille de fer. Je chargeai Meg sur mon épaule droite comme un sac de farine et m'engageai dans l'escalier. De la main gauche, je tenais à la fois mon bâton et une chandelle. La descente me parut interminable.

Après avoir franchi la grille, je la verrouillai derrière moi. Bessy Hill ronflait toujours, affalée sur les marches. Je passai à bonne distance.

Après tout ce qui était arrivé, j'avais grande envie de traîner Meg par les pieds, laissant sa tête rebondir sur les degrés de pierre. Je ne le fis pas. Elle devait déjà beaucoup souffrir de la morsure de la chaîne d'argent. Et je savais qu'en dépit de tout l'Épouvanteur désirait qu'elle fût traitée le mieux possible. Je pris donc soin de ne pas la blesser davantage.

Une fois la sorcière au fond de la fosse, je ne pus cependant m'en empêcher. Sur un ton aussi sarcastique que possible, je déclarai :

– Rêve de ton jardin, à présent !

Puis, serrant ma chandelle, je remontai l'escalier. Je devais m'occuper de Bessy Hill. Mon passage avait dû la réveiller, car elle s'était remise à ramper vers la grille en reniflant et en crachotant. Je tirai de mes poches une poignée de sel et une de limaille. Je ne les lui jetai pas ; trois marches plus haut, je traçai une ligne de sel d'un mur à l'autre, puis répandis la limaille par-dessus. Je les mélangeai ensuite soigneusement, formant une barrière infranchissable pour une sorcière.

J'allai alors m'asseoir devant la grille, pas trop près toutefois, pour que la lamia sauvage ne risque pas de m'attraper en passant ses longs bras au travers des barreaux.

Je demeurai là, les yeux fixés sur la flamme de la bougie. Et, à mesure qu'elle fondait, je regrettais d'avoir parlé à Meg de cette façon. Papa n'aurait pas été content de moi. Ce n'était pas ainsi qu'il m'avait élevé. Meg ne pouvait être entièrement mauvaise. L'Épouvanteur l'aimait, et elle l'avait aimé aussi, autrefois. Que ressentirait-il lorsqu'il découvrirait que je l'avais enfermée dans ce puits, alors que lui-même ne s'était jamais résolu à le faire ?

La chandelle finit par s'éteindre, me plongeant dans le noir. Des soupirs, des grattements montaient des profondeurs de la cave, où les sorcières mortes remuaient vaguement. J'entendais aussi les reniflements de frustration de la vivante, incapable de franchir la frontière de sel et de fer.

J'étais presque assoupi quand la lamia sauvage surgit soudain ; ses griffes étaient venues à bout de la porte du grenier. Malgré ma bonne vision nocturne, j'avais du mal à percer du regard les ténèbres de l'escalier. C'est un bruit de pas précipités et un choc métallique qui m'alertèrent.

Une forme sombre s'accrochait à la grille, une peau écailleuse râpait le fer. Mon cœur sauta dans ma poitrine : la lamia paraissait de nouveau affamée. Je m'emparai de mon bâton et tentai désespérément de la repousser à travers les barreaux. Cela n'apaisa en rien sa frénésie. La grille gémit tandis que le métal pliait. Par chance, je la touchai à un endroit sensible, peut-être un œil, car elle poussa un cri déchirant, fit un bond en arrière et remonta en hâte.

Dès que le blizzard cesserait et que l'Épouvanteur se sentirait mieux, il reviendrait régler la situation, j'en étais sûr. Quand ? Je l'ignorais. Une longue journée m'attendait, et une nuit plus longue encore. Je devrais peut-être même passer plusieurs jours assis sur ces marches. Je me demandais combien de temps la grille résisterait aux assauts de Marcia...

Elle attaqua de nouveau à deux reprises ; après que je l'eus repoussée pour la troisième fois, elle disparut en haut de l'escalier. Je supposai qu'elle allait explorer la maison, à la recherche de rats et de souris. J'avais du mal à rester éveillé. Je ne pouvais pourtant me permettre de céder au sommeil, car la grille était déjà bien ébranlée. Si je ne restais pas sur mes gardes, la lamia aurait vite fait de forcer le passage.

J'étais en mauvaise posture. Si seulement je ne m'étais pas mis en quête de ce fichu grimoire !

17

Mensonges et vérité

L'attente dans cet escalier glacial était plus qu'inconfortable. Au bout d'un long moment, j'estimai que la nuit avait dû faire place au jour. J'avais la bouche aussi sèche qu'un morceau de carton, et mon estomac criait famine. Combien d'heures devrais-je encore passer ici avant que mon maître se manifeste ? Et s'il était trop malade pour se déplacer ?

Je commençai alors à m'inquiéter pour Alice. Si c'était elle qui venait aux nouvelles ? Elle croirait la lamia emprisonnée dans la cave ; elle ne pourrait deviner qu'elle se promenait dans la maison...

J'entendis enfin au-dessus de moi une rumeur réconfortante : un murmure produit par des gosiers humains, suivi d'un claquement de bottes et du bruit d'une lourde masse rebondissant sur les marches. La flamme vacillante d'un chandelle apparut au coin de l'escalier. Je sautai sur mes pieds.

– Tu vois, Andrew ! s'exclama une voix que j'aurais reconnue entre mille. Je n'aurai pas besoin de tes services, finalement !

L'Épouvanteur s'approcha de la grille. Il traînait la lamia sauvage, étroitement ligotée par une chaîne d'argent. Son frère l'accompagnait, pour crocheter la serrure au besoin.

– Eh bien, petit, ne reste pas là, bouche bée ! m'interpella mon maître. Ouvre cette grille et laisse-nous entrer !

Je m'exécutai.

Je voulais lui parler de Meg. Sans me laisser prononcer un mot, il posa la main sur mon épaule.

– Chaque chose en son temps, mon garçon ! soupira-t-il d'un ton plein d'indulgence, comme s'il savait déjà ce que j'avais fait. Ce fut dur pour tout le monde ; nous en discuterons plus tard. Nous avons d'abord un travail à terminer...

Nous descendîmes tous les trois, Andrew ouvrant la marche pour nous éclairer. À la vue de la sorcière vivante, il s'arrêta net, et la chandelle se mit à trembler dans sa main.

– Passe la lumière au petit ! lui dit l'Épouvanteur.

Mieux vaut que tu ailles accueillir le maçon et le forgeron, ils ne vont pas tarder.

Andrew me tendit la chandelle et remonta avec un soulagement non dissimulé.

Quelques instants plus tard, nous étions au fond de la cave, sous la voûte tapissée de toiles d'araignées. L'Épouvanteur se dirigea droit vers la fosse de la lamia, dont les barres tordues bâillaient assez largement pour laisser la créature retourner dans les ténèbres.

– Lève ton bâton et tiens-toi prêt ! m'ordonna-t-il.

Je me plaçai à côté de lui, ma chandelle éclairant l'ouverture du puits, mon bâton de sorbier fermement serré dans ma main gauche.

L'Épouvanteur suspendit la lamia au-dessus du trou béant. D'un vif mouvement du poignet, il tira sur la chaîne, qui se détortilla ; la lamia tomba avec un cri aigu. L'Épouvanteur s'agenouilla et se dépêcha d'attacher la chaîne d'une barre à l'autre, créant une barrière provisoire que la lamia ne pourrait franchir. Elle siffla de colère dans l'ombre sans faire aucune tentative pour remonter. En un rien de temps, l'affaire était réglée.

– Voilà qui nous permet d'attendre le maçon et le forgeron, dit mon maître en se relevant. Maintenant, allons voir comment va Meg.

Il se dirigea vers la fosse de la sorcière ; je le suivis, levant la chandelle. Il regarda et secoua tristement la tête. Meg, gisant sur le dos, nous fixait, les yeux brûlants de colère. La chaîne qui lui fermait toujours la bouche l'empêchait de parler.

– Je suis désolé, dis-je. Vraiment. Je...

L'Épouvanteur me fit signe de me taire :

– Garde ta salive, petit ! Ce spectacle me navre...

Je perçus le tremblement de sa voix, je lus l'affliction sur son visage. Honteux, je détournai la tête. Il y eut un silence. Puis mon maître lâcha un profond soupir.

– Ce qui est fait est fait, dit-il avec tristesse. J'espérais ne pas en arriver à cette extrémité. Après tant d'années ! Allons, occupons-nous de l'autre... !

Nous retournâmes auprès de Bessy Hill.

– C'est bien imaginé, petit ! s'exclama l'Épouvanteur en découvrant la ligne de sel et de fer. Tu as pris la bonne initiative.

Bessy Hill tourna lentement la tête et marmonna des paroles incohérentes. Mon maître désigna les jambes de la sorcière :

– Tu vas l'attraper par le pied gauche, moi par le pied droit. Nous allons la tirer avec douceur ; inutile de lui cogner la tête...

C'est ce que nous fîmes. Je trouvai cette tâche extrêmement désagréable. Le pied de la sorcière était froid, visqueux, elle ne cessait de cracher et de renifler. Par chance, ce ne fut pas long. Elle fut vite de retour dans son trou. Il n'y avait plus qu'à sceller de nouveau les barres de fer, et elle serait hors d'état de nuire pour longtemps.

Nous restâmes ensuite muets un moment ; je supposai que l'Épouvanteur pensait à Meg. Puis nous entendîmes des bruits de voix et de pas.

– Voilà le maçon et le forgeron, lança mon maître. Je voulais te demander de t'occuper de Meg, mais ce ne serait pas juste. Je ne me déroberai pas à mon devoir. Remonte dans la maison et allume un bon feu dans chacune des pièces du rez-de-chaussée. Tu as bien agi. Nous discuterons de tout cela plus tard.

Dans l'escalier, je croisai les deux ouvriers.

– M. Gregory est en bas, leur dis-je.

Ils acquiescèrent d'un signe de tête. Ce qui les attendait ne semblait guère les réjouir. Pourtant, il fallait bien que ce fût fait...

Lorsque je redescendis pour annoncer à mon maître que j'avais allumé les feux, il avait récupéré ma chaîne d'argent. Il me la tendit sans un mot. Le muret de pierres avait été mis en place autour de la fosse, et les barres solidement scellées. Malgré l'affliction que cela avait dû lui causer, l'Épouvanteur avait accompli sa tâche. Il lui avait fallu presque une vie pour s'y décider ; Meg était désormais entravée, comme n'importe quelle autre sorcière.

Nous étions déjà au milieu de l'après-midi lorsque le maçon et le forgeron quittèrent enfin les lieux. L'Épouvanteur referma la porte derrière eux et se tourna vers moi en se grattant la barbe :

– Tu as encore un travail à faire avant qu'on déjeune, petit : nettoyer le carnage, là-haut.

Malgré ce que je venais de vivre, je n'avais pas oublié le grimoire. J'avais toujours en tête les menaces de Morgan contre mon père. C'était donc le moment ou jamais ! Aussi, tremblant à l'idée de trahir mon maître, je m'armai d'un seau, d'une serpillière et d'un balai et montai au grenier. Je rabattis le carreau de la lucarne et me dépêchai de balayer ; lorsque j'en aurais terminé, il ne me faudrait guère de temps pour forcer le secrétaire, m'emparer du grimoire et le dissimuler dans ma chambre. À ma connaissance, l'Épouvanteur ne montait jamais au grenier ; je pourrais remettre le volume à Morgan sans qu'il se rende compte de sa disparition.

Ayant débarrassé le plancher de toute trace de plumes et de sang, je m'approchai du secrétaire. Bien que ce fût un meuble de belle fabrication, il ne serait pas difficile à ouvrir. Je tirai de ma poche le petit pied-de-biche et l'introduisis sous l'abattant.

À cet instant, j'entendis des pas. Pris en flagrant délit, je sursautai et découvris mon maître, dans l'embrasure de la porte, l'air aussi furieux qu'incrédule :

– Eh bien, petit ! Qu'est-ce que tu fabriques ?

– Rien, fis-je. Je nettoyais juste ce vieux bureau.

– Ne mens pas ! Il n'y a rien de pire au monde qu'un menteur. Voilà donc pourquoi tu es retourné dans la maison ! La fille n'y comprenait rien...

Plein de honte, j'avouai en baissant la tête :

– Morgan m'a ordonné de lui apporter le grimoire caché dans ce bureau. Je dois le lui donner mardi soir, dans la chapelle d'un cimetière. Je suis désolé, vraiment désolé. Je ne voulais pas vous trahir. Mais, si je ne lui obéis pas, il se vengera sur mon père.

– Sur ton père ? répéta l'Épouvanteur en fronçant les sourcils. Quel mal Morgan peut-il faire à ton père ?

– Mon père est mort, M. Gregory.

– Je le sais, la fille me l'a dit hier soir. La nouvelle m'a attristé.

– Morgan convoque l'esprit de papa ! Il... il le tourmente, et...

L'Épouvanteur leva la main :

– Calme-toi, petit ! Cesse de bafouiller et raconte-moi tout. Comment est-ce arrivé ?

– Il m'a enfermé dans sa chambre, à la ferme. Il a évoqué l'esprit de sa sœur et lui a ordonné d'appeler mon père. C'était bien lui, j'ai reconnu sa voix ! Morgan lui fait croire qu'il est en Enfer. Il a recommencé à Adlington. J'ai de nouveau entendu papa, dans ma tête. Morgan continuera de le torturer si je ne lui obéis pas. Je suis revenu pour prendre le grimoire. Lorsque je suis entré dans le grenier, la lamia était là, repue du sang des oiseaux. J'ai dévalé les escaliers, pris de panique ; Meg m'attendait en bas. J'ai lancé ma chaîne ; je l'ai manquée, et je me suis cru perdu.

– Oui, cela aurait pu te coûter la vie, dit mon maître, secouant la tête d'un air désapprobateur.

– J'étais désespéré !

– Ne t'avais-je pas recommandé de rester à distance de Morgan ? Tu aurais dû tout me raconter, et ne pas t'introduire ici pour voler sur l'ordre de cet individu !

Le mot « voler » me fit tiquer. Certes, c'était bien ce que je m'apprêtais à faire. Entendre mon maître m'accuser me blessait pourtant cruellement.

– Je ne pouvais pas ! Meg vous tenait enfermé. Et puis, c'est *vous* qui ne m'avez rien raconté ! rétorquai-je avec colère. Comment pourrai-je vous faire confiance, sachant que vous gardez de si terribles secrets ? Vous m'avez dit que Morgan était le fils de M. et Mme Hurst. Faux ! C'est le vôtre, le septième fils que vous avez eu avec Emily Burns ! J'ai agi ainsi parce que j'aime mon père. Votre fils ne le ferait pas pour vous ; il vous hait. Il veut vous détruire. Il vous traite de vieux fou !

J'avais conscience d'aller trop loin, mais l'Épouvanteur se contentait de me regarder avec un sourire ironique.

– Certes, il n'y a rien de pire qu'un vieux fou, et je l'ai été, grommela-t-il. Quant au reste...

Ses yeux verts étincelèrent, et il me fixa durement.

– Morgan n'est pas mon fils. C'est un menteur ! lanca-t-il soudain, en abattant violemment son poing sur le bureau.

Le visage blême de colère, il continua :

– Menteur il était, menteur il est, menteur il sera ! Il a seulement tenté de te manipuler en te brouillant les idées. Je n'ai pas d'enfant ; je l'ai parfois regretté. Et, si j'en avais un, crois-tu que je le renierais ? Ton père aurait-il renié l'un de ses fils ?

Je secouai négativement la tête.

– Veux-tu entendre toute l'histoire ? Est-ce tellement important pour toi ?

J'acquiesçai.

– Oui, il est vrai que j'ai pris Emily Burns à l'un de mes frères. Ma famille en a été profondément mortifiée. Mon frère, surtout. Je l'ai toujours admis, et je n'ai rien à dire pour ma défense, sinon que j'étais très jeune. Je la voulais, et je l'ai eue. Un jour, tu comprendras. En vérité, la faute ne m'incombe pas entièrement. Emily était une femme de caractère, et elle me voulait aussi. Or, elle s'est vite lassée de moi, comme elle s'était lassée de mon frère. Elle a quitté le village et s'est trouvé un autre homme. Il s'appelait Edwin Furner et, bien qu'étant le septième fils d'un septième fils, il était tanneur.

Tous ceux qui en ont les capacités ne choisissent pas notre métier. Pendant deux ans, ils ont été heureux. Peu après la naissance de leur deuxième fils, il s'est absenté pendant près d'un an, la laissant seule avec deux jeunes enfants. Sans doute aurait-il mieux valu qu'il demeure au loin. Mais il est revenu. Il repartait, revenait ; à chaque fois, elle se retrouvait enceinte. Elle a eu sept garçons. Morgan était le dernier. Furner n'est plus jamais réapparu.

L'Épouvanteur soupira :

– Emily a eu une vie difficile, petit, et nous sommes restés amis. Je l'ai aidée comme j'ai pu, parfois en lui donnant de l'argent, parfois en procurant du travail à ses garçons. Lorsque Morgan a eu seize ans, je lui ai trouvé une place à la ferme de la Lande. Les Hurst se sont attachés à lui au point de décider de l'adopter. Ils n'avaient plus de fils, et la ferme lui serait revenue. Seulement, il ne s'adaptait pas au métier de fermier, et les choses ont commencé à mal tourner. Cela a duré à peine un an. Comme tu le sais, les Hurst avaient une fille, Eveline, du même âge que Morgan, et les deux jeunes gens sont tombés amoureux. Les parents ne l'entendaient pas ainsi ; ils les considéraient comme frère et sœur, et ont voulu empêcher leur relation, leur rendant la vie impossible. Eveline, poussée à bout, a fini par se jeter dans le lac. Emily m'a alors supplié d'emmener Morgan loin de là et de le prendre comme apprenti.

Cela nous a paru d'abord une solution raisonnable, même si je doutais des capacités de Morgan. Il a tenu le coup trois ans, puis est retourné chez sa mère. Mais il ne supportait pas d'être loin de la ferme de la Lande. Il y habite encore, à l'occasion, du moins quand il n'est pas occupé à commettre ses méfaits ici ou là. Eveline est probablement de ces morts qui n'arrivent pas à passer dans l'au-delà ; c'est pourquoi il la tient en son pouvoir. Et il devient de plus en plus puissant, cela ne fait aucun doute. Il a certainement exercé sur toi quelque sortilège. Tu ferais donc bien de me raconter exactement ce qui est arrivé.

Je m'exécutai ; l'Épouvanteur m'interrompait parfois pour me faire préciser un détail. J'entamai mon récit par ma rencontre avec Morgan dans la chapelle du cimetière, au bout de la lande, et l'achevai avec notre conversation devant la tombe d'Emily Burns.

– Bien, fit mon maître. J'y vois plus clair. Comme je te l'ai dit, Morgan est fasciné par cet ancien tumulus. À force de creuser, on finit toujours par trouver quelque chose. Quand il était mon apprenti, il a découvert là un coffre scellé contenant un grimoire. Dans ce grimoire est noté le rituel permettant d'invoquer Golgoth. C'est ce qu'il a tenté. Heureusement, je suis intervenu à temps.

– Que serait-il arrivé s'il avait réussi ? demandai-je.

– Je préfère ne pas l'imaginer, petit. Une seule erreur dans le rituel, et il serait mort. Ce qui aurait été préférable… Il a suivi les instructions du grimoire à la lettre, en traçant un pentacle sur le sol de sa chambre, à la ferme : une étoile à cinq branches dans trois cercles concentriques. S'il avait achevé la récitation du rituel, il aurait été en sécurité à l'intérieur du pentacle, tandis que Golgoth aurait pu se matérialiser et parcourir librement le Comté. Or, ce n'est pas pour rien qu'on l'appelle le Seigneur de l'Hiver ! Des années se seraient écoulées avant qu'on revoie un été. La famine et un froid mortel auraient été notre lot. Morgan a offert le chien de la ferme en sacrifice. Golgoth n'y a pas touché, mais la pauvre bête est morte de peur. Donc, j'ai pu arrêter Morgan à temps. Je lui ai confisqué le grimoire, et il a poursuivi son apprentissage. Sa mère et moi lui avons fait jurer de ne plus jamais évoquer Golgoth. Emily a toujours espéré que sa confiance ne serait pas trahie, et, par amitié pour elle, j'ai donné toutes ses chances au garçon. Malheureusement, il avait accompli une partie du rituel ; un peu du pouvoir de Golgoth s'était éveillé et s'était attaché à lui. Ta mère avait raison, nous allons avoir un rude hiver. Je suis convaincu que c'est une conséquence des agissements de Morgan. Après qu'il a abandonné mes enseignements, il s'est lié à l'obscur, et ses pouvoirs n'ont cessé de grandir. Il est persuadé que la possession du grimoire lui donnera l'ultime maîtrise. Certains de ses tours ne sont que de banals sortilèges, comme changer la température d'une pièce pour impressionner les crédules. D'autres dépassent les facultés humaines. Il semble qu'à présent il puisse soumettre les morts à sa volonté ; les fantômes, et aussi les âmes qui errent dans les limbes, entre cette vie et l'au-delà. Cela me navre d'avoir à le dire, petit, la situation est grave : je crains que Morgan ait réellement la capacité de tourmenter l'esprit de ton pauvre père...

L'Épouvanteur contempla un instant le ciel, par la lucarne. Puis il baissa la tête vers le secrétaire et lâcha tristement :

– Viens, descendons ! Nous continuerons de parler de tout cela en bas.

Un quart d'heure plus tard, mon maître se balançait dans le rocking-chair de Meg, tandis qu'une soupe de pois mijotait sur le feu.

– Tu n'as pas perdu l'appétit, mon garçon ? me demanda-t-il.

– Je n'ai rien mangé depuis hier, répondis-je.

Il sourit, dévoilant le trou fait par le gobelin dans ses dents de devant. Il se leva, déposa deux bols sur la table et y versa une bonne louchée de potage. Je plongeai aussitôt mon pain dedans. Mon maître ne prit pas de pain, il vida simplement son bol jusqu'à la dernière goutte.

– Je suis vraiment navré pour ton père, dit-il en repoussant le récipient. Il devrait être en paix. Hélas, il a fallu que Morgan utilise contre lui le pouvoir de Golgoth, pour t'atteindre à travers lui ! Mais ne te tourmente pas, petit. Nous allons mettre un terme à ses agissements. Et sache que Morgan n'est pas mon fils !

Il me regarda droit dans les yeux :

– Tu me crois ?

Je hochai la tête, probablement sans grande conviction, car mon maître poussa un long soupir.

– Ou c'est lui qui ment, ou c'est moi. À toi de décider. Sans confiance entre nous, tu ne peux continuer à être mon apprenti. Sois cependant sûr d'une chose : jamais je ne te laisserai partir avec lui ! Je t'attraperai par la peau du cou et te ramènerai à ta mère, pour qu'elle t'enfonce un peu de jugeotte dans la caboche !

Il avait parlé avec sévérité, et je me sentis profondément troublé.

– Vous ne pourrez pas me ramener à ma mère, répliquai-je avec amertume. Je suis arrivé trop tard pour l'enterrement ; trop tard aussi pour la voir. Tout de suite après la cérémonie, elle est partie on ne sait où – peut-être est-elle retournée dans son pays. J'ignore si elle reviendra jamais...

– Donne-lui du temps, petit ! Elle vient de perdre son mari, elle a besoin de réfléchir et de faire son deuil. Tu la reverras avant peu, crois-moi. Ce n'est pas une prophétie, seulement du bon sens. S'il lui faut partir, elle partira, mais jamais sans avoir dit adieu à *chacun* de ses fils. Ce qu'a fait Morgan est terrible. Pourtant, sois sans crainte : je le retrouverai et l'empêcherai de nuire une fois pour toutes.

J'étais trop angoissé pour répliquer quoi que ce fût. Je me contentai donc d'approuver d'un signe de tête. De toute mon âme je voulais qu'il en fût ainsi.

18
La chapelle des morts

Pendant les deux semaines qui suivirent, nous pûmes à peine mettre le nez dehors. Le blizzard s'engouffrait dans la faille, la neige tourbillonnait derrière les carreaux, enfouissant la façade de la maison presque jusqu'à la hauteur du premier étage. Je commençais à penser que Golgoth était bel et bien réveillé, et me réjouissais que Shanks ait eu la bonne idée de nous livrer nos provisions avant. Lorsque le mardi de mon rendez-vous avec Morgan était arrivé, je m'étais senti fort nerveux, m'attendant à tout instant à le voir surgir. Certes, par une telle tempête, seul un fou aurait osé se risquer à travers la lande. Néanmoins, chaque heure passée dans cette maison coupée du monde m'avait été une torture, car je désirais désespérément mettre fin aux souffrances de mon père.

Tant que dura le blizzard, je m'adonnai à la routine quotidienne : étudier, manger, dormir. Une chose, toutefois, avait changé. Chaque après-midi, mon maître descendait à la cave pour parler avec Meg. Il lui portait également son repas, composé le plus souvent de quelques biscuits, parfois de restes de notre déjeuner. Quoique fort curieux de savoir de quoi ils discutaient, j'estimai plus prudent de ne pas poser de questions. Nous nous étions promis de ne plus avoir de secret l'un pour l'autre ; l'Épouvanteur protégeait cependant sa vie privée.

Alors que les deux autres sorcières devaient se contenter des vers, limaces et autres bestioles arrachées à la terre humide, Meg bénéficiait ainsi d'un régime spécial. Je m'attendais plus ou moins à ce que John Gregory lui administre sa tisane et la fasse remonter de la cave. Elle était sans conteste meilleure cuisinière que nous ; mais, après les derniers événements, la savoir au fond d'une fosse me rassurait. Malgré tout, je m'inquiétais pour mon maître. Son esprit s'était-il ramolli ? Après m'avoir si vertement recommandé de ne jamais donner ma confiance à une femme, il transgressait de nouveau ses propres règles. J'aurais voulu aborder le sujet ; voyant combien il se tourmentait pour Meg, j'y renonçai.

Il ne retrouvait pas l'appétit, et, un matin, il apparut les yeux rougis et les paupières gonflées, à croire qu'il avait pleuré. Je tentai de me mettre à sa place : si c'était moi l'Épouvanteur, et qu'Alice soit dans cette fosse, comment réagirais-je ? Et Alice, justement, que devenait-elle ? J'avais résolu de demander à mon maître la permission de lui rendre visite à la boutique d'Andrew dès que le temps s'améliorerait.

Or, un matin, la tempête de neige cessa. Angoissé par la menace qui pesait sur mon père, j'espérais que nous nous mettrions aussitôt à la recherche de Morgan. Ce ne fut pas le cas. Le retour du soleil nous valut une nouvelle tâche : mon maître et moi fûmes appelés à la ferme des Platt, à l'est de la lande. Un gobelin, à ce qu'il semblait, y semait le trouble.

Il nous fallut une bonne heure pour nous préparer au départ, car l'Épouvanteur dut se tailler un bâton neuf dans une branche de sorbier. Lorsque, après une marche pénible dans la neige épaisse, nous arrivâmes enfin à destination, rien ne laissait deviner la présence d'un gobelin dans les parages. Le fermier se confondit en excuses, rejetant la faute sur sa femme, qui était somnambule. Il prétendit que c'était elle qui avait déplacé les objets dans la cuisine et tapé sur les casseroles, empêchant la maisonnée de dormir. Au matin, elle n'avait aucun souvenir de son agitation de la nuit. Il était désolé de nous avoir dérangés pour rien et se montrait exagérément désireux de nous dédommager.

J'étais furieux d'avoir perdu un temps précieux. Comme nous rebroussions chemin, je fis part à mon maître de mon mécontentement.

– Je flaire un piège, petit, me dit-il. On aurait voulu nous éloigner qu'on ne s'y serait pas pris autrement. As-tu déjà vu quelqu'un mettre aussi volontiers la main à la poche pour nous payer ?

J'acquiesçai, et nous allongeâmes le pas. L'Épouvanteur ouvrait la marche, impatient d'être de retour à la maison. En y arrivant, nous découvrîmes qu'on avait forcé la serrure : la porte de derrière était ouverte. Après avoir vérifié si celle de la cave et la grille de fer étaient bien fermées, mon maître m'ordonna de l'attendre à la cuisine, et il grimpa au grenier. Cinq minutes plus tard, il redescendait, la mine sombre :

– Le grimoire a disparu. Inutile de demander qui l'a volé ! Morgan a déjà assez de pouvoir sur Golgoth pour faire cesser la neige ; il ne lui restait plus qu'à profiter de notre absence.

Je trouvais étrange que Morgan n'eût pas tenté le coup plus tôt. Il lui aurait été facile de s'introduire dans la maison pendant l'été, alors qu'elle était vide et que Meg était emprisonnée en bas. Puis je me souvins de la promesse faite par Morgan à sa mère de ne plus évoquer Golgoth. Peut-être avait-il tenu parole, après tout ! À présent qu'elle était morte et enterrée, il s'était senti libre d'agir à son gré.

– Il n'y a pas grand-chose que nous puissions entreprendre aujourd'hui, dit l'Épouvanteur. Allons tout de même à Adlington, prier mon frère de venir réparer la serrure. Et pas un mot sur le grimoire ! Je lui en parlerai moi-même au moment opportun. Nous ferons un détour par la ferme de la Lande. J'ai deux ou trois questions à poser aux Hurst.

Je m'étonnai qu'il ne veuille pas mettre Andrew au courant ; je m'abstins pourtant de l'interroger, il n'était visiblement pas d'humeur.

Nous nous mîmes en route aussitôt. Lorsque nous arrivâmes à la ferme, M. Gregory me fit patienter dans la cour et entra seul dans la maison. Je ne vis aucun signe de la présence de Morgan.

Mon maître passa un bon moment avec les Hurst ; il ressortit de cette entrevue les sourcils froncés et les lèvres serrées. Après quoi, il resta muet tout le long du chemin.

Chez Andrew, il se comporta comme s'il s'agissait d'une visite fraternelle. Je trouvais curieux qu'il garde le silence sur les derniers événements. J'étais tout de même content de revoir Alice. Elle nous prépara à souper, et nous restâmes à nous réchauffer devant la cheminée jusqu'au moment de nous mettre à table.

Après le repas, l'Épouvanteur se tourna vers mon amie.

– C'était excellent, jeune fille, dit-il avec un sourire. Maintenant, j'ai à discuter en privé avec mon frère et mon apprenti. Va donc te mettre au lit !

– Pourquoi devrais-je monter me coucher ? répliqua-t-elle, irritée. J'habite ici, pas vous !

– Obéis, Alice ! dit Andrew avec douceur. Si John ne souhaite pas que tu assistes à notre conversation, c'est qu'il a une raison.

Alice lui lança un regard maussade avant d'obtempérer. Elle quitta la pièce en claquant la porte, et nous l'entendîmes gravir bruyamment l'escalier.

– Moins elle en saura, mieux cela vaudra, déclara l'Épouvanteur. Je viens d'avoir une entrevue avec Mme Hurst. Je voulais connaître les raisons qui ont poussé Alice à s'enfuir. Il semble qu'elle se soit querellée avec Morgan, et soit partie sur un coup de tête. Les jours précédents, toutefois, ils étaient dans les meilleurs termes et passaient beaucoup de temps ensemble dans la pièce du rez-de-chaussée. Peut-être est-ce sans importance. Peut-être essayait-il aussi de la manipuler, comme il a tenté de le faire avec Tom, et il a échoué. Mieux vaut cependant qu'elle n'entende pas ceci : ce matin, Morgan s'est introduit chez moi et a volé le grimoire.

La consternation se peignit sur le visage d'Andrew.

Il ouvrit la bouche pour intervenir, mais je le devançai.

– Vous vous défiez d'Alice injustement ! protestai-je. Elle déteste Morgan, elle me l'a dit. C'est à cause de lui qu'elle est partie. Elle ne l'aurait pas aidé !

L'Épouvanteur me jeta un regard courroucé.

– Faut-il t'enfoncer les choses dans la tête à coups de marteau ? aboya-t-il. Tu n'as donc pas compris qu'on ne pourra jamais se fier à cette fille ? Elle doit être sous surveillance constante, c'est pourquoi j'ai fait en sorte qu'elle demeure dans le voisinage. Autrement, je ne l'aurais pas laissée s'approcher à moins de dix miles de toi !

– Attends une minute ! lança Andrew. Morgan s'est emparé du grimoire ? Enfin, John, c'est effrayant ! Tu aurais dû le brûler quand il en était encore temps ! Si le rituel est de nouveau accompli, tout peut arriver. J'espérais voir encore quelques étés avant que ma vie s'achève. Pourquoi as-tu conservé ce livre maudit pendant tant d'années ?

– Ça me regarde, Andrew, et tu dois me faire confiance. Disons que j'ai mes raisons...

– Emily, hein ?

L'Épouvanteur ignora la question.

– J'aimerais que le grimoire soit toujours sous clé, poursuivit-il, mais ce qui est fait est fait.

– Ton premier devoir est de protéger le Comté, s'emporta Andrew. Tu l'as assez répété ! Tu as commis une grande faute en ne détruisant pas un ouvrage aussi dangereux. Tu...

– Mon cher frère, le coupa l'Épouvanteur avec irritation, je te remercie pour ton hospitalité, mais pas pour ton amabilité... Je ne me mêle pas de tes affaires, permets-moi donc de m'occuper des miennes ! Je n'ai à cœur que le bien du Comté, tu le sais ! J'ai tenu à te mettre au courant de la situation, voilà tout. Nous avons eu une dure et longue journée ; il est grand temps que nous rentrions. Nous risquerions de lâcher des paroles que nous regretterions.

Alors que nous remontions la rue, je me souvins du but de notre visite :

– Nous n'avons pas demandé à Andrew de venir réparer la serrure. Voulez-vous que j'y retourne ?

– Non, grommela mon maître, serait-il le dernier serrurier du pays ! Je la réparerai moi-même.

– À présent qu'il ne neige plus, repris-je, partirons-nous demain à la recherche de Morgan ? Je me fais beaucoup de souci pour papa...

– Laisse-moi régler ça, petit, me dit l'Épouvanteur d'une voix radoucie. Je connais plusieurs endroits où il a pu se réfugier. Je me mettrai en route avant l'aube.

– Puis-je venir avec vous ?

– Non, mon garçon. Mieux vaut que je m'en occupe seul ; fais-moi confiance !

Je lui faisais confiance. Je fis tout de même une autre tentative, et je compris que je perdais mon temps. Quand il avait décidé quelque chose, rien ne le faisait changer d'avis.

Le lendemain matin, quand je descendis à la cuisine, je n'y trouvai pas mon maître. Son manteau et son bâton avaient disparu. Il avait quitté la maison très tôt, comme il l'avait promis. Après que j'eus pris mon petit déjeuner, il n'était pas revenu. C'était une opportunité à ne pas manquer ! J'étais curieux de savoir comment allait Meg, et je résolus de lui faire une petite visite. Je pris donc la clé sur le sommet de la bibliothèque, allumai une chandelle et descendis l'escalier de la cave. Je franchis la grille de fer et la refermai derrière moi. Je continuai ma descente. Comme j'arrivais sur le palier aux trois portes, une voix appela de la cellule du milieu :

– John ! John ! C'est toi ? As-tu réservé notre passage ?

Je me figeai. J'avais reconnu la voix de Meg. Mon maître l'avait tirée de sa fosse pour l'enfermer dans la cellule, où elle était plus à l'aise. Il avait craqué ! Il n'y avait pas l'ombre d'un doute, elle retrouverait bientôt sa place à la cuisine ! Mais que signifiait cette histoire de réservation ? Allait-elle partir en voyage ? L'Épouvanteur devait-il l'accompagner ?

J'entendis alors Meg renifler bruyamment.

– Eh bien, petit, m'interpella-t-elle, qu'est-ce que tu fabriques ici ? Approche, que je te voie !

Elle m'avait flairé ; m'éloigner en douce ne servirait à rien. Elle parlerait à mon maître de mon intrusion. Je marchai donc jusqu'à la porte et regardai par le judas en restant à une distance prudente.

Son visage souriant apparut derrière les barreaux. Rien de commun avec le sourire sinistre qu'elle avait eu lors de notre lutte ; celui-ci était presque amical.

– Comment allez-vous, Meg ? m'enquis-je poliment.

– J'ai connu mieux, et j'ai connu pire. Enfin, ce qui est fait est fait. Je ne t'en veux pas. Tu es ce que tu es ; toi et John avez beaucoup de choses en commun. Je peux toutefois te donner un conseil, si du moins tu acceptes de m'écouter.

– Bien sûr, je vous écoute.

– En ce cas, tiens compte de ce que je vais te dire : traite bien cette fille, Alice. Elle t'est très attachée. N'agis pas envers elle comme John envers moi, tu n'auras pas à le regretter. Garde-toi d'en venir à de telles extrémités !

– J'aime beaucoup Alice, et je ferai tout pour elle.

Avant de m'en aller, je demandai :

– Vous avez parlé de réserver un passage. Que vouliez-vous dire ?

– Ça ne te regarde pas, petit ! Interroge John, si tu l'oses ; il te fera probablement la même réponse. Je ne crois pas qu'il apprécierait que tu fouines ici sans permission...

Je marmonnai un « au revoir » et remontai en hâte, prenant bien soin de verrouiller la grille derrière moi. Ainsi, l'Épouvanteur avait encore des secrets, et je subodorais qu'il en serait toujours ainsi.

À peine avais-je remis la clé à sa place que mon maître était de retour.

– Vous n'avez pas trouvé Morgan ? m'exclamai-je, déçu.

J'avais espéré le voir ramener le sorcier entravé.

– Non, petit, j'en suis désolé. Je pensais qu'il se serait réfugié dans une tour abandonnée, à Rivington. Il y était récemment, aucun doute là-dessus. Mais il semble changer fréquemment d'endroit. Ne te fais pas trop de souci, je reprendrai les recherches dès demain. En attendant, tu peux me rendre un service. Cet après-midi, tu iras à Adlington, et tu demanderas à mon frère de venir réparer la serrure. Tu lui diras que je regrette notre dispute et que, un jour, il comprendra que j'ai agi pour le mieux.

Les leçons de l'après-midi se prolongèrent plus tard qu'à l'accoutumée, et il ne restait plus que deux heures de jour lorsque, mon bâton à la main, je pris la route d'Adlington.

Andrew m'accueillit aimablement ; un bon sourire illumina son visage quand je lui rapportai les paroles de mon maître. Il accepta de faire la réparation dès que possible. Je passai ensuite une quinzaine de minutes à bavarder avec Alice, qui me parut un peu distante. Elle n'avait pas apprécié d'être envoyée au lit comme une gamine la veille. Je me remis en chemin pour arriver à la maison avant qu'il fasse nuit noire.

Je sortais à peine du village quand j'entendis un léger bruit derrière moi. Quelqu'un me suivait. Je me retournai et reconnus Alice, emmitouflée dans son gros manteau. Ses souliers pointus imprimaient de fines empreintes dans la neige. Je la laissai me rattraper.

– Vous mijotez quelque chose, hein ? me lança-t-elle avec un sourire. Qu'est-ce que je ne devais pas entendre, hier soir ? Dis-le-moi, Tom ! Pas de secrets entre nous, après tout ce qu'on a vécu ensemble !

Le soleil avait disparu, et il faisait de plus en plus sombre. J'étais impatient de m'en aller.

– C'est trop compliqué, déclarai-je. Je n'ai pas le temps de t'expliquer.

Alice s'approcha et me saisit le bras :

– Allez, Tom, tu peux bien me le dire !

– M. Gregory se méfie de toi. Il te croit du côté de Morgan. Mme Hurst lui a appris que vous vous retrouviez souvent dans cette pièce du rez-de-chaussée...

– Le vieux Gregory ne m'a jamais fait confiance, ce n'est pas nouveau, ricana-t-elle. Morgan préparait quelque chose d'important. Il parlait d'un rituel, qui lui apporterait la richesse et le pouvoir. Il voulait que je l'aide, il revenait sans cesse à la charge. Je ne pouvais plus le supporter, et je suis partie, voilà tout. Allons, Tom ! Que se passe-t-il ?

Comprenant qu'elle ne me lâcherait pas, je cédai. Elle marcha à mes côtés tandis que je lui narrais à contrecœur les derniers événements.

Je parlai du grimoire, des tortures dont Morgan menaçait mon père pour m'obliger à le lui apporter. Puis je relatai le vol.

Alice se montra extrêmement contrariée :

– Nous nous sommes introduits ensemble dans la maison du vieux Gregory, et tu ne m'as rien dit de ton projet ! Pas un mot ! Ce n'est pas correct, Tom ! J'ai risqué ma vie pour toi, je mérite mieux, il me semble !

– Je suis désolé, Alice, vraiment désolé. Je ne pensais qu'à mon père et aux tourments que Morgan lui infligerait. Je n'étais pas dans mon état normal. J'aurais dû tout te confier, je le sais.

– Il est un peu tard pour t'en apercevoir. Cependant, je crois savoir où Morgan sera cette nuit...

Je la regardai, stupéfait.

– On est mardi, reprit Alice. Le mardi soir, il fait toujours la même chose, depuis la fin de l'été. Il y a une chapelle, dans un cimetière au flanc de la colline. Il m'y a emmenée, une fois. Les gens y viennent des lieues à la ronde et lui donnent de l'argent pour qu'il fasse parler les morts. Sans être prêtre, il rassemble une communauté que lui envieraient beaucoup de paroisses.

Je me souvins de ma première rencontre avec lui, dans cette chapelle. C'était aussi un mardi. Il attendait sans doute l'arrivée de ses fidèles. Et il m'avait demandé de lui apporter le grimoire un mardi, au même endroit, après le coucher du soleil. Je me serais giflé : pourquoi n'y avais-je pas pensé moi-même ?

– Tu ne me crois pas ?

– Bien sûr que si ! Je sais où est cette chapelle ; j'y suis déjà allé.

– Alors, pourquoi ne ferais-tu pas le détour ? me suggéra Alice. Si je ne me suis pas trompée, et qu'il s'y trouve, tu pourras prévenir le vieux Gregory. Il aura une chance de l'attraper. Et n'oublie pas de lui dire que c'est moi qui t'ai mis sur la piste. Je remonterai peut-être dans son estime.

– Si tu venais avec moi ? Tu surveillerais Morgan pendant que j'irais chercher l'Épouvanteur. Comme ça, si nous arrivons trop tard, nous saurons dans quelle direction il est parti.

Alice secoua la tête :

– Non, Tom. Je n'aime pas qu'on se défie de moi. Tu as ton travail, j'ai le mien. Je ne chôme pas, à la boutique ! J'ai trimé toute la journée ; à présent, je vais me reposer près du feu. Pas question que je passe des heures à grelotter dans le froid ! Fais ce que tu as à faire, aide le vieux Gregory à régler son compte à Morgan, et laisse-moi en dehors de ça !

Sur ces mots, Alice pivota sur ses talons et s'éloigna. J'étais attristé et dépité, mais je comprenais : je n'avais pas joué franc jeu avec elle, pourquoi aurait-elle accepté de m'aider ?

La nuit était tout à fait tombée, les étoiles s'allumaient dans le ciel. Sans tarder davantage, j'obliquai pour rejoindre le chemin que j'avais pris ce fameux mardi soir en repartant à la maison. Arrivé devant le cimetière, je m'appuyai au muret de pierre pour regarder la chapelle, en contrebas. La lumière des cierges dansait derrière les vitraux. Plus loin, à l'extérieur du cimetière, des points lumineux s'échelonnaient le long de la pente : des lanternes ! Les fidèles de Morgan approchaient. Je supposai qu'il était déjà dans la chapelle, attendant les membres de sa sinistre communauté.

Je devais aller chercher mon maître en vitesse !

Je n'avais pas fait dix pas qu'une silhouette encapuchonnée surgit de l'ombre, me barrant le passage. C'était Morgan.

– Tu m'as profondément déçu, Tom, me dit-il d'une voix dure, où je décelais une note cruelle. Tu avais un service à me rendre, et tu m'as fait faux bond. J'ai donc été obligé de m'en occuper moi-même. Ce n'était pourtant pas beaucoup exiger, au regard de ce que je te promettais !

Je ne répondis rien, et il avança d'un pas. Je fis demi-tour pour m'enfuir, mais il m'agrippa par l'épaule. Je me débattis et levai mon bâton, prêt à le frapper. Je n'en eus pas le temps. Je reçus un coup violent sur la tempe, et tout devint noir autour de moi.

Quand je rouvris les yeux, j'étais dans la chapelle, assis sur le dernier banc de la rangée. Le dos contre le froid mur de pierre, je faisais face au confessionnal, de chaque côté duquel brûlait un grand cierge. La tête me faisait mal, et j'avais la nausée.

Debout devant moi, Morgan me toisait du regard :

– Pour le moment, j'ai à faire. Après quoi, Tom, nous discuterons...

J'eus quelque difficulté à articuler une réponse audible :

– Je dois rentrer à la maison, sinon, M. Gregory va se demander où je suis passé.

– Eh bien, qu'il se le demande ! Quelle importance, puisque tu ne retourneras jamais chez lui ? Tu es mon apprenti, désormais, et j'ai un travail à te confier dès cette nuit.

Avec un sourire triomphant, il entra dans le confessionnal, à la place réservée au prêtre. Seule la lumière des cierges éclairait la chapelle ; le porche, ouvert sur la nuit, n'était qu'un trou d'ombre.

Je tentai de me lever pour m'y précipiter, mais mes jambes ne me portaient plus. Ma tempe battait douloureusement, ma vision était trouble. Je dus rester assis, tâchant de rassembler mes esprits et luttant contre l'envie de vomir.

À cet instant, les premiers fidèles se présentèrent, deux femmes. Lorsqu'elles franchirent le seuil, il y eut un tintement métallique. Je remarquai alors un plateau de cuivre, à gauche du portail ; chacune des femmes y avait jeté une pièce. La tête baissée, sans un regard vers moi, elles allèrent s'asseoir au premier rang.

La chapelle se remplissait peu à peu ; tous ceux qui y pénétraient laissaient leur lanterne à l'extérieur. Personne ne parlait ; les pièces sonnaient dans le plateau de cuivre. L'assistance était composée principalement de femmes ; les rares hommes présents étaient plutôt âgés. Quand les bancs furent presque entièrement occupés, le portail sembla se fermer tout seul ; à moins que quelqu'un l'eût poussé de l'extérieur.

Il y eut quelques toux, suivies d'un profond silence ; on aurait entendu tomber une épingle. Comme dans la chambre de la ferme de la Lande, j'eus l'impression que mes tympans se bouchaient. Soudain, je sentis un courant d'air glacé, venant du confessionnal : Morgan se servait du pouvoir qu'il avait reçu de Golgoth !

Sa voix éclata alors sous la voûte :

– Ma sœur ! Ma sœur ! Es-tu là ?

Trois coups sourds lui répondirent, qui firent vibrer les murs. Un long soupir monta de la partie du confessionnal réservée au pénitent, puis une supplication plaintive, à peine un murmure :

« Laisse-moi ! Laisse-moi en paix ! »

La voix était celle d'une jeune fille, si chargée d'angoisse que j'en eus la chair de poule. Elle ne voulait pas être là, mais le nécromancien la tenait en son pouvoir. Il la faisait souffrir, et les fidèles ici rassemblés n'en avaient pas conscience. Je percevais leur espérance anxieuse et leur excitation ; tous attendaient que Morgan invoque leurs défunts bien-aimés.

– Obéis-moi, et tu trouveras la paix ! gronda le sorcier.

À ces mots, une vague forme blanche se dessina dans l'encadrement de la porte du confessionnal. Alors qu'Eveline avait seize ans lorsqu'elle s'était noyée, son spectre semblait à peine plus âgé qu'Alice. Son visage, ses bras et ses jambes nues étaient aussi blancs que la robe qu'elle portait. L'étoffe mouillée collait à son corps, ses cheveux dégouttaient d'eau. Une exclamation d'effroi parcourut l'assemblée. Ce qui me frappa, ce fut ses yeux. Ils étaient immenses, lumineux et emplis d'une tristesse indicible. Jamais je n'avais vu autant d'affliction sur un visage.

« *Me voici. Que veux-tu de moi ?* »

– D'autres t'accompagnent-ils ? Désirent-ils s'adresser à quelqu'un de cette assistance ?

« *Quelques-uns. Une petite fille du nom de Maureen veut parler à sa chère maman, Matilda...* »

Une femme du premier rang se leva, tendant les bras en un geste de supplication. L'émotion la faisait trembler si fort que seul un râle sortit de sa bouche. Le spectre d'Eveline se fondit dans l'obscurité tandis qu'une autre forme vague apparaissait.

« *Maman ? Maman ?* appela une voix enfantine. *Viens, maman, s'il te plaît ! Tu me manques tellement !* »

La femme, les bras toujours tendus, s'avança en titubant. L'assistance retint son souffle : dans l'entrée sombre du confessionnal se tenait une fillette de quatre ou cinq ans, ses longs cheveux répandus sur ses épaules.

« Touche-moi, maman ! Je t'en prie ! » cria l'enfant, et une petite main blanche sortit de l'ombre.

Tombant à genoux, la femme la saisit et la porta à ses lèvres en gémissant :

– Oh, ma chérie, que ta main est froide ! Si affreusement froide !

Les sanglots de la pauvre mère emplirent toute la chapelle. Cela dura de longues minutes ; puis le spectre de la fillette s'évanouit dans l'obscurité.

Des scènes déchirantes se succédèrent. C'étaient parfois des adultes, parfois des enfants qui se matérialisaient ; des silhouettes diaphanes, des visages blêmes, des mains implorantes surgissaient dans la lumière des cierges, suscitant dans l'assistance un profond saisissement.

Ce spectacle morbide me rendait malade, j'avais hâte qu'il se termine. Morgan était un effroyable individu, qui pliait ces malheureux esprits à sa volonté grâce au pouvoir de Golgoth. Témoin de l'angoisse des vivants et des tourments des morts, je continuais d'entendre dans ma tête le tintement des pièces de monnaie tombant dans le plateau de cuivre.

Enfin, la cérémonie s'acheva. Les fidèles quittèrent la chapelle, et le portail se referma sourdement derrière eux, comme poussé encore une fois par une main invisible. Le froid se dissipait peu à peu.

Morgan ne sortit pas tout de suite du confessionnal ; quand il se montra, son front était couvert de sueur.

Il s'approcha de moi en ricanant :

– Comment va mon père ? Le vieux fou a-t-il apprécié la balade jusqu'à la ferme de Platt ? Je lui ai joué un bon tour, hein ?

– M. Gregory n'est pas votre père, répliquai-je calmement. Votre vrai père se nommait Edwin Furner, et il était tanneur.

Bien qu'encore tremblant, je me redressai et continuai :

– Tout le monde connaît la vérité. Vous seul la refusez. Vous ne savez que débiter mensonge sur mensonge. Allez donc à Adlington et interrogez les gens ! Interrogez la sœur de votre mère – elle habite toujours là. S'ils confirment votre version des faits, alors peut-être commencerai-je à vous écouter. Pourtant, je doute qu'ils le fassent. Vous êtes passé maître dans l'art de tromper. Vous avez tant menti que vous finissez par croire à vos propres chimères !

Livide de rage, Morgan me décocha un coup violent. Je ne pus l'esquiver, je n'avais plus de réflexes. Son poing me frappa de nouveau en pleine tempe. Je fus projeté en arrière, et ma tête heurta rudement le mur de pierre.

Cette fois, je ne perdis pas connaissance. Morgan me saisit par le col et me remit sur mes pieds. Je sentis dans ma bouche le goût du sang ; un de mes yeux était à demi fermé, la paupière si enflée que j'y voyais à peine.

Ce que je lus sur le visage qui se penchait sur moi ne me dit rien qui vaille. Ce rictus mauvais, ce regard dément évoquaient plus le mufle d'une bête sauvage que la face d'un être humain.

19
Le Quignon de Pain

— Je t'ai donné une chance, et tu l'as laissée échapper. Je te réserve donc pour un autre usage ; et, si ça ne te plaît pas, tant pis pour toi ! Tiens, prends ceci ! rugit Morgan en me tendant un objet.

C'était une pelle. À peine l'avais-je empoignée qu'il me chargeait d'un sac si lourd qu'il dut m'aider à le balancer sur mon épaule. Puis il me poussa vers la porte. Je me retrouvai dehors, dans le froid. Je frissonnai, titubant sous le poids de mon fardeau, trop malade et trop affaibli pour m'enfuir. L'aurais-je fait, d'ailleurs, qu'il m'aurait rattrapé aussitôt, et je n'y aurais gagné qu'une volée de coups. Le vent soufflait du nord, de lourds nuages occultaient par instants les étoiles. Il allait recommencer à neiger.

D'une bourrade, Morgan m'obligea à avancer et me suivit, une lanterne à la main. Nous escaladâmes une pente enneigée, laissant derrière nous les derniers arbres éparpillés sur la lande dénudée. Je m'efforçai de garder le rythme ; dès que je ralentissais, je recevais une autre bourrade.

Soudain, mon pied dérapa, et dans ma chute je lâchai le sac. Morgan me rossa si violemment que je repris la marche terrorisé à l'idée de tomber de nouveau. Au bout d'un moment, je perdis toute notion du temps.

Enfin, nous arrivâmes sur les hauteurs de la lande. À quelque distance de là se dressait une butte trop ronde et trop lisse pour être naturelle. Couverte de neige, elle scintillait à la lumière intermittente de la lune. Alors, je la reconnus : c'était le Quignon de Pain.

Morgan me poussa encore sur une centaine de mètres, jusqu'à un petit rocher. Là, il compta dix pas vers le sud. Je me demandai quelles seraient mes chances si je l'assommais d'un coup de pelle et partais en courant. J'abandonnai vite cette idée : il était bien plus grand et bien plus fort que moi, surtout dans l'état d'épuisement où j'étais.

– Creuse ici ! m'ordonna-t-il en désignant un point sur la neige.

Je m'exécutai, et dégageai bientôt la terre noire. Le sol était gelé, ce qui rendait la tâche lente et pénible. Étais-je en train de préparer ma propre tombe ?

J'avais à peine atteint un pied de profondeur que ma bêche heurta de la pierre.

– Bien des fous ont troué cette butte, année après année, me dit Morgan en désignant le Quignon de Pain, mais aucun n'a trouvé ce que j'ai trouvé. Il existe une chambre funéraire, au cœur du tumulus, dont l'entrée n'est pas là où on pourrait le supposer. La dernière fois que j'y suis descendu, c'était la nuit où ma mère est morte. Depuis tout ce temps, j'ai essayé de récupérer mon livre. Déterre cette pierre, maintenant ! Le travail est loin d'être terminé...

La terreur me saisit : Morgan avait-il l'intention d'invoquer Golgoth cette nuit même ? Néanmoins, j'obéis. Lorsque j'eus terminé, il me prit la pelle des mains et s'en servit comme d'un levier pour soulever et renverser la dalle. Cela lui coûta beaucoup de temps et d'efforts. Avant qu'il y ait réussi, la neige avait recommencé à tomber ; le vent soufflait en rafales. Un autre blizzard s'annonçait.

Morgan leva sa lanterne au-dessus du trou, et j'aperçus des marches s'enfonçant dans l'obscurité.

– Descends ! gronda-t-il en me menaçant du poing.

Après un bref mouvement de recul, j'obtempérai. Je progressais avec précaution dans la lumière de la lanterne, gardant difficilement mon équilibre à cause du poids du sac. Je comptai dix marches. Arrivé en bas, je découvris un passage étroit. Morgan, resté en haut de l'escalier, s'escrimait à tirer la dalle sur l'ouverture. Je pensai d'abord qu'il n'y réussirait pas ; elle finit pourtant par se remettre en place avec un bruit sourd, nous enfermant tous deux dans ce tombeau. Portant la lanterne d'une main et la pelle de l'autre, il me rejoignit et m'obligea à avancer.

La lumière projetait mon ombre devant moi. La galerie était étayée par des poutres. À un endroit, l'une d'elles s'était affaissée, obstruant à demi le passage. Je dus poser le sac, me faufiler péniblement dans l'étroit conduit, puis tirer mon fardeau. L'état des lieux me mettait les nerfs en pelote. Si la voûte s'écroulait, nous serions enterrés vivants ! Je sentais la terre peser au-dessus de ma tête.

Enfin, le tunnel déboucha sur une grande salle ovale. Elle avait les dimensions d'une église de bonne taille ; les murs et la voûte étaient en pierre. Quant au sol, il était stupéfiant : des centaines et des centaines de petits carreaux de marbre multicolores formaient une mosaïque aux motifs compliqués, représentant tous les monstres imaginables. On y voyait des créatures fabuleuses, comme dans les Bestiaires que j'avais feuilletés dans la bibliothèque de l'Épouvanteur. Les autres semblaient sortis d'un effroyable cauchemar : des hybrides grotesques, mi-hommes mi-bêtes ; des vers géants aux corps serpentins et aux gueules voraces ; un basilic, ce serpent à pattes au regard meurtrier. Chacune de ces bêtes méritait l'attention ; mais quelque chose d'autre attira immédiatement mon regard...

Au centre de la mosaïque, faite de petites pierres noires, il y avait une grande étoile à cinq branches, enfermée dans trois larges cercles concentriques. Et je sus que mes pires craintes se confirmaient.

Ce pentacle avait été tracé par les premiers hommes venus à Anglezarke pour faire apparaître Golgoth. Et Morgan s'apprêtait à l'utiliser !

Apparemment, le nécromancien connaissait exactement la marche à suivre. Il me mit aussitôt à l'ouvrage, m'ordonnant de nettoyer le sol, en particulier la partie centrale de la mosaïque.

– Il ne doit pas rester un seul grain de poussière, dit-il ; cela pourrait tout faire rater.

Je n'eus pas besoin d'explication ; j'avais déjà compris : il allait mettre en œuvre le rituel le plus redoutable du grimoire. Il allait évoquer Golgoth, à l'abri du pentacle. La propreté était donc primordiale, la moindre saleté amoindrirait nos défenses.

Il y avait plusieurs baquets, dans un coin de la salle, et l'un d'eux contenait du sel. Dans le sac que j'avais transporté, parmi divers objets – dont le grimoire –, je trouvai une bonbonne d'eau et des chiffons. Muni d'un chiffon humide, je dus récurer la mosaïque avec du sel, puis la rincer soigneusement, jusqu'à ce que Morgan se déclare satisfait.

Cela me prit des heures, à ce qu'il me sembla. De temps à autre, je jetais un coup d'œil autour de moi, essayant de découvrir n'importe quel objet avec lequel assommer Morgan. Il avait probablement laissé la pelle dans le tunnel, car je ne la vis nulle part. Je ne repérai rien d'autre qui pût faire office d'arme. Je remarquai en revanche un gros anneau de fer, comme ceux que l'on utilise pour attacher un animal, scellé dans le mur, près du sol. J'ignorais à quoi il était destiné.

Le nettoyage terminé, Morgan me saisit soudain par le bras. Il me traîna jusqu'au mur, me lia étroitement les mains dans le dos et noua le bout de la corde à l'anneau. Puis il commença ses préparatifs. Un spasme de terreur me tordit l'estomac. Morgan s'apprêtait à célébrer le rituel depuis le pentacle, me laissant à la merci de ce qui surgirait de l'obscur. Serais-je la victime de quelque sacrifice ? Était-ce à cela que servait l'anneau ? Je me souvins du chien de la ferme, qui était mort de peur...

Morgan sortit du sac cinq gros cierges noirs, qu'il plaça à chaque pointe de l'étoile. Il ouvrit le grimoire et, en allumant chaque cierge, y lut une brève incantation. Puis il s'assit, jambes croisées, à l'intérieur du pentacle. Gardant le livre ouvert, il me regarda :

– Sais-tu quel jour nous sommes ?

– Un mardi.

– Quelle date ?

Comme je restais silencieux, il répondit à ma place :

– Le vingt et un décembre. Le solstice d'hiver. À partir de demain, les jours commenceront à s'allonger. Ce sera une longue nuit, la plus longue de l'année. Quand elle s'achèvera, seul l'un de nous quittera cette salle. Je vais évoquer Golgoth, le plus puissant des Anciens Dieux, en ce lieu où le faisaient nos ancêtres. Ce tumulus est situé à un carrefour très puissant : cinq leys se croisent au centre du pentacle où je me tiens.

– C'est insensé de réveiller Golgoth ! m'écriai-je. L'hiver s'installera sur le pays pour des années et des années !

– Et alors ? L'hiver est ma saison préférée.

– Mais plus rien ne poussera ! Les gens mourront de faim !

– Les faibles meurent toujours, répliqua Morgan. Les forts héritent de la Terre. Le rituel obligera

Golgoth à m'obéir. Il sera entravé ici même. Je ne le relâcherai qu'après avoir obtenu ce que je veux.

– Et que voulez-vous ? Qu'est-ce qui vaut de faire souffrir tant d'innocents ?

– Le pouvoir ! Celui que Golgoth peut me conférer. Que désirer d'autre ? Imagine ! Geler le sang d'un homme dans ses veines ! Tuer d'un seul regard ! Tous me craindront ! Et, dans les profondeurs d'un hiver glacé, qui saura que j'ai pris une vie ? Qui sera capable de le prouver ? John Gregory sera le deuxième à mourir, mais non le dernier.

Morgan rit doucement :

– Tu es l'appât qui va attirer Golgoth jusqu'à moi. Je me suis servi d'un chien, la dernière fois ; un humain, c'est mieux. Golgoth absorbera l'étincelle de vie qui est en toi et l'ajoutera à la sienne. Il absorbera aussi ton âme. Ton âme et ton corps seront aspirés en un instant.

M'efforçant de ne pas me laisser impressionner par ces paroles, je cherchai à introduire le doute dans son esprit :

– Êtes-vous si sûr que ce pentacle vous protégera ? Un rituel doit être accompli avec une parfaite exactitude. Un seul mot mal prononcé, et ni vous ni moi ne sortirons d'ici. Nous serons détruits tous les deux.

– De qui tiens-tu ça ? railla-t-il. De ce vieux fou de Gregory ? Oui, c'est ce qu'il doit dire. Sais-tu pourquoi ? Parce qu'il n'a pas le cran d'entreprendre quoi que ce soit de vraiment grand ! Il ne sait que contraindre des apprentis crédules à creuser des fosses et à les reboucher ! Pendant des années, il a tout fait pour m'éloigner de ceci. Il m'a même fait jurer à ma mère que je ne tenterais plus d'accomplir le rituel. Par amour pour elle, j'ai tenu ma promesse, jusqu'à ce que sa mort me délie. J'ai récupéré ce qui m'appartient. Le vieux Gregory est mon ennemi !

– Pourquoi le détestez-vous autant ? demandai-je. Vous a-t-il jamais blessé ? Il n'agit que pour le bien de tous. C'est un homme généreux. Il a aidé votre mère quand votre vrai père l'a quittée. Il vous a pris comme apprenti et, alors même que vous vous tourniez vers l'obscur, il vous a épargné le sort que vous méritiez ! Les sorcières, il les enferme vivantes dans une fosse. Or la plus maléfique d'entre elles n'est pas pire que vous !

– Il aurait pu me traiter de la sorte, c'est vrai, reconnut Morgan avec un calme inquiétant. Je suis né avec un éclat d'obscurité dans l'âme. Il a grandi et grandi, jusqu'à me rendre tel que tu me vois aujourd'hui. Et l'obscurité hait la lumière, il en a toujours été ainsi. Le vieux Gregory est mon ennemi, parce qu'il est un serviteur de la lumière. Moi, désormais, j'appartiens tout entier à l'obscur.

– Non ! criai-je. C'est faux ! Vous avez encore le choix ! Vous aimiez votre mère, vous êtes capable d'amour ! Vous n'êtes pas obligé de céder à l'obscur, ne le voyez-vous pas ? Il n'est jamais trop tard pour changer !

– Épargne ta salive ! aboya Morgan. Assez parlé ! Il est temps de commencer le rituel...

Le silence s'abattit sur le caveau, et pendant un long moment je n'entendis plus que le battement de mon cœur. Puis Morgan se mit à psalmodier dans une langue mystérieuse. Son débit monotone, *crescendo* et *decrescendo*, me rappelait la façon dont certains prêtres récitent les prières devant une assemblée. Cela durait, durait ; rien ne se passait. Je commençais à penser que le rituel ne fonctionnerait pas, ou que Morgan commettrait une erreur qui empêcherait Golgoth de se manifester.

Soudain, je perçus un changement dans l'atmosphère : il faisait de plus en plus froid, comme si quelque chose d'énorme s'approchait, qui venait de très loin.

Je mesurai mes chances d'être secouru. J'arrivai à la conclusion qu'elles étaient nulles. Personne ne connaissait l'entrée du tunnel. Pendant que je creusais pour dégager la dalle, la tempête avait forci ; la neige avait déjà dû tout recouvrir. Certes, l'Épouvanteur s'inquiéterait. Mais s'alarmerait-il au point de se lancer à ma recherche par un temps pareil ? S'il venait à la boutique d'Andrew, Alice lui parlerait de la chapelle. S'il s'y rendait, y trouverait-il mon bâton ? Il était resté quelque part devant le cimetière, là où je l'avais laissé tomber quand Morgan m'avait surpris ; il était enseveli sous la neige, à présent.

Je découvris que je pouvais bouger un peu la main. Arriverais-je à détendre assez la corde pour me libérer ? Je m'y efforçai, tirant sur mes poignets et remuant les doigts. Morgan ne s'apercevait de rien, trop occupé à ses incantations. Bientôt, de nouvelles ombres s'étendirent dans la pièce, qui n'étaient pas dues à la lumière des cinq cierges. Certaines évoquaient une fumée noire, d'autres une brume blanche ou grise. Elles ondulaient à la circonférence du pentacle, comme si elles essayaient de s'y introduire.

Qu'est-ce que c'était ? Des âmes errantes, envoûtées par le rituel et amenées ici contre leur volonté ? Les esprits des morts enterrés dans le tumulus ? Les deux hypothèses étaient vraisemblables, car le rituel était puissant. Morgan était protégé, mais que se passerait-il si ces êtres venus de l'au-delà remarquaient ma présence ?

À peine ces pensées avaient-elles pénétré ma conscience que des murmures montèrent autour de moi. Si je ne saisissais pas leur signification, certains mots se détachaient. J'entendis deux fois le mot *sang*, puis *os* ; et enfin, très clairement, mon nom de famille : *Ward*.

Je fus pris d'un tremblement incontrôlable. Une panique m'envahissait, que je contenais de mon mieux : l'Épouvanteur m'avait enseigné que l'obscur se nourrissait d'effroi. La première étape pour le vaincre était de dominer ses propres peurs. Je m'y efforçai donc, mais c'était difficile, car je ne disposais d'aucune de mes armes habituelles. Je n'étais pas debout, mon bâton de sorbier en main, les poches pleines de sel et de limaille de fer. J'étais entravé, réduit à l'impuissance, tandis que Morgan célébrait le plus puissant rituel qu'aucun mage eût tenté avant lui. J'étais partie intégrante de ce rituel, j'étais l'étincelle de vie offerte à Golgoth pour l'attirer en ce lieu. Et, à en croire Morgan, le Seigneur de l'Hiver s'emparerait de ma vie et de mon âme. J'avais toujours eu la conviction qu'il existait une vie après la mort. Me serait-elle refusée ? L'âme elle-même pouvait-elle être détruite ?

Les chuchotements se turent peu à peu, les ombres se résorbèrent, et la salle me parut se réchauffer légèrement. Mes tremblements s'apaisèrent ; je lâchai un soupir de soulagement. Morgan psalmodiait interminablement, tournant une à une les pages maudites. Je me remis à espérer qu'il avait commis quelque erreur et qu'il allait échouer. Je compris vite que je me trompais.

Le froid revint, les spectres de fumée se tordirent de nouveau à la circonférence du pentacle. Cette fois, je reconnus l'un d'eux : c'était Eveline, avec ses grands yeux emplis de douleur.

Les chuchotements reprirent, chargés d'une haine presque palpable. Des formes floues tourbillonnaient si près de ma tête que je sentais leur hideuse caresse sur ma peau. La menace se précisa bientôt : des doigts invisibles me tiraient les cheveux, me pinçaient le cou et les joues. Mes narines furent assaillies par une haleine puante et glacée.

Et cela continua ainsi, heure après heure, tout au long de la plus longue nuit de l'année. Le rituel se déroulait, alternant de courtes périodes de calme et d'atroces moments d'angoisse, telles les vagues d'une effroyable marée. Chacune était plus forte, plus sauvage que la précédente, chacune s'écrasait plus loin sur le rivage. Et le tumulte grandissait. Des voix me hurlaient aux oreilles, des traînées de lumière pourpre couraient autour du pentacle. Après des heures de psalmodies, Morgan réussit enfin ce qu'il avait entrepris.

Golgoth obéit à l'invocation.

20
Golgoth

Pendant d'interminables, épouvantables minutes, j'entendis Golgoth approcher. Le sol tremblait comme si un géant furieux montait vers nous depuis les entrailles de la Terre. Dans son désir forcené de surgir dans cette salle, il déchirait le roc de ses griffes monstrueuses. À la place de Morgan, j'aurais été incapable d'articuler un mot de plus, car il était insensé de poursuivre ! Or, le sorcier continuait de lire dans le grimoire. Il s'abandonnait à l'obscur, déterminé à assouvir sa soif de pouvoir, quel que fût le prix à payer.

En dépit des trépidations qui agitaient les tréfonds du sol, je ne sentais plus le moindre courant d'air. Cependant, les flammes des cinq cierges noirs commencèrent à vaciller, menaçant de s'éteindre. Je me demandai quelle importance ils avaient dans le rituel. Étaient-ils une composante essentielle du pentacle de protection ? Cela paraissait vraisemblable. S'ils étaient soufflés, Morgan ne serait pas plus en sécurité que moi. Les flammes tremblotèrent plus fort sans qu'il montre le moindre signe d'inquiétude. Totalement absorbé par la psalmodie, il ignorait le danger.

Il y eut une violente secousse, accompagnée de bruits sourds. Tant de spectres étaient à présent agglutinés autour du pentacle qu'ils formaient une tournoyante brume grisâtre, où aucune forme n'était plus reconnaissable. Ce tourbillon d'énergie se pressait contre la barrière invisible qui délimitait le périmètre du pentacle, prêt à y pénétrer à la première occasion.

Quelques secondes de plus, et cela se serait produit, j'en suis sûr. Mais quelque chose balaya les spectres hors de la salle, les renvoyant probablement dans les limbes, d'où ils étaient sortis. Une pluie de petites pierres tomba de la voûte, tandis qu'un rugissement mêlé à une cacophonie de grincements et de craquements émanait du tunnel qui nous avait amenés dans la salle. Son plafond s'écroula dans une avalanche de terre, soulevant un nuage de poussière et de débris. Le passage était bloqué ; j'étais pris au piège pour l'éternité.

À cet instant, j'aurais presque accueilli la mort avec soulagement : au moins, mon âme survivrait ! Maintenant, Golgoth allait surgir, me détruisant, corps et âme. Je serais effacé à jamais du monde des vivants comme de celui des morts. Une convulsion d'effroi me secoua tout entier.

Soudain, Morgan cessa son incantation. Il se redressa, les jambes vacillantes, et laissa tomber le grimoire. Les yeux agrandis par la peur, il esquissa un pas dans ma direction. Il ouvrit la bouche, et je crus qu'il allait crier ou m'appeler. Je compris après coup qu'il tentait simplement de respirer.

Car ses poumons étaient déjà congelés. Le pas qu'il fit fut son dernier. Je le vis se pétrifier devant moi, se recouvrir de la tête aux pieds d'une blanche carapace de gel. Puis il bascula et, à l'instant où son front, ses bras et ses épaules heurtèrent le sol, il se brisa telle une stalactite de glace. Pas une goutte de sang ne se répandit ; son sang aussi s'était figé dans ses veines. Il était mort. Mort et anéanti.

Sans doute avait-il commis une erreur dans la récitation du rituel, et Golgoth s'était matérialisé à l'intérieur du pentacle, tuant le nécromancien sur place. Je devinais sa sinistre présence dans les trois cercles concentriques où il était emprisonné.

Malgré la lumière des cierges, je ne le voyais pas distinctement, mais je savais qu'il était là. Je sentais sur moi son regard hostile et glacé ; j'éprouvais son désir désespéré de s'échapper. Une fois libre, il pourrait imposer sa volonté à tout le Comté, le plonger pour des décennies dans un hiver sans fin. Les flammes des cierges dansaient, comme si un souffle invisible s'efforçait de les éteindre. Et j'étais retenu à l'anneau de fer, attendant mon destin.

Golgoth s'adressa alors à moi :

« Un fou gît, mort, à mes pieds. Es-tu un fou, toi aussi ? »

La voix emplit toute la salle, se répercutant longuement d'un mur à l'autre, telle une rafale de vent balayant les hauteurs d'Anglezarke.

Je restai muet. La voix reprit, plus basse, pareille au bruit d'une râpe sur une pièce de métal :

« As-tu une langue, mortel ? Parle, ou je te congèle et te brise, toi aussi ! »

– Je ne suis pas un fou, répondis-je, mes dents claquant autant de froid que de peur.

« Je suis heureux de te l'entendre dire. Car, si tu as un tant soit peu de sagesse, avant que cette nuit s'achève je t'aurai mis au-dessus de tous les habitants de cette Terre. »

– Je suis bien là où je suis, répliquai-je.

« Sans mon aide, tu vas périr ici. Est-ce donc la mort que tu désires ? »

Je ne répondis pas.

« La seule chose que je te demande, c'est d'ôter un

cierge du cercle. Un seul. Fais cela, et je serai libre. Fais cela, et tu vivras. »

Attaché comme je l'étais, à plusieurs pieds du chandelier le plus proche, je n'aurais pu obéir. Et, à supposer que cela eût été possible, je n'aurais pas bougé. Je ne pouvais sauver ma vie aux dépens de la souffrance de milliers d'habitants du Comté.

– Non ! dis-je. Je ne le ferai pas.

« *Même emprisonné ici, je peux t'atteindre. Je vais te montrer…* »

Un froid intense irradia du pentacle ; la mosaïque se couvrit de givre. Un frisson glacé parcourut ma chair. Je me rappelai le conseil que m'avait donné Meg le jour où je partais chez moi : « Habille-toi chaudement ! Le gel pourrait te casser les doigts. »

Le froid envahissait mon dos et mes mains. La corde qui me sciait les poignets empêchait mon sang de circuler ; j'imaginai mes doigts noircis, devenus fragiles comme du verre, prêts à se briser telles des brindilles de bois mort. J'ouvris la bouche pour crier, et l'air que j'inspirai me brûla la gorge.

Soudain, je tombai sur le côté : l'anneau de fer s'était brisé. Golgoth l'avait détruit pour me libérer, afin que j'accède à sa demande. Il me parla encore, et sa voix me parut affaiblie :

« *Ôte un cierge, un seul ! Fais-le maintenant, ou je prendrai plus que ta vie : je t'enlèverai aussi ton âme.* »

Ces paroles firent courir en moi un frisson pire que celui provoqué par le froid de l'anneau. Morgan avait dit vrai ; mon âme était en péril. Pour la sauver, je devais obéir.

Bien que mes mains engourdies fussent toujours liées dans mon dos, j'aurais pu me lever, avancer jusqu'au cierge le plus proche et le repousser d'un coup de pied. Je me représentai les conséquences de cet acte : le pire hiver qu'eût connu le Comté tuerait d'abord les vieillards et les enfants. Les bébés mourraient dans leur berceau. Plus rien ne pousserait dans les champs, il n'y aurait pas de récoltes. On ne nourrirait plus les troupeaux, la famine ferait périr des milliers de gens. Et ce serait ma faute !

Renverser un cierge sauverait ma vie, et peut-être mon âme. Mais le Comté avant tout ! J'eus une pensée pour ma mère ; à supposer que je la revoie un jour, comment oserais-je la regarder encore dans les yeux si je libérais Golgoth ? Elle aurait honte de moi, et ça, je ne le supporterais pas. Quoi qu'il en coûtât, je devais faire ce qui était juste. Plutôt me perdre dans le néant que vivre ce cauchemar !

– Je ne vous libérerai pas, dis-je à Golgoth. Je préfère mourir.

« Eh bien, meurs, stupide créature ! »

Aussitôt, le froid s'empara de moi. Mon corps peu à peu s'engourdit. Je fermai les yeux et attendis la fin. Curieusement, la peur m'avait quitté. J'étais empli de résignation ; j'avais accepté mon sort.

Sans doute m'étais-je évanoui, car je ne me souviens plus de rien jusqu'au moment où je rouvris les yeux.

Tout était calme dans la chambre souterraine ; l'air s'était réchauffé. Golgoth n'était plus là. Mon soulagement fut immense. Mais pourquoi n'avait-il pas mis sa menace à exécution ?

Les cinq cierges brûlaient toujours, le pentacle était intact. À l'intérieur, une forme gisait, face contre terre. À son manteau, je reconnus Morgan. Les membres brisés du nécromancien dégelaient lentement. Autour de moi, le givre fondait, restituant leurs couleurs aux mosaïques du sol.

J'étais vivant ! Pour combien de temps ? Le piège s'était refermé sur moi. Bientôt, les cierges s'éteindraient, me plongeant dans les ténèbres éternelles.

Je me mis soudain à me contorsionner pour me libérer de la corde. Je voulais vivre ! La circulation revenait dans mes mains et mes bras, m'enfonçant des millions d'épingles sous la peau. Si j'arrivais à les dégager, je pourrais utiliser les cierges l'un après l'autre, cela me donnerait des heures de lumière. Je creuserais à mains nues pour déblayer la sortie. Cela valait le coup d'essayer. Aussi loin de la surface gelée, la terre devait être meuble, et le tunnel ne s'était sûrement pas éboulé sur toute sa longueur. Je finirais peut-être même par retrouver la pelle !

Ces pensées m'avaient rendu l'espoir. Cependant, la corde ne cédait pas, au contraire : mes efforts semblaient la resserrer davantage. Je me souvins de ce printemps, des mois plus tôt, où j'étais devenu l'apprenti de l'Épouvanteur. Lizzie l'Osseuse m'avait jeté, les mains liées, au fond d'une fosse. Elle avait l'intention de me tuer et de se servir de mes os pour ses sortilèges. Je m'étais débattu ; en vain. C'était Alice qui m'avait sauvé en me jetant un couteau. Alice ! Comme j'aurais aimé l'appeler à mon secours ! Hélas, j'étais seul, et personne ne savait où je me trouvais.

Au bout d'un moment, j'abandonnai ma lutte frénétique et inutile. Je m'assis par terre, dos au mur, fermai les yeux et rassemblai mes forces pour tenter un dernier effort. Tandis que ma respiration reprenait peu à peu son rythme normal, une idée me frappa : les cierges ! Je n'avais qu'à brûler mes liens à la flamme de l'un d'eux ! Pourquoi n'y avais-je pas pensé plus tôt ?

Je me redressai, plein d'espoir. J'avais une chance de m'échapper !

À cet instant, un bruit retentit, venant des éboulis.

L'Épouvanteur avait-il suivi ma trace ? Venait-il me délivrer ? Non, ce que j'entendais n'évoquait pas des coups de pelle. C'était plutôt des grattements. Un rat ?

Le bruit se fit plus fort. *Des* rats ? Une horde de rongeurs avait-elle élu domicile dans le tumulus ? Je frémis. Ces bêtes-là mangeaient n'importe quoi. On racontait même des histoires de nouveau-nés dévorés dans leur berceau. Avaient-ils flairé la chair humaine ? Étaient-ils attirés par les restes de Morgan ? Et après ? Se jetteraient-ils sur moi sans attendre que je sois mort ?

Ça se rapprochait... On creusait dans le tunnel. Quelque chose se frayait un chemin à travers les éboulis. Quoi ?

Aussi fasciné que terrifié, je vis un trou se former à mi-hauteur entre la voûte et le sol. Un peu de terre se détacha et tomba sur la mosaïque. Un courant d'air bouscula les flammes des cierges, et des mains apparurent.

Ce n'étaient pas des mains humaines. Les longs doigts n'étaient pas terminés par des ongles, mais par des griffes recourbées. Une créature se frayait un chemin vers la chambre souterraine. Avant même que la tête apparaisse, je savais qui allait surgir.

La lamia sauvage avait réussi à s'échapper de la cave de l'Épouvanteur. Marcia Skelton venait s'abreuver de mon sang.

21
Pris au piège

La lamia s'extirpa du trou et sauta. Elle renifla à plusieurs reprises, sans s'intéresser à moi. À quatre pattes, tête baissée, ses griffes éraflant le marbre, ses longs cheveux gris traînant sur le sol, elle rampa jusqu'au bord du pentacle. Là, elle s'arrêta et renifla de nouveau en contemplant ce qui restait de Morgan.

Je me tins parfaitement immobile, osant à peine croire qu'elle ne se fût pas déjà jetée sur moi. La mort de Morgan avait beau être récente, j'étais persuadé qu'elle préférerait le sang d'un vivant.

J'entendis alors un nouveau bruit en provenance du tunnel. Quelqu'un d'autre approchait...

Deux mains apparurent, des mains humaines, cette fois, suivies d'une tête. Ces hautes pommettes, ces beaux yeux brillants, ces cheveux d'argent... Meg était là !

Elle se dégagea, secoua la terre de ses vêtements et marcha droit sur moi. Elle avait dû laisser ses souliers pointus à l'extérieur, mais le tapotement de ses pieds nus me terrifia. Je comprenais pourquoi la lamia sauvage s'était tenue à distance : Meg me voulait pour elle seule. Après ce que je lui avais fait, je n'espérais aucune pitié.

Elle s'agenouilla devant moi, un sourire sinistre sur les lèvres.

– Te voilà à un battement de cœur de la mort, dit-elle.

Elle ouvrit la bouche ; je vis ses dents blanches prêtes à me déchirer. Son haleine m'effleura le visage, et je me mis à trembler. Alors, elle me poussa sur le côté, se pencha et mordit... dans la corde qui me liait les mains !

– Peu d'humains ont approché à ce point une sorcière lamia sans le payer de leur vie, déclara-t-elle en se redressant. Tu as de la chance !

Je la fixai, ébahi, sans forces, incapable de bouger.

– Debout, petit ! ordonna-t-elle. Nous n'avons pas toute la nuit. John Gregory t'attend. Il est curieux de t'entendre conter tes aventures !

Je me relevai avec difficulté. Je me sentais si faible et si nauséeux que je craignais de m'évanouir. Pourquoi venait-elle à ma rescousse ? Que s'était-il passé entre l'Épouvanteur et elle ? Il lui avait porté à manger ; ils avaient longuement parlé. Était-elle ici à la demande de mon maître ? S'étaient-ils réconciliés ?

– Prends le grimoire ! lança-t-elle en désignant le pentacle. Ni moi ni Marcia ne pouvons franchir ce cercle.

Je m'avançai et me figeai en découvrant le livre : il baignait dans une mare de sang. Je n'osais pas y toucher ; de toute façon, il était trop endommagé. Puis mon regard tomba sur le cadavre démembré, et mon estomac se contracta. Je fermai les yeux, m'efforçant de chasser l'horrible image de mon esprit. Je ne voulais pas la voir revenir dans mes cauchemars.

Meg éleva la voix :

– Fais ce que je te dis ! N'abandonne pas ce livre ici au risque que quelqu'un d'autre s'en empare un jour. John Gregory ne te le pardonnerait pas.

J'obéis donc, et entrai dans le pentacle. Je ramassai le grimoire trempé et poisseux. L'odeur fade du sang me souleva le cœur. Luttant contre la nausée, je sortis du cercle, attrapant au passage l'un des grands cierges. Repartir dans le noir en compagnie de deux sorcières lamias ne me disait rien qui vaille...

Mon geste avait probablement brisé le pouvoir du pentacle, et je pensai que Marcia allait en profiter pour y pénétrer et se restaurer. Or, après avoir brièvement flairé les morceaux de chair répandus, elle se détourna.

Meg ouvrit la route. Je lui emboîtai le pas, Marcia me suivit. J'aurais préféré ne pas la savoir sur mes talons...

Après avoir rampé dans les éboulis, nous reprîmes le tunnel et débouchâmes en haut de l'escalier, dans la pâle lumière qui précède l'aube. Le blizzard avait cessé ; de légers flocons voltigeaient encore. L'Épouvanteur nous attendait dehors. Quand il me vit, il me donna la main. Je la saisis, lâchant le cierge noir. Mon maître me tira en haut des dernières marches. La lamia sauvage sortit derrière moi, pataugeant dans la neige.

Je fis mine de parler, mais John Gregory posa un doigt sur ses lèvres pour m'intimer l'ordre de me taire :

– Chaque chose en son temps, petit ! Morgan est-il mort ?

Je fis signe que oui.

– Eh bien, que ce lieu soit sa sépulture !

À ces mots, il saisit le bord de la dalle, la bascula et la laissa retomber à sa place. Puis il s'agenouilla et, avec ses mains nues, la recouvrit de terre et de neige. Puis il se remit sur ses pieds :

– Donne-moi le livre, petit !

Je le lui tendis, soulagé de m'en débarrasser. L'Épouvanteur s'en saisit et examina la couverture. Lorsqu'il le glissa sous son bras, je vis que ses mains étaient couvertes de sang.

Avec un hochement de tête attristé, il reprit le chemin de la maison d'hiver, à travers la lande. Les deux lamias nous suivaient.

Dès notre retour, l'Épouvanteur me conduisit à la cuisine. Il versa du charbon sur le feu ; les flammes s'élevèrent. Il commença alors à préparer le petit déjeuner. Je lui offris mon aide ; il me fit signe de rester assis.

– Reprends des forces ! Tu as été mis à rude épreuve.

L'odeur des œufs frits et du pain grillé me réconforta. Meg et sa sœur étaient redescendues à la cave, mais je n'avais pas envie de parler d'elles. J'aimais mieux apprendre de mon maître ce qui s'était passé ici.

Nous fûmes bientôt attablés devant de généreuses portions d'œufs au plat. Ayant nettoyé mon assiette avec ma dernière bouchée de pain, je me sentis mieux et m'appuyai contre le dossier de ma chaise.

– Eh bien, es-tu ragaillardi, ou devons-nous repousser cette conversation ?

– Je préfère qu'elle ait lieu maintenant, dis-je.

Je savais que tout lui raconter me soulagerait. Cela m'aiderait à prendre de la distance.

– Alors, commence par le commencement, et ne néglige aucun détail !

C'est ce que je fis, lui rapportant comment Alice m'avait indiqué où trouver Morgan. Je terminai avec l'apparition de Golgoth, au moment culminant du rituel, et les menaces qu'il avait proférées contre moi après la mort du nécromancien.

– Morgan avait sans doute commis une erreur, conclus-je. Golgoth a surgi au centre du pentacle, et...

– Non, m'interrompit l'Épouvanteur en secouant tristement la tête. Il a récité les incantations mot pour mot. Le coupable, vois-tu, c'est moi. J'ai le sang de Morgan sur les mains.

– Que voulez-vous dire ? lâchai-je, interloqué. Je ne comprends pas.

– J'aurais dû l'empêcher de nuire il y a des années, après qu'il a tenté d'invoquer Golgoth pour la première fois. Morgan était dangereux, bien au-delà de ce qu'on pouvait imaginer. J'aurais dû l'enfermer au fond d'une fosse. Sa mère, Emily, m'a supplié de n'en rien faire. Elle voyait qu'il était rempli de haine et assoiffé de puissance, et croyait qu'il était ainsi parce qu'il n'avait pas eu de père. Je savais, moi, que ce n'était pas la raison. M. Hurst et moi avons été des pères pour lui. Non, ce qui lui manquait, c'était le courage et la persévérance nécessaires pour devenir épouvanteur et consacrer sa vie à une tâche qui rapporte peu d'honneurs. Mais le garçon me faisait pitié, et j'avais de l'affection pour sa mère. J'ai laissé mon cœur diriger ma tête. J'ai simplement mis fin à son apprentissage, au lieu de le punir. Je lui ai fait jurer, devant sa mère et moi, qu'il ne recommencerait jamais et qu'il n'essaierait pas de s'emparer du grimoire. Livré à lui-même, Morgan a recherché le pouvoir et la richesse par la nécromancie ; il s'est tourné vers l'obscur. Sûr que, chaque hiver, la tentation de célébrer le rituel le tourmenterait, je lui ai tendu un piège. Ce piège n'était censé fonctionner que s'il invoquait le Seigneur de l'Hiver.

– Un piège ? dis-je. Quel sorte de piège ?

– Il a toujours été paresseux, reprit l'Épouvanteur en se grattant la barbe, pensif. Son point faible était les langues étrangères. Il n'a jamais pu apprendre correctement le latin. Quant au reste, n'en parlons pas ! Au cours de sa troisième année d'apprentissage, il a commencé l'étude de l'Ancien Langage, que parlaient les premiers hommes venus s'installer dans le Comté ; ceux qui ont bâti le Quignon de Pain et qui rendaient un culte à Golgoth ; ceux qui ont écrit le grimoire. Il n'a pas été très loin. Il lisait à haute voix, mais ses connaissances souffraient de sérieuses lacunes. Je ne pouvais prendre aucun risque. Notre premier devoir est de protéger le Comté. Aussi, il y a quelques années, j'ai fait une copie du grimoire. J'ai détruit le texte original et inséré la nouvelle version dans l'ancienne couverture. J'y avais changé plusieurs mots pour rendre les différents rituels inutilisables. Toutefois, je n'en ai modifié qu'un seul dans le rituel d'invocation de Golgoth. J'ai remplacé *wioutan*, qui signifie « dehors », par *wiounnan*, qui signifie « dedans »...

– Voilà pourquoi Golgoth est apparu à l'intérieur du pentacle ! soufflai-je, stupéfait que l'Épouvanteur ait employé un tel stratagème, et qu'il ait gardé le secret si longtemps.

– Je n'avais pas confiance en Morgan, je lui ai donc tendu ce piège, au cas où... Contrefaire le grimoire a beaucoup tourmenté ma conscience, cependant, nous nous devons avant tout au Comté. Emily était au courant, mais elle avait foi en son fils. Pas moi. Elle espérait qu'il changerait et qu'il tiendrait sa promesse. Morgan savait où chercher le grimoire, ce qu'il a fini par faire, comme je m'y attendais. Sans son serment, il serait venu plus tôt. Dès que j'ai appris la mort de sa mère, j'ai craint le pire, et j'ai compris pourquoi il m'avait menacé à Chipenden...

Il y eut un nouveau silence. L'Épouvanteur se grattait toujours la barbe, perdu dans ses pensées.

– Qu'est-il arrivé dans la salle souterraine ? m'enquis-je enfin. Pourquoi Golgoth ne m'a-t-il pas tué ? Pourquoi a-t-il disparu ?

– Après son apparition, il ne peut demeurer dans le pentacle qu'un temps limité. À chaque minute, son pouvoir diminue. Au bout du compte, il est obligé de se retirer. Bien sûr, si tu l'avais laissé sortir, il en aurait été autrement. Il aurait parcouru le Comté en toute liberté, et nous aurions connu un hiver sans fin. Tu as bien agi, petit. Tu as fait ton devoir. Personne n'aurait pu te demander davantage.

– Comment m'avez-vous retrouvé ?

– Tu peux en remercier ton amie. Ne te voyant pas revenir, je suis allé chez Andrew. Alice m'a dit où tu étais parti. Elle voulait m'aider à te chercher, mais je ne tenais pas à avoir une fille dans les jambes. Il a presque fallu l'attacher à sa chaise pour l'empêcher de me suivre ! Quand je suis arrivé à la chapelle, elle était déserte ; le blizzard s'était levé, effaçant tous les indices. Une seule personne était capable de flairer ta trace dans ces conditions : Meg. Elle a mis la main sur ton bâton et m'a conduit jusqu'au tumulus. Elle a tout de suite repéré l'entrée du tunnel. Or, en soulevant la dalle, j'ai vu que le passage était bloqué. C'est Marcia qui a creusé. Tu dois ton salut à ces trois femmes.

– Trois sorcières…

L'Épouvanteur ignora la remarque.

– Alice restera cependant à la boutique d'Andrew, continua-t-il. Quant à Meg et à sa sœur, elles sont retournées à la cave, derrière la grille de fer, qui n'est plus fermée à clé...

– Alors, vous êtes réconcilié avec Meg ?

– Non, bien des choses ont changé depuis notre rencontre. J'aimerais revenir en arrière ; malheureusement, c'est impossible. Nous sommes convenus d'un arrangement. Je t'en dirai davantage après que tu te seras reposé.

– Et mon père ? Est-il en paix ?

– C'était un homme droit. À présent que la mort a brisé le pouvoir de Morgan, il n'a plus rien à craindre. Rien du tout.

L'Épouvanteur soupira :

– Personne ne sait avec certitude ce qui se passe après la mort. Si cela était, il n'y aurait pas tant de religions différentes, prétendant chacune détenir la vérité. À mon avis, peu importe la voie que tu choisis. Tant que tu mènes une vie honnête et que tu respectes la foi des autres, tu ne peux commettre de graves erreurs. C'est ce que ton père t'a enseigné. Ne te tourmente plus pour lui, il a trouvé le chemin de la lumière. Maintenant, assez discuté ! La nuit a été éprouvante. Va dormir quelques heures.

Je restai au lit beaucoup plus que quelques heures. Je fus pris d'une fièvre violente, et le médecin d'Adlington vint me visiter trois fois. Il me fallut une semaine pour trouver la force de descendre l'escalier ; encore passais-je une bonne partie de la journée enveloppé dans une couverture, devant la cheminée du bureau.

L'Épouvanteur ne me donnait que de courtes leçons. Une autre semaine s'écoula avant que je sois assez remis pour me rendre à Adlington et revoir Alice. Elle tenait la boutique, et, entre deux clients, nous eûmes le temps de bavarder.

Pendant ma maladie, l'Épouvanteur était venu plusieurs fois chez Andrew, et elle était au courant des principaux événements. Je lui racontai donc les détails, m'excusant une fois de plus de lui avoir caché tant de choses.

– En tout cas, Alice, je te remercie d'avoir dit à John Gregory que j'étais parti à la chapelle. Sinon, il ne m'aurait pas retrouvé, conclus-je en achevant mon récit.

– J'espère que, désormais, tu m'accorderas ta confiance, Tom, dit-elle. Tu aurais dû me parler de ce que Morgan faisait subir à ton père !

– Je suis désolé. Je ne te cacherai plus rien.

– Je n'aurai plus accès aux livres du vieux Gregory, n'est-ce pas ? Lui, il se défie toujours autant de moi.

– Sois patiente ! Son opinion est en train de changer.

– Pourtant, quand vous retournerez à Chipenden, au printemps, je devrai rester ici. Je voudrais tellement y aller avec vous… !

– Je croyais que tu te plaisais à la boutique, et avec Andrew.

– Vivre à Chipenden, c'est mieux. J'aime la grande maison et le jardin. Et puis, tu me manqueras, Tom.

– Toi aussi, tu me manqueras... Au moins, tu n'as pas à aller à Pendle ! Au prochain hiver, nous serons de retour, et je tâcherai de te rendre visite plus souvent.

Retrouvant sa bonne humeur, elle dit avec un sourire :

– Ça me fera plaisir.

Au moment où j'allais partir, elle s'enquit d'une chose :

– Le matin de votre départ pour Chipenden, pourrais-tu demander au vieux Gregory de m'emmener ?

– Je le ferai, bien que je me doute de sa réponse !

– Demande-lui tout de même ! Il ne t'arrachera pas les yeux pour autant, je suppose !

– D'accord, je lui poserai la question.

– Promis ?

– Promis !

Les promesses faites à Alice m'avaient valu de gros ennuis, quelques mois plus tôt, mais celle-ci ne portait pas à conséquence. Au pire, j'essuierais un refus.

22
Pour le mieux

L'hiver avait été rigoureux. Cependant, trois semaines après la mort de Morgan, il y eut un redoux, et le dégel commença. Cela permit à Shanks de nous livrer enfin des provisions. Je l'aidai à décharger, comme d'habitude. Quand il repartit, l'Épouvanteur l'accompagna un bout de chemin, et ils eurent une longue conversation.

Quelques jours plus tard, juste après le petit déjeuner, Shanks revint pour nous livrer un cercueil. Le petit poney titubait sous son fardeau. Nous le déposâmes à terre avec précaution. Il était plus large qu'un cercueil ordinaire, et je n'en avais jamais vu d'une aussi belle facture. Il était fait d'un beau bois sombre et poli, et muni sur chaque côté de deux poignées en cuivre.

Lorsque Shanks fut à bonne distance, j'interrogeai mon maître :

– À quoi va-t-il servir ?

– Réfléchis ! fit-il en se tapotant le nez. Tu devrais trouver la réponse.

Ce n'est qu'à l'heure du déjeuner que mes soupçons se confirmèrent.

– Je vais m'absenter un moment, me dit l'Épouvanteur. Je pense que tu sauras te débrouiller.

Je savourais le ragoût de mouton, et me contentai de hocher la tête.

– Tu ne me demandes pas où je vais ?

– Accomplir quelque tâche d'épouvanteur, je suppose.

– Non, petit. Il s'agit d'une affaire de famille. Meg et sa sœur retournent chez elles. Elles vont prendre le bateau à Sunderland, et je tiens à m'assurer que leur voyage se déroule en toute sécurité.

Sunderland, situé au sud de Heysham, était le plus grand port du Comté. Des navires venant du monde entier remontaient à la voile la rivière Lune pour s'y ancrer.

C'était bien ce que j'avais deviné :

– Et Marcia sera enfermée dans le cercueil.

– Gagné ! fit l'Épouvanteur en souriant. Une bonne dose de tisane l'obligera à se tenir tranquille.

Autrement, elle ne pourrait embarquer sans affoler les autres passagers. Meg sera censée transporter le corps de sa sœur défunte, pour célébrer les funérailles dans son pays. Je les accompagnerai jusqu'au port. Nous voyagerons de nuit, bien sûr. Le jour, nous ferons halte dans une auberge, où Meg restera cachée derrière des rideaux bien tirés. Je serai triste de la voir partir, mais c'est la meilleure solution.

– Une fois, je vous ai entendu parler avec Meg d'un jardin. Était-ce celui de Chipenden ?

– Oui, petit. Le jardin ouest, tu t'en doutes. Nous avons passé des heures heureuses, assis sur le banc où je t'ai souvent donné tes leçons.

– Alors, pourquoi avoir emmené Meg à Anglezarke et l'avoir enfermée dans la cave ? Pourquoi lui avoir fait boire cette tisane d'oubli ?

– Ce qu'il y a entre Meg et moi ne te regarde pas ! répondit sèchement l'Épouvanteur.

Il me lança un regard sévère et, l'espace d'un instant, parut vraiment furieux. Poussé par la curiosité, j'étais allé trop loin.

Enfin, il soupira et secoua pensivement la tête :

– Meg est toujours une femme séduisante. Dans sa jeunesse, sa beauté était telle qu'elle faisait tourner la tête à tous les hommes. J'étais jaloux au dernier degré, et nous nous querellions sans cesse à ce propos. Elle a un caractère obstiné ; elle se fit bien des ennemis dans le Comté. Les gens apprirent à la craindre. Et la peur est mauvaise conseillère. Elle fut bientôt accusée de sorcellerie, et un rapport fut adressé aux autorités, à Caster. L'affaire était grave ; les gendarmes furent envoyés pour l'arrêter.

– N'aurait-elle pas été en sécurité dans votre maison de Chipenden ? Le gobelin aurait empêché toute intrusion.

– Certes, petit ! En tuant les gendarmes… Ces hommes ne faisaient que leur devoir, et je ne voulais pas avoir leur mort sur la conscience, en dépit de mon amour pour Meg. Je devais la cacher. Je descendis au village, et avec l'aide du forgeron, qui accepta de me servir de témoin, je réussis à convaincre l'officier de police qu'elle avait fui le Comté. Je l'ai donc conduite ici, l'obligeant à passer tous ses étés enfermée à la cave, et ses hivers confinée dans la maison. Sinon, elle se serait balancée au bout d'une corde – tu n'ignores pas qu'ils pendent les sorcières, à Caster. Une fois, il y a quelques années, elle s'est échappée et a semé la panique parmi les habitants. Pour apaiser tout le monde, j'ai dû promettre de la garder désormais au fond d'une fosse. C'est pourquoi Shanks a été si effrayé en la voyant. Quoi qu'il en soit, après tout ce temps, elle va retourner chez elle. Il y a des années que j'aurais dû m'y résigner, mais je ne supportais pas cette idée.

– C'est elle qui désire partir ?

– Elle sait que cela vaut mieux. D'ailleurs, Meg

n'a plus pour moi les sentiments que j'éprouve encore pour elle.

Mon maître me parut soudain plus vieux et plus triste que jamais. Il murmura :

– Elle va cruellement me manquer, petit. Seule sa présence rendait supportables les mois d'hiver dans cette maison...

Au coucher du soleil, je regardai l'Épouvanteur enfermer Marcia dans le cercueil. Lorsque la dernière vis fut solidement enfoncée dans le bois, je l'aidai à transporter la lourde boîte jusqu'au bas de la faille. Nous titubions sous la charge, nos pieds dérapant sur le sol boueux. Meg marchait derrière nous, portant ses bagages. Tandis que nous progressions vers la vallée assombrie par le crépuscule, il me semblait participer à de véritables funérailles.

John Gregory avait commandé une berline, qui nous attendait sur la route. À notre approche, les quatre chevaux bronchèrent, les narines dilatées ; le cocher eut du mal à les contenir. Il sauta à terre, l'air aussi nerveux que ses bêtes, s'avança vers mon maître et souleva sa casquette avec déférence. Ses bajoues tremblotaient ; on le sentait prêt à prendre la fuite à la première manifestation suspecte.

– Vous n'avez rien à craindre, lui affirma l'Épouvanteur. Comme promis, je vous paierai largement.

Tapotant le couvercle de bois, il ajouta :

– Maintenant, chargeons ceci !

Les deux hommes hissèrent le cercueil à l'arrière du véhicule et le fixèrent à l'aide de sangles. Pendant ce temps, Meg me tira par la manche ; un rictus dévoilait ses dents.

– Tu es un garçon dangereux, Tom, murmura-t-elle. Très dangereux. Tâche de ne pas te faire trop d'ennemis… !

Désemparé, je restai muet.

Elle se pencha et me souffla à l'oreille :

– Veux-tu faire une chose pour moi ?

Je hochai la tête, mal à l'aise.

Désignant mon maître d'un mouvement de menton, elle déclara :

– Il n'a pas le cœur aussi dur qu'on pourrait le supposer. Veille sur lui à ma place !

J'acquiesçai d'un clignement de paupières.

Lorsque l'Épouvanteur revint vers nous, elle le gratifia d'un sourire affectueux, qui me fit comprendre à quel point elle tenait encore à lui. Elle lui prit une main et la garda serrée dans les siennes. Il ouvrit la bouche comme pour dire quelque chose, mais, paralysé par l'émotion, il ne put prononcer un mot. Des larmes brillaient dans ses yeux.

Gêné, je m'éloignai de quelques pas. Je les entendis chuchoter un moment ; puis ils rejoignirent ensemble la voiture. Le cocher ouvrit la portière et salua Meg d'un signe de tête. L'Épouvanteur l'aida à grimper à l'intérieur. Après quoi, il revint vers moi.

– Nous partons, me dit-il. Retourne à la maison.

– Cela vous réconforterait-il si je vous accompagnais ?

– Non, petit. Merci de le proposer, mais je dois régler cela moi-même. Plus tard, quand tu auras pris de l'âge, tu comprendras. Je te souhaite cependant de ne jamais avoir à traverser une telle épreuve...

Je n'avais pas besoin d'être plus vieux pour comprendre. Je le revoyais avec Meg, dans la cuisine ; je revoyais cette larme roulant sur sa joue. Je savais ce qu'il ressentait. Je m'imaginais en train de dire adieu à Alice, dans de semblables circonstances. Serait-ce ainsi que les choses se termineraient entre elle et moi ?

L'Épouvanteur monta dans la voiture. À peine s'était-il assis près de Meg que le cocher faisait claquer son fouet. Les chevaux s'ébranlèrent. Le coche prit de la vitesse, roulant vers le nord, en direction de Sunderland, tandis que je reprenais lentement le chemin de la maison.

Une fois rentré, je fis réchauffer un reste de soupe et m'assis près du feu. Dehors, le vent s'était tu, et j'entendais chaque craquement de la vieille demeure. Le bois des planchers se dilatait, les marches grinçaient, une souris galopait derrière le mur. Il me semblait même percevoir, venu des profondeurs de la cave, au-delà de la grille de fer, le chuchotement des sorcières, les mortes et les vivantes, enfermées dans leur fosse.

Je pris alors conscience du chemin parcouru. J'étais là, seul dans cette grande maison dont le sous-sol recelait des êtres maléfiques, et je ne ressentais pas la moindre peur. J'étais l'apprenti de l'Épouvanteur ; au printemps, j'aurais achevé ma première année de formation. Encore quatre ans, et je serais épouvanteur à mon tour !

23
Retour à Chipenden

Un matin, dans les derniers jours d'avril, alors que j'allais puiser de l'eau au ruisseau, John Gregory me suivit dehors. Il leva le visage pour goûter la douce chaleur du soleil qui venait de surgir en haut de la faille. À l'arrière de la maison, les stalactites de glace suspendues à la falaise fondaient rapidement, formant des flaques sur les pavés.

– Voilà le printemps, petit, dit mon maître. Nous allons retourner à Chipenden.

Cela faisait plusieurs semaines que j'attendais cette phrase. Depuis qu'il était revenu, seul, de Sunderland, l'Épouvanteur était resté silencieux, comme retiré en lui-même, et la maison m'avait paru plus sombre et déprimante que jamais. J'avais grande hâte d'en partir.

Pendant plusieurs heures, je m'acquittai donc des tâches indispensables : nettoyer l'âtre des cheminées, laver les casseroles et ranger la vaisselle, afin de rendre notre installation moins pénible l'hiver prochain. Enfin, l'Épouvanteur tourna la clé dans la serrure et s'engagea à grands pas sur le sentier de la faille. Chargé, comme d'habitude, de nos deux sacs et de mon bâton, je marchai allégrement sur ses talons.

Je n'avais pas oublié ma promesse faite à Alice. J'attendais juste le bon moment pour poser la question. Je constatai alors que, au lieu de prendre la route la plus directe vers le nord, nous nous dirigions vers Adlington. Bien qu'il eut rendu visite à son frère la veille, je supposai que mon maître désirait lui dire au revoir. Je tergiversais encore, n'osant prononcer le nom de mon amie, quand nous arrivâmes devant la boutique.

Je fus surpris de voir Alice et Andrew s'avancer tous deux à notre rencontre. Alice portait un petit baluchon et semblait équipée pour un voyage. Elle souriait, visiblement impatiente.

– Je te souhaite un bel été prospère, Andrew, dit John Gregory avec chaleur. On se reverra en novembre !

– Qu'il en soit de même pour toi ! répondit le serrurier.

Après quoi, l'Épouvanteur fit demi-tour et se remit en marche. Au moment où je m'apprêtais à le suivre, Alice vint se placer à ma droite, un sourire jusqu'aux oreilles. Je la regardai, ébahi.

– Ah, j'ai oublié de te mettre au courant, petit, me lança mon maître par-dessus son épaule, Alice va demeurer avec nous à Chipenden, dans les mêmes conditions que précédemment. J'ai arrangé cela avec Andrew hier. Je préfère garder un œil sur elle.

– Bonne surprise, hein, Tom ? lança Alice, malicieuse. Tu es content ?

– Bien sûr que je suis content ! Je me réjouis que tu viennes avec nous. Je regrette seulement que M. Gregory ne m'en ait rien dit.

– Vraiment ? fit-elle en riant. Alors, tu sais maintenant ce qu'on ressent quand les gens gardent pour eux des choses qu'ils auraient dû te confier ! Que cela te serve de leçon !

Je ris avec elle. Elle pouvait se moquer, ça m'était bien égal. Si je lui avais parlé de mon intention de voler le grimoire, elle m'aurait probablement empêché de faire pareille bêtise. Mais toute cette affaire était terminée, nous marchions côte à côte. Nous repartions enfin à Chipenden !

Le lendemain m'apporta une autre surprise. La route de Chipenden passait à environ quatre miles de notre ferme. Je m'apprêtais à demander l'autorisation de faire le détour, quand l'Épouvanteur me devança :

– Je parie qu'une visite chez toi te ferait plaisir. Peut-être ta mère est-elle de retour. Si c'est le cas, elle espère sûrement te voir. Pendant ce temps, je vais continuer ma route. Je dois m'arrêter chez un chirurgien des environs.

– Un chirurgien ? Vous êtes malade ? m'écriai-je, inquiet.

– Non, mon garçon. Cet homme fait aussi office de dentiste. Il possède une belle collection de dents ; il en trouvera bien une qui me conviendra.

Il sourit largement, découvrant le trou laissé dans sa gencive par son combat avec le gobelin.

– Comment se les procure-t-il ? soufflai-je, horrifié. Il travaille avec des détrousseurs de cadavres ?

– Non, il les ramasse sur les anciens champs de bataille. Il va remplacer ma dent manquante, et je retrouverai mon visage d'avant. Il est également très habile dans la fabrication de boutons en os.

Mélancolique, il ajouta :

– Meg, qui cousait ses robes elle-même, était une de ses meilleures clientes.

Je fus content d'apprendre ça. Les boutons de la

lamia ne venaient donc pas des os de ses victimes, comme je l'avais supposé !

– Va, petit ! reprit mon maître. Et emmène la fille avec toi ; elle te tiendra compagnie sur le chemin du retour.

J'obéis avec joie. Je comprenais que l'Épouvanteur ne veuille pas s'encombrer d'Alice. Toutefois, je savais que j'aurais le problème habituel avec mon frère Jack : il ne la laisserait pas mettre un pied sur sa propriété. Le domaine de la Brasserie lui appartenant désormais, il ne servirait à rien de discuter.

Moins d'une heure plus tard, Alice et moi arrivions en vue de la ferme. Je remarquai alors une chose bizarre. Au-delà de la dernière clôture s'élevait la colline du Pendu. Un filet de fumée noire montait à son sommet. Quelqu'un avait allumé un feu. Qui ? Personne ne s'aventurait jamais par là. Beaucoup d'hommes avaient été pendus aux arbres de la colline lors de la guerre civile qui avait dévasté le Comté plusieurs générations auparavant, et leurs spectres hantaient toujours l'endroit. Nos chiens eux-mêmes refusaient de s'en approcher.

Je devinai aussitôt que c'était ma mère ; personne d'autre qu'elle n'aurait osé s'y rendre. Pourquoi était-elle là-haut ?

Obliquant dans cette direction, nous grimpâmes la pente. Les spectres ne se manifestèrent pas. La colline du Pendu était tranquille et silencieuse ; les branches nues brillaient dans le soleil de fin d'après-midi. Des bourgeons gonflaient sur chaque rameau, mais il leur faudrait encore une bonne semaine pour éclater. Le printemps était tardif, cette année.

Mon intuition se révéla juste : je découvris maman, assise devant le feu, fixant les flammes. Elle s'était bâti un abri de branches et de feuilles mortes, qui la protégeait des rayons du soleil. Ses cheveux ternes prouvaient qu'elle ne s'était pas lavée depuis longtemps. Elle avait maigri, ses joues s'étaient creusées. Elle paraissait profondément triste, comme lassée de la vie elle-même.

– Maman ! Maman ! m'écriai-je en m'asseyant près d'elle sur la terre mouillée. Est-ce que tu vas bien ?

Elle ne répondit pas tout de suite. Son expression était lointaine. Je crus même qu'elle ne m'avait pas entendu. Puis, sans lâcher les flammes des yeux, elle posa une main sur mon épaule.

– Je suis heureuse que tu sois là, Tom, dit-elle enfin. Je t'attends depuis des jours...

– Où étais-tu partie, maman ?

Elle garda le silence. Au bout d'un long moment, elle tourna la tête et son regard plongea dans le mien :

– Je vais partir bientôt ; nous devons parler avant que je m'en aille.

– Non, maman ! Tu n'es pas en état de partir où que ce soit ! Pourquoi ne vas-tu pas à la ferme, manger quelque chose de chaud, dormir dans un lit ? Jack sait-il que tu es ici ?

– Il le sait, mon fils. Il vient chaque jour, et me tient le même discours que toi. Mais l'idée de retrouver la maison, maintenant que ton père n'y est plus, m'est trop douloureuse. J'ai le cœur brisé, Tom. À présent que te voilà, je ferai l'effort d'y aller une dernière fois, avant de quitter le Comté pour toujours.

– Ne pars pas, maman ! la suppliai-je. Je t'en prie, ne nous abandonne pas !

Elle fixa les flammes en silence.

– Pense à ton premier petit-fils qui va naître ! continuai-je avec désespoir. Ne veux-tu pas le connaître ? Ne veux-tu pas voir grandir la petite Mary ? Et moi ? J'ai besoin de toi ! Ne veux-tu pas me voir achever mon apprentissage et devenir épouvanteur ? Il me faut encore ton aide et tes conseils !

Maman restait muette. À cet instant, Alice s'assit en face d'elle, de l'autre côté du feu. Les flammes allumaient dans ses prunelles des lueurs presque féroces.

– Vous ne savez pas quoi faire, hein ? fit-elle. Vous hésitez !

Maman la regarda, les yeux brillants de larmes.

– Quel âge as-tu, petite ? Treize ans, n'est-ce pas ? Tu n'es qu'une enfant. Que peux-tu savoir de ce qui me tourmente ?

– Oui, je n'ai que treize ans, répliqua Alice sur un ton de défi. J'ai pourtant appris bien des choses, plus que la plupart des gens en toute une vie ! Certaines m'ont été enseignées, d'autres, je les sais ; je les ai toujours sues. Sans doute suis-je née avec ces connaissances. J'ignore comment et pourquoi ; c'est ainsi, voilà tout. Je sais que vous êtes déchirée, incapable de décider s'il vous faut partir ou rester ; n'ai-je pas raison ?

J'eus alors la stupeur de voir maman baisser la tête et acquiescer d'un signe.

– La puissance de l'obscur grandit, reprit-elle, c'est évident. Je l'ai déjà signalé à Tom.

Elle leva vers moi des yeux plus étincelants que ceux d'aucune sorcière que j'avais combattues :

– Le monde entier est en train de tomber aux mains de l'obscur, pas seulement notre Comté ! Je dois le combattre dans mon propre pays. Si je pars, j'ai une chance d'agir avant qu'il ne soit trop tard. Or, il y a ici des choses non résolues.

– Lesquelles, maman ?

– Tu l'apprendras bien assez tôt. Ne me le demande pas.

– Si tu t'en vas, tu seras seule ! Que pourras-tu faire ?

– Non, Tom, je ne serai pas seule. D'autres m'aideront. Des gens précieux. Peu nombreux, je l'avoue.

– Reste ici, maman ! Reste ! l'implorai-je. Affronte avec moi ce qui doit survenir, dans mon pays, pas dans le tien... !

Elle sourit tristement :

– Et ton pays, c'est ici, n'est-ce pas ?

– Oui ! Je suis né dans le Comté. Je suis né pour défendre cette terre contre l'obscur. C'est ce que tu m'as dit. Tu as dit aussi que je serais le dernier apprenti de l'Épouvanteur, et que ce serait ensuite à moi d'assurer la sécurité de tous.

– Je ne le nie pas, dit ma mère, fixant de nouveau le feu.

– Alors, reste avec nous ! Luttons ensemble ! L'Épouvanteur travaille à ma formation ; pourquoi n'y participerais-tu pas ? Tu as des pouvoirs qu'il n'a pas. Tu as su imposer silence aux ombres de la colline du Pendu. Lui, il prétend qu'il n'y a rien à faire avec ce genre de spectres ; qu'ils doivent s'effacer peu à peu. Pourtant, à toi, ils ont obéi ; ils se sont tenus tranquilles pendant des mois ! Et tu m'as transmis d'autres dons. Je sens les signes délétères, comme tu les appelles, annonciateurs de la mort. J'ai compris récemment que mon maître était bien près de mourir, comme j'ai su quand il était en voie de guérison. S'il te plaît, ne t'en va pas ! Reste, et enseigne-moi ce que tu sais.

– Non, Tom, dit-elle en se relevant. Je suis désolée, mon choix est fait. Je vais passer une dernière nuit ici. Demain, je partirai.

J'avais employé tous les arguments ; insister davantage aurait été pur égoïsme. J'avais promis à mon père de la laisser s'en aller quand le temps serait venu ; il était venu. Alice avait raison : maman était partagée. Néanmoins, ce n'était pas à moi d'infléchir sa décision.

Maman s'adressa à Alice :

– Tu as parcouru une longue route, petite. Tu es allée plus loin que je ne le prévoyais. D'autres épreuves t'attendent. Pour résister à ce qui se prépare, vous devrez réunir vos forces, mon fils et toi. L'étoile de John Gregory pâlit. Vous représentez l'avenir et l'espoir du Comté. Il aura besoin de vous à ses côtés.

Sur ces mots, elle se tourna vers moi. Je frissonnai :

– Le feu va s'éteindre, maman.

Elle hocha la tête :

– Descendons tous les trois à la ferme.

En chemin, j'objectai :

– Jack n'aimera pas avoir Alice à la maison...

– Il faudra bien qu'il s'y fasse.

Le ton était sans réplique.

Or, dans sa joie de revoir notre mère, Jack parut à peine remarquer la présence de la fille aux souliers pointus...

Après avoir pris un bain et changé de vêtements, maman insista pour préparer le souper, malgré les protestations d'Ellie, qui la pressait de se reposer. Je lui tins compagnie pendant qu'elle cuisinait, et lui racontai les événements d'Anglezarke. Toutefois, je ne parlai pas des tortures que Morgan avait infligées à mon père. La connaissant, je n'aurais pas été étonné de découvrir qu'elle était au courant. Si ce n'était pas le cas, cela l'aurait trop fait souffrir. Et elle avait déjà assez souffert.

Quand j'eus terminé, elle ne fit aucun commentaire. Elle se contenta de me serrer dans ses bras en déclarant qu'elle était fière de moi.

Que c'était bon d'être à la maison ! La petite Mary dormait tranquillement à l'étage, les bougies de cire brûlaient dans le grand chandelier de cuivre, un bon feu ronflait dans l'âtre, le ragoût préparé par maman fumait dans le plat. Pourtant plus rien ne serait jamais comme avant, et nous le savions tous.

Maman s'assit à la place qui avait été celle de papa et se comporta à sa manière habituelle. Alice et moi faisions face à Jack et Ellie. Mon frère, qui avait eu le temps de se remettre de ses émotions, ne semblait guère à l'aise d'avoir une jeune sorcière à sa table.

Nous parlâmes peu, ce soir-là. Comme nous finissions nos assiettes, maman repoussa sa chaise et se leva. Elle nous regarda tour à tour avant de prendre la parole :

– C'est sans doute le dernier souper que nous aurons pris ensemble. Demain, à cette heure, j'aurai quitté le Comté et ne reviendrai probablement jamais.

– Maman, je t'en prie, ne dis pas ça ! s'écria Jack.

Elle le fit taire d'un geste de la main et continua, avec de la tristesse dans la voix :

– Vous devrez prendre soin les uns des autres, à présent. C'est ce que votre père et moi désirerions. Écoute-moi bien, Jack ! Les dernières volontés de ton père sont aussi les miennes, et rien ne peut y être changé. La petite chambre du grenier appartient à Tom pour le reste de ses jours. Si tu viens à mourir avant lui, et que l'aîné de vos garçons hérite de la ferme, il en serait toujours ainsi. Je ne peux t'en donner les raisons, car tu n'aimerais pas les entendre. Mais ce qui est en jeu est trop important pour que je prenne en compte tes sentiments. Mon souhait, avant que je parte, c'est que tu acceptes pleinement les choses. Le feras-tu, mon fils ?

Jack acquiesça en silence. Ellie paraissait effrayée, et j'eus de la peine pour elle.

– Bien. Je suis contente que cela soit réglé, dit maman. Maintenant, apportez-moi les clés de ma chambre !

Mon frère sortit de la cuisine et revint presque aussitôt.

Le trousseau comportait une grande clé et plusieurs petites ouvrant les malles que maman gardait dans la pièce. Jack le posa sur la table ; maman s'en saisit.

– Tom et Alice, ordonna-t-elle, venez avec moi !

Elle se dirigea vers l'escalier ; nous la suivîmes. Elle monta droit à sa chambre personnelle.

Elle déverrouilla la porte, et j'entrai derrière elle.

La pièce était aussi encombrée que dans mon souvenir. L'automne précédent, ma mère m'avait donné la chaîne d'argent, qu'elle conservait jusqu'alors dans la plus grande malle, près de la fenêtre. Sans cette chaîne, je serais peut-être encore prisonnier de Meg, à moins que je n'aie été mangé par sa sœur... Que pouvaient bien cacher les trois autres malles ? J'étais empli de curiosité.

Je vis alors qu'Alice était restée sur le seuil, le visage crispé.

– Entre et ferme la porte, Alice ! lui dit maman d'une voix douce.

Dès qu'elle eut obéi, ma mère me tendit les clés :

– Tiens, Tom. Elles sont à toi, désormais. Conserve-les sur toi et ne les donne à personne, pas même à Jack. Cette pièce t'appartient, ainsi que tout ce qu'elle contient.

Alice regardait autour d'elle, les yeux écarquillés. Elle n'avait visiblement qu'une envie : fouiller dans ces caisses et découvrir leurs secrets. Moi aussi, je dois l'avouer...

– Puis-je ouvrir les malles, maman ? demandai-je.

Elle marqua une pause, puis déclara :

– Elles renferment les réponses à bien des énigmes, des révélations dont ton père lui-même n'a pas eu connaissance. Mon passé et mon avenir sont consignés là-dedans. Mais il te faudra des idées nettes et un esprit avisé pour le comprendre. Ce que tu as vécu récemment t'a fatigué et affaibli ; aussi, mieux vaut que tu patientes, Tom. Attends que je sois partie ; reviens à la fin du printemps. Les jours auront rallongé, et tu auras repris espoir.

Bien que déçu, j'acquiesçai avec un sourire :

– J'attendrai, maman.

– J'ai encore une chose à te dire. Cette pièce représente bien plus que les objets qu'elle recèle. Une fois la porte fermée à clé, rien de maléfique ne peut y pénétrer. Si tu fais preuve de courage, si ton cœur reste pur, ce lieu sera une forteresse contre l'obscur ; il te protégera bien mieux que la maison de ton maître à Chipenden. N'y aie recours que si quelque chose de terrible est à tes trousses, menaçant ta vie et ton âme. Ce sera pour toi l'ultime refuge.

– Seulement pour moi, maman ?

Son regard passa sur Alice, avant de revenir vers moi :

– Alice a pu pénétrer dans cette pièce. Donc, oui, elle pourra s'y réfugier aussi. Je voulais m'en assurer, c'est pourquoi je vous ai demandé de monter tous les deux. N'y fais jamais entrer personne d'autre. Ni Jack, ni Ellie, ni même ton maître.

– Pourquoi ? Pourquoi pas M. Gregory ?

Je n'arrivais pas à croire que, poussé à la dernière extrémité, l'Épouvanteur ne trouve pas protection dans cette chambre.

– Parce qu'il y a un prix à payer. L'un et l'autre, vous êtes jeunes et forts ; vous survivrez. Quant à ton maître, ses forces déclinent. Il est comme une chandelle prête à s'éteindre. Utiliser le pouvoir de cette pièce userait ses dernières forces. Voilà ce que tu auras à lui expliquer, si le cas se présentait. Tu ajouteras que tu tiens cet avertissement de moi.

Je donnai mon accord d'un signe de tête, et nous quittâmes les lieux.

Le lendemain, le petit déjeuner fut servi à l'aube. Après quoi, nous nous apprêtâmes à regagner Chipenden. Jack alla préparer une carriole, qui, le soir venu, transporterait notre mère à Sunderland. De là, un bateau l'emmènerait dans son pays, suivant le sillage de celui qui avait emporté Meg et sa sœur.

Maman dit au revoir à Alice, la priant de partir devant et de m'attendre à la grille de la cour. Alice la salua de la main et se mit en route.

Tandis que nous restions enlacés, probablement pour la dernière fois, ma mère voulut parler, et les mots s'étranglèrent dans sa gorge.

– Qu'y a-t-il, maman ? demandai-je doucement.

– Pardonne-moi, mon fils. Je tâche d'être forte, et c'est dur. Je ne voudrais pas prononcer des paroles qui te rendraient plus malheureux que tu ne l'es déjà.

– Je t'en prie, balbutiai-je, aveuglé par les larmes, quoi que ce soit, dis-le-moi !

– J'ai été tellement heureuse ici ! Je resterais si mon devoir n'était de partir. J'ai été heureuse avec ton père. Il n'y avait pas d'homme plus honnête, plus franc et plus affectueux. Mon bonheur a été complet lorsque vous êtes nés, toi et tes frères. Je ne connaîtrai plus jamais de pareilles joies. Le passé est le passé, il faut le laisser derrière soi. Il me semble n'avoir vécu qu'un bref et merveilleux rêve...

– Pourquoi doit-il en être ainsi ? fis-je, amer. Pourquoi la vie est-elle aussi courte ? Pourquoi les bonnes choses ne durent-elles pas ? Cela vaut-il la peine de vivre ?

Maman me regarda avec tendresse :

– Si tu combles mes espoirs, alors on jugera que ta vie valait d'être vécue, mon fils, quoi que tu en penses. Tu es né pour être au service du Comté. Tu dois remplir ta tâche.

Nous nous étreignîmes, et je crus que mon cœur se brisait.

– Au revoir, mon petit, murmura-t-elle en effleurant ma joue de ses lèvres.

Incapable d'en supporter davantage, je m'arrachai à elle et m'élançai vers le portail. Au bout de quelques pas, je me retournai pour lui faire signe. Elle me répondit, à demi cachée dans l'ombre du seuil. Lorsque je m'arrêtai une deuxième fois, elle était déjà rentrée dans la cuisine.

Alice à mes côtés, je repris donc la route de Chipenden, le cœur lourd, et le dernier baiser de ma mère sur ma joue. Je n'avais que treize ans ; pourtant, mon enfance était achevée.

Nous voici de nouveau à Chipenden. Les jacinthes fleurissent, les oiseaux pépient, le soleil est plus chaud de jour en jour.

Alice est heureuse. Elle reste extrêmement curieuse de savoir ce que renferment les coffres et les malles de maman. Mais je n'envisage pas de revenir à la ferme avec elle, car cela contrarierait Jack et Ellie. J'ai l'intention d'y aller le mois prochain, et j'ai promis de tout lui confier de mes découvertes.

Bien que très amaigri, l'Épouvanteur a pleinement recouvré la santé ; il marche quotidiennement dans les collines pour restaurer ses forces. Pourtant, il n'est plus tout à fait le même. Pendant nos leçons, il reste parfois longtemps silencieux, les yeux dans le vague, une expression de profonde tristesse sur le visage, comme s'il avait oublié ma présence. Il sent, m'a-t-il confié un jour, que son temps sur cette Terre touche à sa fin.

Il y a cependant des choses qu'il désire accomplir avant de mourir ; des tâches qu'il a repoussées pendant des années. En premier lieu, il prévoit de se rendre à Pendle afin de mettre hors d'état de nuire les trois clans de sorcières qui s'y sont rassemblés, trente-neuf sorcières au total ! Il va s'exposer à de grands dangers, et je me demande de quelle façon il compte s'y prendre. Quoi qu'il en soit, je n'ai pas à tergiverser ; je suivrai mon maître, où qu'il décide d'aller. Je ne suis que son apprenti ; lui, il est toujours l'Épouvanteur.

Thomas J. Ward

Cet ouvrage a été mis en pages
par DV Arts Graphiques à Chartres

Impression réalisée sur CAMERON par

La Flèche
en avril 2007

pour le compte des Éditions Bayard

Imprimé en France
Dépôt légal : avril 2007
N° d'impression : 41209